追求卓越新闻

分享普利策新闻奖得主的经验

黄煜　俞旭　黄盈盈／主编

南方日报出版社
NANFANG DAILY PRESS

图书在版编目（CIP）数据

追求卓越新闻：分享普利策新闻奖得主的经验 / 黄煜，俞旭，黄盈盈主编. —广州：南方日报出版社，2009.2

ISBN 978-7-80652-834-1

Ⅰ.追… Ⅱ.①黄…②俞…③黄… Ⅲ.①新闻—作品集—世界—现代②新闻工作—文集 Ⅳ.I15 G21-53

中国版本图书馆 CIP 数据核字（2009）第 006449 号

追求卓越新闻——分享普利策新闻奖得主的经验

黄煜 俞旭 黄盈盈 主编

出版发行：南方日报出版社

地　　址：广州市广州大道中 289 号

电　　话：（020）87373998-8502

经　　销：全国新华书店

印　　刷：广州市怡升印刷有限公司

开　　本：889mm×1194mm 1/16

印　　张：18.75

字　　数：280 千字

印　　数：1-5000 册

版　　次：2009 年 3 月第 1 版

印　　次：2009 年 3 月第 1 次印刷

定　　价：36.00 元

投稿热线：（020）87373998-8503　读者热线：（020）87373998-8502

网址：http://www.nanfangdaily.com.cn/press　http://www.southcn.com/ebook

序一

新闻教育应从“人”开始

香港浸会大学校长　吴清辉

香港浸会大学于2007年10月举办的首届普利策新闻奖得主工作坊完满成功。看到同事们几个月以来的辛劳赢得业界以及各方面的支持和称许，我为他们感到欣慰。本书作为首届工作坊的总结，相信可以鼓励大家回顾并反思。

对于浸大，新闻教育是一项重要使命。大学自从于1968年开办香港首门传理课程以来，我们一直努力推动新闻教育迈向卓越——更从服务社会的方向，与新闻专业携手建立交流平台，致力提升业界水平。

多位普利策新闻奖得主透过工作坊各项活动，跟香港、内地以及区内新闻从业人员和相关专业的师生交流互动，除了面对面的经验分享外，更重要的是让我们从他们的亲身经历中，体会到追求理想过程中的喜与怒，也感染到他们努力迈向卓越、追寻理想的动力。

时代的变迁与挑战往往难以预测，然而新闻工作者的操守与良知必须坚定不移。作为教育工作者，我们深信新闻教育不止于学习本身——新闻教育应该从“人”开始，使人的情操与良知得到滋润而茁壮起来，对社会责任自觉地有了承担，便可以从学习延伸、在专业实践中展现出来，进而推动业界以至整个社会维护公义、履行道德义务的风气。

普利策新闻奖的精神在于新闻卓越——在这一点上，我肯定它跟我校新闻教育的目标一致。期望我们的普利策新闻奖得主工作坊能够一直办下去，让追求新闻卓越的精神得以发扬光大。

序 二

彰显优质新闻让社会更趋美好*

香港特别行政区律政司司长　黄仁龙

香港面积虽小，人口却多达700万。我们的金融实力雄厚，文化丰富，历史独特。作为全球首先实行“一国两制”的地区，香港的政治体制可谓甚具创意。

基于此，香港的传媒生态活力充沛。逾40份报章及680份周刊在香港出版，约100家国际传媒机构以香港为家，《金融时报》、《华尔街日报》、《国际先驱论坛报》及时代华纳均在香港设立地区总部，彭博通讯社和路透社亦以香港为重要根据地。香港是国际金融、贸易及电信中心，实时并流通的信息是香港繁荣的要素，新闻和信息自由是香港成功的基石，亦是这个亚洲国际都会最重要的资产之一。

新闻自由是我们坚决捍卫的珍贵资产，根据香港《基本法》第二十七条，香港居民享有言论、新闻和出版自由。这是香港社会的核心价值，亦是香港民生的重要依据。

维护新闻自由其中一个最有效的方法，是彰显优质新闻如何能让社会更趋美好。自由、独立和可靠的传媒在此担当了一个重要的角色，它为市民提供信息与开放的讨论平台，让人们在不同议题上交换意见。它亦发挥制衡作用，确保涉及公众利益的事务受到适当的监管。

---

*注：香港律政司司长黄仁龙于2007年10月17日出席香港浸会大学普利策新闻奖得主工作坊启动仪式并担当主礼嘉宾，本文来自他的当日的演辞。

反过来看，新闻素质若下降，则会对新闻自由的维系构成极大威胁。正如其他国家和地区一样，香港的记者也面对着互联网、24小时广播、全球化及割喉式竞争等带来的重大转变和挑战。社会上已出现对新闻素质表示忧虑的声音，这或许与狗仔队追访名人和个别失实报道等事件有关。

除了新闻自由外，我们的社会同时坚决捍卫市民其他方面的自由和权利，包括个人的通信自由和隐私，以及家宅和物业隐私；我们亦极力防范任何可能危及公平审讯或司法管治的事情的发生。因此，记者的任务变得更具挑战性。香港法律改革委员会建议改革有关跟踪和隐私保障的法例，这些具争议性的建议引起了政界和新闻界的激烈辩论。

我相信，我们全都同意香港终审法院在吴恭劭案件中有关言论自由的说法："言论自由不是绝对的，《公民权利和政治权利国际公约》序言便提到，个人对其他人和他所属的社会负有义务……在行使言论自由的权利时，也须肩负当中的责任和义务。"

谈到新闻自由，且容我引用普利策100多年前刊载于《北美评论》（*The North American Review*）的论文："能干、无私又热心公益，明辨是非并勇于发掘真相的传媒，能维护社会公德，令政府不致沦为伪善。尖酸刻薄、唯利是图又蛊惑民心的传媒，久而久之会孕育出与自己同样卑劣的民众。塑造共和国未来的力量就掌握在后世新闻工作者之手。"

普利策早就察觉传媒的潜能和影响力，在提高传媒素质和地位方面贡献良多。多年来，普利策奖确认了众多不朽的佳作。这些作品既有揭示真相和国内外重大发展、影响深远的报道，亦有展示困苦和胜利时刻的动人心弦的影像，还有歌颂美德以及人与人之间特殊联系的动人故事。这些作品所展现的价值观，彰显了新闻的高贵特质。

六位卓有成就的普利策奖得主莅临香港，分享他们的经验和真知灼见，我们深感荣幸。见贤思齐是精益求精的不二法门，今天的工作坊无疑为香港的新闻系学生以及传媒同业提供了上佳的学习机会。

导言

温故创新　继往开来

黄煜　俞旭

2007年10月举办的普利策新闻奖得主工作坊，在亚洲属创举，是新闻教育新思维的一种尝试。工作坊的目的，就是要拓宽香港及大中华其他地区新闻教育的视野、推动新闻服务公众的理念、提升新闻实践的水平和操守、强化大众传媒教育的意识，并提供一个专业与文化互动的平台。2007年的工作坊达到了预期的目的，取得空前的成功，产生意想不到的轰动效应，也为下一届的工作坊添砖加瓦。据不完全统计，印刷媒体报道这次工作坊的文章逾60篇，本港的电视台和电台也多次报道工作坊的盛况以及普利策奖得主的访谈。

六位主角　各自精彩

这次工作坊的主角，是六位跨年代、跨媒体的普利策奖得主。其中有享誉国际，历任AP、CNN、NBC等重要媒体战地记者达半个世纪的阿奈特（Peter Arnett），也有2007年新鲜出炉的马来西亚华侨方凤美（Mei Fong）；有专于调查性报道的资深记者史蒂夫·史特劳（Steve Stecklow），也有以照片和文字深入展示美国年轻人面貌、获奖无数的摄影高手约翰·卡普兰（John Kaplan）；有善于从零开始建构新闻，在报道美国医疗、安全、福利等社会政策以及反恐万象方面成就卓著的艾美·高斯坦（Amy Goldstein），也有擅长用故事形式报道新闻的资深特稿记者米高·维特士（Michael Vitez）。

维特士秉持“好新闻要讲好故事”的理念，凭系列报道《最后的抉择》摘下1997年普利策解释性新闻奖的桂冠；该系列报道描述重症病人及其家属所面对的生死抉择，心理刻画细腻，文字感人肺腑，字里行间散发着浓浓的人情味。Steve Stecklow与另外三位同事在2007年获普利策公众服务奖，他们的得奖报道全面深入地揭露了多间美国企业股票期权回潮丑闻，导致80名管理高层辞职或被解雇，其中16人被起诉，7人被定罪，还有人狼狈出逃，产生了广泛深远的影响。

阿奈特是蜚声国际的传奇人物，1966年32岁时便因报道越战出色而夺得普利策国际新闻奖；他也采访过伊拉克前总统侯赛因和基地组织领袖拉登。卡普兰1992年获普利策特写摄影奖，他的得奖作品以生动的照片和文字，深刻地报道了7名21岁的美国年轻人的生活面貌和精神世界。

高斯坦以“9·11”事件后许多人在无充分证据的情况下被拘留为新闻角度，通过广泛和深入的采访，全面报道“9·11”袭击的影响、余波及美国政府的对策，于2002年夺得普利策国内报道奖。方凤美与六位同事一起，凭系列报道《中国经济高速增长所带来的影响和压力》荣获2007年普利策国际报道奖，他们报道了为北京奥运会从事建筑的民工的状况，细节刻画细腻。大概因为拥有中国人的长相和年轻的缘故，祖籍广东的方凤美深受学生欢迎，每次演讲完毕，学生们便把她团团围住，请教之余也不乏尖锐的提问。

有好主角才有好戏。2007年的工作坊圆满落幕，首先要归功于这六位各自精彩的普利策新闻奖得主。

演讲内容　广泛深入

从2007年10月15日到22日，六位普利策新闻奖得主共举办了约20场不同形式的演讲，内容涉及新闻的基要、新闻采写技巧、国际报道、国内报道、调查性报道、解释性报道、战地报道、新闻的社会责任、新闻伦理、全球化与科技发展及社会转变对新闻业界的影响和冲击等。

六位普利策奖得主现身说法的演讲，真切、坦诚、生动、精辟，闪烁专业精神的火花，洋溢追求新闻卓越的精神，不乏具启示意义的亮点。我们出版这本书的一个目的，就是让众多不能亲临工作坊现场的读者，也能重温六位普利策奖得主的得奖报道，分享他们采访和写作的心得与体会。这里，我们不厌其烦地摘录一些花絮，希望不会给读者带来画蛇添足的感觉。

在与听众分享他45年战地记者经历时，Peter Arnett满怀信念地指出：“我坚信真理和事实。寻找真理和事实的最好的方法，便是到事发现场。”他还说：“身为一个战地记者是绝对不可能疏离的，但就像外科医生开刀一样，同时必须客观专业，不可让情感左右。”

擅长调查性报道的Steve Stecklow认为："作调查报道的成功秘诀在于坚持。我最长用过三个月时间，去写一篇新闻故事。"他还告诫学生，要成为卓越的记者，就必须付出额外的努力，时刻惦记着报道的深度与材料的真确性。

在与新闻系学生交谈中，Amy Goldstein循循善诱："新闻记者要先教育好自己，再教育别人，要有热诚和专业精神，要知道世界每刻正发生什么事，懂得思考，具备分析技能，文字要写得清楚明白。"她在演讲中也指出，面对日益商业化的传媒行业，仍有传媒机构愿意投放资源，让记者进行有深度的调查报道，实属难能可贵。

Michael Vitez在演讲中反复强调新闻记者要写对读者有影响力的新闻，而"故事是最佳的沟通工具"。在珠海与北京师范大学—香港浸会大学联合国际学院学生分享他的得奖作品的采写经历时，Michael感慨深长地说，在采访重症病人时，"我满含泪水，去倾听、去感悟，去实现一个新闻工作者的责任感和使命感"。

John Kaplan多次步入课堂，向学生传授当一个好摄影记者的心得。他建议学生在采访拍摄新闻时，必须早到迟走，要了解照片新闻的故事，拍摄出有个人风格、有血有肉的照片。他提醒学生，千万不要马虎了事，搞"新闻快餐"。John在解析学生作品时强调："新闻应有告知、启发及治疗公众的作用，不应把名人明星消息作为主流新闻。"

方凤美在与学生交谈中指出，从事新闻并不是一个令人致富发达的工作，也因此，记者一定要恪守新闻道德，甘于清贫，一定要挡住红包等诱惑。她还颇有感触地告诉香港新闻记者："香港新闻从业者跨越两个世界，他们有比西方同行更优越的地理条件，可以更好地关注中国的问题。"

安排紧凑　活动多彩

用"多姿多彩"来形容2007年的普利策新闻奖得主工作坊，没有丝毫夸张。一连串的讲座、教学活动、研讨会、座谈会、参观，把工作坊的日程排得满满的。其中有一场论坛，六位普利策奖得主与200多位来自本港和大中华其他地区的新闻从业人员与学者聚首一堂，以社会转变及其对新闻业的冲击为主题，共同切磋如何在当今社会，当一个适应时势又具专业精神的新闻工作者。得主们也在课堂上与研究生一起探讨报纸的未来以及媒体是否还有昔日第四权的重要角色等议题。

工作坊期间，六位普利策奖得主走访《信报》等本港传媒机构，就报业前景、国际新闻路向、战地采访、社会责任等方面，与编采同行交流心得，分享经验。他们还同浸会大学国际写作计划的作家们座谈，畅谈作家眼中的新闻和记者眼中的文学，别具一格。至于得主与学生、新闻业界人士及公众会场外的交谈，更是不计其数。

为了配合工作坊，我们举办了历时三周、以“卓越新闻——文化与艺术之结晶”为主题的巡回展览。缤纷多彩的展览，介绍六位获邀出席工作坊的普利策新闻奖得主的专业理念，以及展出其中一位得主 John Kaplan 教授的得奖照片，吸引了不少参观者。

应邀出席工作坊的，除了六位得主外，还有工作坊的顾问Gene Foreman。Foreman在《费城问询报》任职记者和编辑25年之久，现于宾夕法尼亚州立大学教新闻学。他认为，现时媒体的新趋势，主要来自科技和网络的挑战与随之而来的新闻价值的转变。“新闻工作者除了要发挥创意，也要坚持准确、真实、公平的报道水平。记者应有求真的热诚，有责任向公众说真实准确的话，不要把报道和广告混淆。”

普利策新闻奖被美国新闻工作者视为职业生涯的最高荣誉，也是全球最受推崇的新闻奖。德国鲁尔大学教授海因茨·狄特里希·菲舍尔曾这样评价该奖：“普利策奖获奖作品的重要性无论怎么强调都不为过。作品文体高度纯熟，主题和内容意义恒久。历史学家、新闻工作者、政治家、社会学家、语言学家和作家均能够品赏玩味这些令人激奋和信息量丰富的读物。”

六位闻名遐迩的得主亲临香港，受到传媒争相追访自在意料之中。由于日程安排十分紧密，因而大多采访只能在三餐期间或夜晚进行，相关的访问报道散见于香港、澳门、内地多份报章杂志。

受益面广　影响深远

这次工作坊受欢迎的程度出乎意料。据统计，共有3000多人次参与工作坊，其中包括来自几十所本港和大中华其他地区的大专院校的师生、超过30间传媒机构的新闻从业人员、来自30多所本地中学的师生，以及不计其数的公众人士。每场讲座和论坛的反应都非常热烈。至于珠海、北京、澳门的演讲，更是场场爆满。

六位普利策奖得主把世界带入课堂，精彩演讲之余，还耐心、具体地解答学生提出的问题，并手把手地作示范。参与工作坊的学生眼界大开、受益匪浅，加深了对卓越新闻的理解和追求。一位浸大传理学院新闻系的学生在给我们的信中把这次工作坊喻为期待良久的记者培训的“约会”，并给自己定下“每讲一问”的目标。“这次约会中，我结识了提问的奥妙，而作为记者，提问永远是最忠实的伙伴。我体验到做记者的兴奋与失落，体验到作为一名记者需要具备的素质和需要遵守的规则。”从工作坊启动仪式到各场演讲，听众以及提问者中有不少是来自香港、台湾、澳门、内地各大城市及新加坡等地新闻院系的师生，相信他们从工作坊的参与中，一定学到了许多在常规课堂教学中难以学到的东西。

香港新闻业界也积极参与了这次工作坊，每场演讲，听众中不乏新闻从业人员的身影。一位现任职香港报章记者的浸会大学新闻系毕业生告诉我们：“演讲很生动，我从中学到不少东西，对我的记者工作很有启发和帮助。”

工作坊为香港传媒教育开辟了一个富有活力的“另类课堂”。我们举办的是一个开放型的工作坊，因而也吸引了不少公众人士和中学生。工作人员常常因听讲者太多而忙于搬添椅子，不少人则席地而坐。“演讲很精彩，你们办了一个很有意义的工作坊。”一位中学教师握着工作人员的手兴奋地表示祝贺。

八方相助　共襄盛举

从筹备到揭幕到成功落幕，2007 年的普利策新闻奖得主工作坊始终得到香港浸会大学和传理学院的大力支持。校、院在经费紧缺的情况下，仍拨出启动款项；校、院众多部门，也在募款、嘉宾邀请、公关策划、场地物色等环节出谋划策，帮助落实各项细节。当然，新闻系和传理学院的同事更是不分内外，上下出动，齐心协力，甚至争分夺秒挑灯夜战，功不可没。

特别值得一提的是，在新闻业行内具公信力和权威性的信报财经新闻有限公司慷慨捐赠港币100万元，成为普利策新闻奖得主工作坊的主要赞助者。《信报》的襄助，意义超越金钱本身，是对我们为提升新闻教育和新闻实践所作努力的支持和认同，令我们备受鼓舞。还需提及的是，《信报》出钱又出力，该报项目总监廖建明、市场总监陈丽卿等在繁忙的工作中还抽空积极参加工作坊的各项筹备工作，出计献策。此外，太古集团港岛东以及艺穗会分别借出展览场地，让卓越新闻的理念普及大众，我们谨此致谢。

香港的新闻业界、香港以及内地的新闻教育界对这次工作坊的无私支持也令我们心存感激。一些新闻机构的主管和大学新闻院系的领导，如香港文汇报社长张国良先生、亚视高级副总裁关伟先生、中大新闻与传播学院院长苏钥机教授、中国青年政治学院新闻与传播系主任展江教授、都市日报副总编辑胡丽云女士、南华早报总编辑刘志权先生和香港外国记者协会前主席Christopher Slaughter等，在百忙中仍欣然出任工作坊的工作委员会成员或参与筹划工作，贡献良多。在此，请让我们利用作序的机会，向以上各位及其他以不同方式支持工作坊的专家学者再次表示由衷的谢意。

另外，让我们深受鼓舞的是，香港特区政府律政司司长黄仁龙、美国驻香港及澳门总领事郭明瀚、信报财经新闻有限公司执行董事曹志明、香港浸会大学校董会暨咨议会主席王英伟及香港浸会大学校长吴清辉教授亲临工作坊启动仪式，担任主礼嘉宾。而黄仁龙司长的致辞，谈香港的传媒生态，论捍卫新闻自由的重要性，剖解新闻自由与提高新闻素质的关系，进而强调普利策对提高新闻素质和地位的贡献，洋洋洒洒，缜密实在，广获好评。香港特区政府等机构对普利策新闻奖得主工作坊的重视和支持，不仅扩大了工作坊的影响力，也增添了我们办好工作坊的信心和决心。

继往开来　再谱新曲

香港浸会大学校长吴清辉教授说：“工作坊以世界级专业水平为典范，是浸大与新闻业界及社会大众共同合作的印证。”

2007年的工作坊已成历史，但以世界级新闻卓越为典范的普利策新闻奖得主工作坊将不断翻开新页。第二届普利策新闻奖得主工作坊在2008年11月举行。我们将秉持浸大传理学院“唯真为善”的理念，继往开来，为提升香港和大中华其他地区新闻教育和新闻实践的水平不遗余力、再作贡献，为追求卓越新闻，续谱新曲、再攀高峰。

普利策奖精髓：新闻服务于公众

——专访普利策奖秘书长吉斯勒教授

黄　煜

时间：2007年2月21日

地点：美国哥伦比亚大学新闻学院普利策新闻奖办公室

背景介绍：

普利策奖，又称普利策新闻奖，是美国一项重要的以新闻为主兼顾文化艺术的奖项，在19世纪末20世纪初依据约瑟夫·普利策的遗愿设立。为推动新闻卓越，普利策于生前立下遗嘱，将财产捐赠给哥伦比亚大学，其中一项任务是设立普利策奖，以表彰新闻界、文学界、音乐界取得卓越成就之人士。该奖自1917年设立以来每年颁发一次。

约瑟夫·普利策1847年出生于匈牙利，1911年在美国去世，终年64岁。他的一生坎坷传奇。早年漂洋过海，在美国当了一年兵以后离开军队，开始到处打工。因一次偶然机遇，受到当时著名德文报章编辑的赏识，推荐他去报社工作，普利策就这样走上新闻业之路。此后几十年不管是当记者，做编辑，还是成为报社老板，普利策都以发展新闻业为己任，一生打拼，成就卓著。

普利策办报经历可用既曲折又成功概括。其间他不断遭遇竞争对手的挑战，也常常遭到美国政府的责难。普利策在他最后20年身体状况很差，几乎双目失明。但他仍一如既往地对新闻事业极为执著，从他的名言“美国将与新闻自由共存”中可见一斑。

其实，普利策很早就发现了报刊在社会发展中潜藏的巨大力量，但与此同时，他也意识到保持报刊良性运行的困难，他曾说："新闻事业的一条最难之处就是既要保持消息的生命力，又要使它受到精确和良心的约束，而不是随心所欲。"①因而，新闻工作者素质的提升，就显得至关重要。但在当时，不要提新闻奖，就连一所真正的新闻学院都尚未建立。

面对现状，把新闻事业发展作为毕生追求的普利策受到诺贝尔奖的启示，他告诉一位友人："我要更加节省用钱，以便更多地资助公共福利机构和慈善事业。"②在1902年8月的一份备忘录中，他提出了在哥伦比亚大学捐款设立新闻学院的构想。他这样说道："顺便提一句，我强烈希望该学院从我提供的大笔款项中拿出一笔，用来向各类多才多艺、事业有成和出类拔萃的新闻记者和著作家支付每年颁发的奖金。"③但在当时，哥大校董们并没有立即接受普利策的建议，他们担心，培养新闻记者可能会对学校的声誉带来影响，就像培养商人或船长那样遭人耻笑。但普利策预言："在本世纪结束以前，新闻学院作为专业高等教育的一个特色，将被普遍接受，正像法学院和医学院一样。"④他十分自信地在信中写道："对于我非常钟情的设奖计划来说，我有这样的信心：它在将来最有可能给大学带来益处和声誉，可能要大于新闻学院本身。"⑤

执著坚定的普利策最终说服了校董们。1903年4月10日，在普利策56岁生日那天，双方终于签订协议，规定由普利策出资200万美元，建立新闻学院，其中50万美元"用于奖金或奖学金，以鼓励公益服务、公共道德、美国文学和教育的发展"⑥。一年后，普利策在遗嘱中列举了9种奖项，其中新闻奖4种，小说、传记、美国史、戏剧奖各1种，新闻学院优等生奖金或奖学金1种。遗嘱中还规定，普利策新闻奖的受奖对象只限于"每日、星期日出版或

---

①〔美〕斯旺伯格：《普利策传》，新华出版社，1989年版，第303页。

②《普利策传》，第305页。

③John Hohenberg: *The Pulitzer Prize Story* （New York: 1959）, p329.

④*Outstanding International Press Reporting*, v. 1: 1928-1945.

⑤*The Pulitzer Prize Story*，p330.

⑥*The Pulitzer Prize Story*，p330.

者每周至少出版一次的美国报纸”[1]。其他外国报纸和新闻杂志都无缘获得此奖。

普利策在世时目睹了当时美国从农业社会转型至工业化和城市化混乱无序的社会现实：物欲横流、巧取豪夺、贪污腐化、社会矛盾此起彼伏，凡此种种皆让普利策忧心忡忡。他认为传媒应该充当“社会守望者”的角色：优先关注天灾人祸和具体地揭露社会腐败行为是记者们的基本使命。他曾说：“倘若国家是一条航行在大海上的船，新闻记者就是船头的瞭望者，他要在一望无际的海面上观察一切，审视海上的不测风云和浅滩暗礁，及时发出警告。”1883年普利策买下《纽约世界报》，他在首期的宣告中指出：“（报纸应该）真正致力于人民的事业，而非为权贵谋利益。它将揭露一切诡骗和无耻的行径，抨击社会上一切罪恶和弊端。它将以诚恳的态度为人民的利益而奋斗。”普利策毕生鞠躬尽瘁，他的“揭丑报道”思想影响了美国的新闻价值观。

自创立以来，普利策新闻奖至今已有91年历史。该荣誉不仅代表了美国新闻界成就的顶峰，它日趋完善的评选制度亦驰誉国际。普利策奖的评审工作是由各单项奖评委会负责的，评委已由原来清一色的新闻学院教师，向多元化转变，如今的评委以编辑记者为主，有少数教育家和自由撰稿人，其中不乏报界的重量级人物、新星，还有很多评委是前届的新闻奖得主。

普利策奖获奖的作品都需要经过层层筛选，经过单项奖委员会、保密小组委员审议，由全体委员会推荐获奖名单，最终由哥大校长公布结果。这一奖项被全球媒体从业人员誉为新闻界的“奥斯卡”，因为它代表了“美国最负责任的写作和最优美的文字”。普利策新闻奖的奖金虽然并不丰厚，但它的声誉对于获奖个人的事业则是举足轻重的。因而该奖更是美国新闻记者梦寐以求的终身奋斗目标。美国新闻界推崇的写作特色、新闻价值观念、人文关怀精神，以及新闻专业追求等方面也借此得以彰显。

据研究，普利策获奖作品以揭露性报道为主，在1917—1990年的580个新闻奖中，约有40％属于此类报道。而在2005年评出的14项获奖作品中，

①*The Pulitzer Prize Story*，p333.

属于负面的报道就有10项，占总数的71.4%。诚如美国著名专栏作家李普曼所言："新闻机构不是社会机构的代替物。它就像一盏探照灯的光束不停地四处移动，把黑暗中一件又一件事情暴露出来。"（Walter Lippmann）普利策新闻奖作品集中于揭露政府官员的贪污腐败、商家富豪之巧取豪夺，挖掘关乎国计民生的热点问题等新闻题材。虽然"揭露性"负面新闻往往能摘桂冠，但这并不代表普利策奖对现实社会持否定消极的态度；相反，普利策新闻奖的评选标准被打上了美国社会主流道德伦理观的深刻烙印。这些"乌鸦式"报道凸显了美国社会对自由意志、社会责任感、民众知情权、政府信用、媒体监督权、社会正义与同情心等传统主流价值的追求。普利策奖的价值判断准则也随历史的发展而有所变化，现在的普利策奖接纳更广泛的题材，例如同性恋、艾滋病和女权主义等主题，而这些题材在20世纪60年代前曾被列为禁区。与此同时，普利策奖也促使人们更冷静地看待新闻以及新闻媒介的素质。从这个意义上来说，普利策新闻奖折射着美国主流新闻价值观，秉持着美国新闻界及其鼻祖普利策的理想和追求，更代表着美国新闻事业的最高水平。

访问对象：

西格·吉斯勒（Prof.Sig Gissier），哥伦比亚大学新闻学教授，2002年接受了普利策新闻奖评选委员会之邀请，从教学岗位转职至普利策新闻奖委员会，现为普利策新闻奖评选委员会秘书长。

吉斯勒是一位慈祥睿智的学者，具有丰富的新闻实践经验，是哥伦比亚大学新闻学院种族和族性工作坊"让我们做得更好！"（"Let's do it better!"）的创始人。受到中学老师的鼓励，吉斯勒从高中开始便向往记者生涯。在取得美国文化研究学士学位后，吉斯勒从1967年起一直在《密尔沃基报》（*The Milwaukee Journal*）工作，历时25年。其间，他先后任职记者、社论版编辑、副总编，并于1985年起出任总编。1993年，吉斯勒离开该报，转职至自由论坛（Freedom Forum）媒体研究中心当高级研究员。1994年，吉斯勒加入哥伦比亚大学新闻研究学院，教授报道和写作课程，并且创立了

“新兴美国城市中的种族与族性”（Race and Ethnicity in the New Urban America）研讨班。1997年，吉斯勒教授出任该校新闻学院副院长。他是一名出色的新闻学教育者，曾于1998年被选为哥伦比亚新闻学院年度教师，2002年又从300名候选人中脱颖而出，夺得哥伦比亚大学校长教学奖，该奖只颁授予五位教授。2002年7月1日，吉斯勒教授接替《纽约时报》前主编西摩·托平（Seymour Topping），成为新一任的普利策新闻奖评选委员会秘书长。

吉斯勒教授热爱新闻工作，每次迎接哥大新生的时候，他总是语重心长地说：“你们将要学习的是世界上最重要的工作。”在访问中，他反复强调，希望通过普利策新闻奖的评选，使得高素质的新闻能够成为新闻报道的主导力量，这是普利策新闻奖促进社会进步的一种贡献。他特别强调，当今信息风云突变，公众的知情权更显重要。他认为不管将来传播新闻的媒体怎样改变，新闻的本质是不变的：“你要去复杂危险的地方，发现事情的真相，把它梳理清楚，呈现给读者。”

HY 黄煜教授
SG 西格·吉斯勒教授

HY 吉斯勒教授，作为普利策新闻奖评选委员会的秘书长，能否请您谈一谈作为美国新闻界“风向标”的普利策奖对于提高新闻水平、促进良性运作的意义？

SG 普利策新闻奖为美国新闻实践和新闻教育树立了一个标杆，同时向人们展示了美国新闻从业人员所追求的为公众服务的报道理念。这一奖项自1917年首次颁发以来已有90年历史。这90年来，它促进了美国新闻业的发展，为新闻专业水平的提升提供了一个可靠和卓越的标准。普利策新闻奖的评选已经成为美国新闻界的一个传统，每年通过它的甄选和奖励，都在向世界传递一个重要信息：我们坚持透过以人为本、精确、客观、深度和公正的报道，反映大众的生活，追求社会公义，以及捍卫新闻报道的纯洁性和为公众服务的理念。

HY 吉斯勒教授，自您在2002年出任普利策新闻奖评选委员会秘书长一职以来，普利策奖在评选方面有何变化？美国新闻界在当前传媒全球性变革之趋势下，又呈现了怎么样的转变？

SG 毋庸置疑，变化是有的，但并非急剧的转变，而是随着社会的变迁逐步调整。

第一个较为显著的变化是，最近几年我们已经开始将网络新闻报道（online journalism）纳入评奖的范围。考虑到网络报道日趋重要，我们决定自2006年起将这一奖项评比延伸至网络报道领域。

第二个变化是，评选委员更加重视调查性报道、深度分析，以及解释性报道。这类采写对现代人类社会生活产生了无可比拟的影响——尽管我们以前也关注此类报道，但最近几年更加重视。对于环保、科学、医疗和其他一些普罗大众较难理解的解释性报道类别，近年来普利策新闻奖的评选都较为关注。

第三个变化是，普利策新闻奖力求反映美国在“9·11”以后，在一些如战争、冲突、反恐等重要国际事件中所呈现的相应调整。这与普利策新闻奖的传统一脉相承：既坚持一些经典的严谨的新闻标准，又顺应瞬息万变的时事变化，更好地反映美国新闻界的卓越成就。

第四个变化是，全球环境问题日益严重，科技发展对社会生活的影响也与日俱增，普利策新闻奖试图反映这种趋向，即尤为关注全球环境特别是温室效应等问题对人类生存状况的影响。

第五个变化是，得奖作品和评审更多地涉及地方小区的变化。普利策新闻奖常被责难无视于地方小区或一些小型报纸刊登的新闻作品，我们正努力在普利策新闻奖的评选过程中多一些纳入地方小区新闻，令此类新闻报道可以更洗练地反映地方生活变化、彰显它对人类的深远影响。

HY　近年来，美国新闻界也发生了一些丑闻，主要是造假，以及政府在伊拉克战争事宜上打压新闻界，使民间舆论趋向保守，在一定程度上妨碍了新闻自由。请问您是如何看待这些问题的？

SG　你提到的问题确实很令人痛心，但正因为如此，我们希望普利策新闻奖的精神及其对新闻事业的严谨和一丝不苟的追求能够为新闻业树立标杆，以激励更多新闻从业员将之作为终身奋斗的目标，从而减少此类不幸事件的发生。

HY　吉斯勒教授，能否请您介绍一下普利策新闻奖的评选过程？

SG　普利策奖虽然被一般人认作是一个新闻奖，但严格地说，它是由三个奖项组成。其中最重要的奖项当然是新闻奖。目前，普利策新闻奖共有14项，即公众服务奖、现场新闻报道奖、调查性报道奖、解释性报道奖、专题报道奖、国内报道奖、国际（包括联合国在内）报道奖、特稿写作奖、评论奖、文艺批评奖、社论写作奖、评论性漫画奖、突发新闻摄影奖和特写摄影奖。第二部分是文学奖，有6个奖项，分别为小说奖、戏剧奖、诗歌奖、美国历史作品奖、自传或传记奖和非小说作品奖。第三部分是音乐奖，只有一个奖项。但缘于普利策奖的影响集中体现在新闻领域，它的影响力已经跨越美国，誉满全球，因此一般人通常认为普利策奖就是指普利策新闻奖。

普利策新闻奖的评选过程是这样的：每年年初，普利策新闻评选委员会会发出邀请函，请各报社或者新闻机构以及个人，将他们认为比较重要和高素质的作品寄至评奖办公室以备甄选。普利策新闻奖的评选对像是“每日、星期日出版或者每周至少出版一次的美国报纸”，以及在它们上面发表的作品。与普利策奖的其他奖项不同，新闻奖获奖人毋需具备美国国籍，但参赛作品必须发表在每周至少出版一次的美国报纸上。

随后我们会分两个步骤进行评选。首先，主要由社会各界专家和新闻学学者组成初选委员会，在3天里阅读、评审1300件作品，每个奖项选出

3件备选作品。跟着，由知名记者、编辑、新闻教育家和自由撰稿人组成的评审团会被邀至纽约哥伦比亚大学，召开两天"美国新闻界一年中最活跃的讨论"，通过投票，以决定获奖名单，然后在每年4月召开记者会向全世界公布结果。我们一直按照这一评选传统选出得奖作品，整个过程公平、严格和程序化。获奖人可以领取一笔数额不大的奖金。每个新闻单项奖的奖金为一万美元，文学奖和音乐奖的奖金数额与新闻奖相同。至于荣获公众服务奖的报社则得到一枚普利策金牌。普利策新闻奖的价值主要体现在它所代表的荣誉，并以此彰显对新闻正义的汲汲追求。物质的鼓励只是其次，精神和荣誉的奖励才是精髓所在。

HY 新闻界近20年的发展千变万化，尤其是网络技术，在很大程度上改变了新闻报道的生态——各种形式的媒介，比如博客、实时通信，以及很多以前难以企及的传播方式，现在都日益普及。在这样的情况下，普利策新闻奖致力倡导的精神，究竟有何现实意义?

SG 我认为，普利策新闻奖所提倡的对高素质新闻报道的追求不仅在网络科技的条件下没有过时，反而更加得以彰显。普利策新闻奖的宗旨是，新闻事业是一项公众事业，高素质的新闻报道正好体现了为公众服务的本质。现在的普遍情况是，科技越来越发达，公众可以获得的信息越发繁杂，但这并不等同于高素质的、关乎公众利益的报道也随之呈正比增加。在这种形势下，普利策新闻奖所追求的就是要回到新闻学经典的专业传统，向公众提供全面、深入和精确的新闻报道，让公众在瞬息万变的世界里，更容易获取有意义的重要信息。只要看一下这几年的深度调查报道就不难发现，在全球变迁中，我们所获取的有素质的报道非但没有增加，在一些地方情况甚至相反。因此，普利策新闻奖的设立是要向人们提倡一种卓越的新闻报道传统和经验，为公众提供有素质和有意义的信息。另一方面，我要强调的是，尽管科技发展迅速，传递信息的方式便捷神速，但新闻事业的核心和新闻事业的理念并没有随之变质。从这一意义上来说，我们更应该牢守高尚的为公众服务的理念。在此，我要指出的是，现在记者的素质越来越好，他们能更全面地掌握报道技巧，也拥有更高的语言水平，因此我相信新闻报道可以更为出色。

HY 请问，普利策新闻奖对新闻教育的启发意义又何在?

SG 普利策新闻奖对新闻教育的启示是，一定要把培养新闻记者的崇高理念和业务能力相结合，特别是在采访、写作及关注社会事务等基本面上，打下坚实的基础。任何认为现代科技的发展将降低这方面的要求的看法都是错误的。我要提醒正在学习新闻专业的学生，你们一定要以认真的态度，努力掌握新闻报道的重要技能，并且要保持对公众事务的敏锐性和培养对复杂社会的分析能力。唯有如此，新闻教育才能培养出一批又一批的优秀记者。

HY 香港浸会大学新闻系在2007年首次举办普利策新闻奖得主工作坊，这可算是亚洲地区的创举。我们每年将邀请数位普利策新闻奖得主到香港浸会大学进行演讲和分享经验，并深入课堂与学生一起探讨新闻的报道理念等一系列重要问题，使学生和公众可以对新闻在社会扮演的角色有较好的理解，分享得奖人的经验和研读他们的作品。这一活动因为是首创，我们还缺乏经验，希望吉斯勒教授可以给我们一些宝贵的建议。

SG 得知你们有这个活动我非常高兴。确实，将普利策新闻奖的新闻理念与新闻教育理念，通过普利策新闻奖得主工作坊这样一种形式结合是一种很好的方式，我乐见其成。另外，这对提高新闻系学生对新闻教育和新闻理念的追求必定有所裨益，我真诚希望你们这一工作坊有一个好的开始，并且越办越好。还是普利策在1904年所说的老话，新闻的首要任务是为大众服务，这是新闻教育必须让学生明白的事。

目录

第二部分　讲座与论坛讲辞摘要

第一部分
普利策新闻奖得主
精选作品

蓄意扰民之策——“9·11”事件报道

2001年11月4日

《华盛顿邮报》记者

2002年普利策国内报道奖得主

Amy Goldstein，美国纽约州诺切斯特人，获布朗大学颁授美国文化学位。曾任哈佛大学尼曼访问学者（Nieman Fellow，2004—2005年）。现为《华盛顿邮报》记者，负责撰写有关美国社会政策的稿件。于1987年进入《华盛顿邮报》工作，此后十年主要就当地教育以及地区卫生保健问题撰稿，其后加入该报全国编辑部，撰写卫生政策稿件，并报道国会、白宫和联邦政府就卫生保健问题进行的辩论。自2001年乔治·布什担任美国总统以来至2004年，Goldstein一直报道白宫新闻，内容主要针对国内议题，特别侧重于有关医疗保险（Medicare， Medicaid）、社会安全、福利、房屋、政府管治和联邦司法等问题。她目前从事有关社会政策方面的深度报道，包括探讨不断转变中之公众与个人领域的分界，以及其他全国性的重要议题。

近年参与《华盛顿邮报》许多重要新闻稿件的采写，包括莱温斯基丑闻和美国克林顿总统弹劾案、哥伦拜恩中学枪击案、“9·11”恐怖袭击的影响、伊拉克战争早期的伤亡事故、近期最高法院的任命，以及2006年一名白宫高级幕僚之刑事审讯等许多在华盛顿发生的戏剧性事件。

曾在《巴尔的摩太阳报》（*The Baltimore Sun*）、《莱杰星报》（*Ledger-Star*）和《弗吉尼亚领航员》（*Virginian-Pilot*）当记者。多年来，她的新闻作品荣获多个奖项。并与《华盛顿邮报》其他记者以对“9·11”恐怖袭击以及美国政府对策之报道荣获2002年普利策国内报道奖。

“9·11”恐怖袭击指挥疑犯阿塔（Mohammad Atta）领取佛罗里达州驾驶执照的那一天，28岁的巴基斯坦裔加油站职员穆宾（Mohammad Mubeen）也在同一个汽车中心更新了他的驾驶执照，刚好较阿塔早23分钟办妥手续。正因如此，上周一下午穆宾身穿橙色连身服*，站在一个小法庭里，被卷入成为全国恐怖分子搜捕行动的逾1100人之一。

穆宾以一口快如连珠的乌尔都语，焦急地恳求释放。他透过传译向法官表示，他的确是非法进入美国，但他不认识任何劫机犯。

然而，这个迈阿密法庭的政府检察官轻易地说服了法官，把穆宾收押、不准保释。检察官出示了一份令人吃惊的法律文件，文中阐释了当局连串拘留行动背后的策略，也提出一个全新的法律理据，使当局即使只是稍有怀疑，仍然能将人收监。

这份文件有七页长，由华盛顿联邦调查局（FBI）总部一名最高层的国际恐怖活动调查员签署，之前一直未被公开，但全国各地的检察官在拘留聆讯中不断引用它。这份FBI宣誓供词提出的解释是：“现时在美国搜集反恐情报的工作，就像砌嵌拼图一样。”

“在现阶段的调查中，FBI正在搜集和处理数以千计零零碎碎的信息，它们骤眼看来无关痛痒，但我们必须进行全面分析，看看它们能否提供线索，揭示整个体系不易察觉的运作情况……对背景较为清楚的FBI或情报界中人来说，部分人看来琐碎的数据，可能极具意义。”

文件中的用语，为这场拘捕行动提供了至今最清晰的批注。这次拘捕行动规模之大，是二战以来仅见的。一方面，调查人员赶紧摸清当前持续的恐怖威胁，同时，政府采取蓄意扰民之策——用尽任何法律手段，把大批中东裔人拘留。

这个拘留行动极为保密，辩方律师不时被禁止把文件带离法庭，联邦政府也发出了禁制令，禁止官员对外谈论被拘留者。执法官员都拒绝透露由哪些律师代表被拘留者，也不会谈论拘留行动的情况。官员们说，隐私法例、法庭命令还有大陪审团调查“9·11”袭击所涉及的保密规则，都禁止他们透露更多信息。

结果是，官方记录中的1147名被拘留者名单中究竟包括什么人，又有谁

*译注：橙色连身服是美国当局指定的恐怖疑犯囚服。

仍然被扣押，一概混淆不清。被问及有多少人已获释，司法部官员的答复是没有记录。

在那1147人中，司法部官员特别指出185个因非法居留罪名而被拘留的个案。一名移民归化部官员形容他们是“活跃个案”，相信“与这次调查有关”。

为了尝试揭开这个隐蔽行动的更多细节，《华盛顿邮报》识别了其中235个被拘留者，并研究相关个案的详情。

记者透过翻查法庭记录、新闻报道，以及查询律师、家属、朋友，对这些个案进行了分析，结果发现这235个被拘留者中，3/5都像穆宾一样，以非法居留罪名被关禁，其中75人获释。

有少数人是以“关键证人”的名义被扣押的，但调查员相信他们拥有与调查有关的重要信息（这部分人的数目不明）。还有一班数目更少的被拘留者（可能是10人左右），被认为曾在调查过程中说谎，或与基地组织有关联，又或认识部分劫机犯。不过，消息人士表示，这些人当中没有一个肯与当局合作。

这235宗个案揭示了当下行动的本质——与其说它是追缉“9·11”袭击同谋的调查，不如说是一个大规模的防范性行动，旨在瓦解未来的恐怖活动。

这从好几方面得到印证。首先，当局至今没有对任何一个被拘留人士控以参与“9·11”阴谋或其他恐怖活动的罪名。其次，每当政府官员收到新恐怖威胁的情报、继而向公众发出警告后，拘留可疑人士的步伐就明显加速。比方说，当有谣传指恐怖分子计划发动“9·22”袭击后，拘留数字就显著大增。

政府这套策略和施行的方法，已招来辩方律师和公民自由捍卫者的抗议。他们表示，拘留行动是一场大规模的种族针对，情况有如在第二次世界大战初期，政府大举囚禁国内11万名日裔美国人一样。

但司法部高层官员反驳这些批评。他们说，除了关键证人外，所有被拘留者都确实触犯了某些法例。“9·11”后所不同的是，许多人都被关起来，实质上是防范性的拘留，否则他们都会获准保释外出。助理司法部长切尔托夫（Michael Chertoff）说：“如果你找得出一处违章的地方，我们就会着手处理该个案。”

《华盛顿邮报》对这235人的背景作出更仔细的分析，发现大部分人来自沙特阿拉伯、埃及和巴基斯坦。差不多所有人都是男性，年龄为20至30多岁。他们被捕的地方，主要集中在几个拥有相当伊斯兰人口的州（执法人员认定他们是基地组织的同情者）：得克萨斯州、新泽西州、加利福尼亚州、纽约州、密歇根州和佛罗里达州。

从好些拘捕个案的性质可以看出，这场拘留行动的本质就是为了防范袭击。就在9月底司法部长阿什克罗夫特公开表示担心恐怖分子利用货车施行化学袭击后，执法人员随即抓了21个涉及伪造货车牌照的伊拉克裔难民，其后官员表示，这些人似乎与袭击无关。

上月底，阿什克罗夫特向“全美市长联盟”发表演说时，把当前政府采取的行动，比作20世纪60年代初时任司法部长罗伯特·肯尼迪打击有组织犯罪的行动。这篇演说，是他至今在公开场合上谈论拘留行动最深入的言论。

他对市长们说：“据说，只要是有助打击有组织犯罪的行动，罗伯特·肯尼迪领导下的司法部都会执行，就连在人行路上吐痰的人也会被捕。在反恐战里，司法部一直施行相同的铁腕政策，以逮捕和拘留可疑人物，今后也会贯彻执行。”

“让我在此向恐怖分子发出警告：只要你在签证到期后仍非法居留，哪怕只是一天，我们也会拘捕你。”

在分析了235名被拘留人士后，得出这么一幅图像：调查行动乃从三个同心圆入手。其中9人位于调查的中心点，他们中包括一些最声名狼藉、最能引起执法人员注意的人物。第二层被拘留者包括17男1女，他们与劫机犯或中心圆人物的关系薄弱得多，也许是以往曾被共囚一室，又或曾伪造身份证明文件、协助劫机犯取得假身份证等。

最大批被拘留人士属于第三层外圆，我们难以知晓调查人员为何拘留他们。外圆里有些人之所以被逮，是因为他们曾与劫机犯出现在相同的地方，又或从事过相同的活动，例如接受飞行训练、外游，或像穆宾那样，领取驾驶执照。另一些人看来更加像是被乱抓进牢，只因他们来自某些中东国家和触犯了移民入境条例。

特别在初期，这个行动曾朝一些错误的方向调查。当时调查人员试图找寻符合劫机犯样式的中东人，结果错盯一批曾任飞机师或入读飞行学校的沙特人。

助理司法部长切尔托夫说，开始的时候，调查重点是劫机犯与他们的信用卡和电话记录，由此再扩大调查范围。他在访问中表示：“我们得到哪方面的情报，就朝哪个方向侦查。我们尽量朝最多的方向调查。”

从全国各地的个案可见，当局决心要采取所有能动用的法律手段，以求尽量延长拘留的时间。

上文那份由FBI反恐部国际恐怖主义组主任罗林赛签署的FBI宣誓供词，就是用来确保将某人继续收监的利器；而那个位于迈阿密市西南部、拒绝让穆宾保释外出的细小法庭，绝不是该文件能派上用场的唯一地方。在圣路易斯市一个移民聆讯上，当局也亮出了这份文件，令代表奥沙马·埃尔法（Osama Elfar）的律师哑然失色。

30岁的埃尔法是洲际航空公司的飞机技工，在9月24日早上7时被FBI探员拘捕，当时他刚值完夜班。他被控逾期居留，但他相信真正的原因是：他是埃及人，信奉回教，受雇于机场，而且有一个容易记忆的名字——奥沙马*。

埃尔法对FBI调查员表示，他绝对不是拉登的同情者。他主动让他们搜查住所，检查他的电话单据和计算机。埃尔法及其代表律师米汉（J.Justin Meehan）指出，调查员找不出任何问题。10月5日，埃尔法接受测谎，据米汉形容，他“以极佳表现”通过了测试。

尽管如此，两周后政府律师还是凭着一份FBI宣誓供词，成功阻止他保释。那份供词说，FBI“无法排除一个可能，那就是（埃尔法）可能以某个形式牵涉到世贸大楼和国防大楼之恐怖袭击，又或对两宗袭击知情”。

现时埃尔法仍然被拘留于密苏里市东南部的密西西比郡监狱，离圣路易斯市3小时车程。他在狱中接受电话采访时说：“我不明白的是，在接受测谎的时候，那个探员曾经承诺，只要我通过测试，之后就不会再抓我。”

法律专家们认为，“FBI有需要在拼凑砌图期间继续羁留相关人士”之理据其实是旧语新说。以往，中央情报局（CIA）就常常依赖类似的砌图理论，拒绝对外发放信息；理据是美国的敌人可能会搜集这些零碎的情报，从而拼凑出美国政府的秘密。

熟悉这些法律个案的华盛顿律师林奇（Mark H.Lynch）说，FBI利用这个理由来拘禁人们“极之背离以往的做法”。“如果他们把人关起来，是为了

*译注：基地组织领袖名为奥沙马·本·拉登（Osama bin Laden）。

排除这些人涉事的可能性，那是错用了法律系统。”

不过，前总统老布什的司法部长巴尔（William Barr）却认为，这份FBI宣誓供词说明了法律是“有选择性地执行”的，同时文件也“告诉了法官，‘这正是我们如此认真地处理此案的原因’……从林肯开始，历任总统都知道他们必须坚决地面对非常威胁；这次我们遇上的，就是这样的威胁”。

宣誓供词只是执法人员用以阻止释放被拘留者的板斧之一。

9月18日，司法部长阿什克罗夫特下令移民归化部，修改正式落案控告被捕者之前的羁留规则，把羁留期限从原来的最多一天延长至48小时，在国家紧急情况下更可以延长至一个“合理的期限”。

上周初，移民归化部又有一条新规例生效，该部门发言人说，对于那些触犯入境条例的特定人士，即使他们获准保释外出，新规例也会容许移民归化部把拘留期自动延长10天，好让该部门有时间就保释提出上诉。

当局这个全新的强硬路线，从多名被拘留人士及其代表律师的描述可见一斑。

“9·11”袭击前几个月，美国政府一直试图把巴勒斯坦活跃分子达杜利（Ghassan Dahduli）驱逐出境，而他则以保释在外的自由之身，力争留在美国。如今，同一班政府官员却想尽办法阻止他离开美国。

“9·11”之后，移民归化部官员撤销了达杜利的保释，并于9月22日前往他与妻子和五名子女居住的得州理查德森市寓所把他逮捕。几天后有报道传出，在拉登前私人秘书哈格（Wadih el Hage）的通信地址簿内，出现一名在美居留23年的41岁男子“达杜利”的名字。拉登就是被裁定指使了1998年非洲两间美国大使馆爆炸袭击的那个头号恐怖分子。

达杜利的律师潘林顿（Karen Pennington）表示，达杜利在10月3日已同意被解出境，但执法人员拒绝让他离开。

其他被拘留人士所面对的罪名指控，则反映了当局针对中东裔移民的特别审查。65岁的穆斯塔法（Fathi Mustafa）是巴勒斯坦裔人，已入籍美国；他29岁的儿子纳塞（Nacer Fathi Mustafa）也是美国公民。“9·11”袭击发生4天后，他们从墨西哥采购完皮具货物回国，在回家路上于休斯敦市被捕，罪名是持有被改动过的护照。

他们的代表律师格尔森（Dan B.Gearson）说，当时两人正在休斯敦机场等候转机前往佛罗里达，却被移民官员从人龙中揪了出来，指称他们的护照表面多了一层薄膜。联邦官员称，这层胶膜可用以移花接木，把某人的照片盖在原来照片之上——恐怖分子有时会用这个方法来隐藏自己的身份。

格尔森说，他的当事人并不知道自己的护照多了一层薄膜，他们以往也使用相同的护照出入美国，但从未受过阻挠。那名父亲其后获释回家，但要在腿上戴上一个追踪器。他的儿子曾有被捕记录，不获保释批准。

当局如此严苛地运用各种新旧法律工具，令辩护律师和捍卫公民自由及移民权益的组织大为愤怒。代表多名被拘留人士的圣迭戈市律师哈穆德（Randall Hamud）说：“这些都只是鸡毛蒜皮的事，跟驾驶飞机撞向大厦没有丝毫关联。”

尤其令批评者关注的是，新泽西一名被拘留人士在牢中死去（死因似乎是心脏病发）；又最少曾有一名年轻的被拘留者，在密苏里监狱中遭其他囚犯殴打。上周，一个法律及移民组织联盟引用《信息自由法》，要求FBI和司法部发放有关被拘留人士的资料。

执法人员称，每个被拘留者都得到公正的对待。司法部发言人塔克（Mindy Tucker）表示：“除了有一个被囚者投诉联邦监狱外，司法部就没再收到其他投诉。”

联邦政府官员也声称，他们这种雷厉风行的做法，响应了当前美国公众的情绪。移民归化部发言人贝格隆说：“美国人民都期望我们百分之百肯定没问题（才放走嫌疑人）。”

那些处于调查中心圆的被拘留者，倒有一处令人意外的地方：他们以另类形式让人明白，“9·11”袭击中的19名劫机犯是在毫无外界帮助的情况下施行袭击的。

他们虽然处于调查的最中心点，却没有一人被控涉及恐怖活动。被控参与劫机阴谋而仍然在生者只有3人，包括两个摩洛哥人和一个也门人，他们曾居于德国汉堡，现在是国际通缉犯。

在我们确认了身份的235名美国被拘留者中，据知只有10人与劫机犯有某种形式的关联。而这些已知的关联，大都是暧昧不明的。

例如摩洛哥裔法国人穆萨维（Zacarias Moussaoui），他于8月17日在明尼苏达州一间飞行学校被捕，现以违反移民居留条例为由被关禁于纽约。他与袭击的关联是，他曾经打过一通电话给劫机犯阿塔在德国的前度室友。

其他关联还包括劫机犯留下的两个电话号码。他们在劫持美航77号班机袭击国防大楼前，在华盛顿的杜勒斯国际机场一架租来的车内，留下了电话号码。第一个号码属于21岁的约旦裔学生阿瓦达拉（Osama Awadallah），他被指曾在圣迭戈市与部分劫机者见面；另一个号码则属于44岁的索马里裔人阿布迪（Mohammed Abdi），他已入籍为美国公民，居于阿历山特里亚市。

处于调查最中心的几个人被怀疑与袭击事件有较大关联。他们包括科威特裔人阿尔马拉布（Nabil Almarabh），他是波士顿的士司机，分别跟劫机者和基地组织有联系；还有来自印度的阿里汗（Ayub Ali Khan）和阿兹马思（Mohammed Jaweed Azmath），他们在“9·11”袭击后翌日，于一列驶往得州沃思堡的火车上因身携界刀被捕。

另一人是摩洛哥裔的米姆沙（Youssef Hmimssa），警方从他的底特律寓所内发现伪造身份证和一些文件，当中显示他计划在土耳其袭击美国国防部部长。

位于第二层圆圈的被拘留者中，包括两名同来自也门的学生阿卜达拉（Mohdar Abdallah）和巴卡巴沙特（Omer Bakarbashat），他们被指认识部分圣迭戈的劫机犯。

加州理工大学波莫纳分校学生诺阿曼（Ramez Noaman），是另一个来自南加州的也门青年。他以“关键证人”的身份在曼哈顿被拘留，须向纽约大陪审团做供，十几天后才获释。他在简短的电话访问中说，他在圣迭戈租了一幢两层高房子的一个房间，其中两名劫机犯曾住在那里。

还有一个更牵强的联系。22岁的奥马尔（Hady Omar Jr.）是阿肯色州史密斯堡的埃及裔古董商人，他在佛罗里达州南部一间Kinko's商务通信连锁店预订机票，使用的计算机刚巧是其中一名劫机犯也用过的，结果遭当局以入境罪名拘留。他的妻子表示，丈夫跟劫机犯使用了同一部计算机，纯粹是巧合。

第二层圆圈里也有一些人是因为与最中心的嫌疑者有关联而被捕，而非直接与劫机犯有关系。他们其中一个是巴基斯坦裔的佩维兹（Mohammad Aslam Pervez），他跟那两个带着界刀乘火车往得州的被拘留者，共租了一间公寓。

在这一层被拘留者当中，有好几人似乎受到调查人员不断施压。近数周以来，中心圆人数并未增加，但当局对第二层的一些拘留者，已控以发假誓之类的罪名。

51岁的阿卜杜卡迪（Mujahid Abdulqaadir）因为结识穆萨维，反复遭受FBI盘问。两周前当局以“关键证人”的名义把他逮捕并押至纽约。他在上周五被解返俄克拉何马州，据他的律师表示，因为FBI探员在他家里搜出枪支，他会在该州面临有关藏械的指控。

10月11日晚上，在司法部长阿什克罗夫特公开警告收到可靠消息指国家可能遭受更多袭击数小时后，阿尔巴斯蒂（Tarek Abdelhamid Albasti）在印第安纳州埃文斯维尔市的“癫茄餐厅”里做意大利粉。那是他与妻子和一位叔伯共同拥有的餐厅。

阿尔巴斯蒂是埃及国家划艇队前队员，现在是美籍公民，有一个两岁大的女儿。他的老丈人是美国前外交人员，丈母娘来自一个可追溯至美国大革命时期的家庭。不过，FBI探员还是在“9·11”袭击后两度现身，查问他的政治信念和他收到的一份生日礼物——飞行训练课程。

就在那个周四晚上8时，FBI调查员又来了。这次把他和他的埃及裔叔伯带走，另外还有七个居于埃文斯维尔的穆斯林男性。第二天早上，他们戴上手铐，被押上一架美国法警飞机解往芝加哥。

他们被当作“关键证人”收监。在狱中，他们进行绝食抗议。被关禁一周后，阿尔巴斯蒂、他的叔伯和另外六人获释。

阿尔巴斯蒂的经历，可说是“外圈”里许多被拘留人士的共同遭遇。他的家人相信，他被捕的原因是他新近领取了飞行执照，符合劫机策划者的可能条件。

就连一个试图协助调查人员的男子，也落得被拘留的命运。“9·11”袭击两天后，居于得州泰勒市的阿布杰代（Mustafa Abu Jdai）及其妻子黛安娜致电FBI的800热线。他告诉调查人员，他在今年春天曾按一份张贴于达拉斯市清真寺的招聘广告应征，跟几个说阿拉伯语的男人会晤，对方提出让他受薪学习驾驶飞机，可以选择在得州、佛罗里达或俄克拉何马受训。他的妻子表示，FBI探员向她丈夫展示了一些相片，阿布杰代认出其中一人是谢希（Marwan Al-Shehhi），当局相信他是其中一个把飞机撞向世贸大楼的机师。

阿布杰代妻子说，FBI要她丈夫接受测谎，然后告诉他，他答错了最后一条问题。于是，他被控过期居留，现时仍在达拉斯监狱中。

即使是那些最后获释的人士，被拘留的经历已令他们对美国的感觉大打折扣。例如在印第安纳州开设意大利菜馆的阿尔巴蒂，他从芝加哥获释回家后，就把飞行执照撕掉了。他上周前往埃及探望父母，没决定是否回来。他的妻子卡罗琳·鲍赫（Carolyn Baugh）说："美国梦，碎了。"

（以上报道由《华盛顿邮报》记者Amy Goldstein、Marcia Slacum Greene、George Lardner Jr.、Hanna Rosin、Lenin H. Sun和Cheryl W. Thompson采访，由Goldstein执笔撰文。《华盛顿邮报》记者Bob Woodward、Jim McGee和研究编辑Margot Williams亦有参与这篇报道。）

21岁——新闻图片奖作品选辑

John Kaplan，佛罗里达大学研究基金会教授。在加入学术界之前，是美国最有成就的新闻摄影记者之一，曾荣获多项顶级新闻摄影荣誉，包括普利策特写新闻摄影奖、美国年度摄影记者奖、全球新闻俱乐部奖，以及先后两次获罗伯特·F.肯尼迪奖，并获尼康纪实摄影基金奖项等。他曾两次应邀担任普利策新闻摄影奖的评委。

曾在Syracuse大学的伦敦中心和Ball State大学任教，也曾以奈特基金会大学特别研究员（Knight Fellow） 的身份在俄亥俄大学授课。自1999年起，Kaplan于美国佛罗里达大学新闻和传媒学院讲学，主要教授国际新闻、新闻摄影和设计等。

2000年，创办了称为“佛罗里达飞人计划”的国际新闻课。自该年起，于每年秋季带领十多个新闻及传媒专业的本科生和硕士生前往拉丁美洲国家，学习海外报道的基本技巧。飞人计划学生所创办的网上杂志（www.internationaljournalism.com） 在2003年荣获最佳新闻摄影比赛多媒体作品的头等奖，该网站是唯一由学生团体主理的获奖网站，其他得奖者包括《纽约时报》、《华盛顿邮报》和《诺彻斯特联合时报》。

曾担任新闻和传媒教育学术评审局成员，以及被聘为佛罗里达大学研究基金会教授，并在 2005 年获佛罗里达大学年度国际教育家奖。

经常在世界各地讲学，举办讲座以及摄影展。他出版了两本书，包括在2003年出版的《影集成功秘笈》（*Photo Portfolio Success*）。曾于《中国摄影》、《摄影世界》和《青年视觉》等多家中文报刊上发表作品。

佛罗里达大学研究基金会教授
1992年普利策特写摄影奖得主

21岁也许是我们一生中最重要的岁数。这个年纪的人，终于正式告别童年，开始成人的生活。

在美国，我们拥有形形色色的选择，但这些选择其实受制于我们的背景、环境、个人天赋，以及今天美国社会的严重两极化。因此，虽说我们到了21岁，就要为自己作选择，但这些选择肯定受文化压力和规范所限制。

我初次沉浸于这个想法，是在我拍写《罗德尼的罪行》的时候。这个摄影特写的主人翁是21岁的年轻人伍德森（Woodson），他来自匹兹堡市环境最差的贫民窟，面对一项谋杀罪名。他遭人勒喉、抢劫、殴打，然后他开枪射杀了侵犯他的人。

无论从哪一方面看，伍德森都是个外表和性格讨好的小伙子、深得孩子喜爱的父亲，从来没惹上麻烦。问题是，案发时伍德森是否有机会逃离现场而不须干掉他人呢？

我心想，要是伍德森居于城中较安全的地区，他还需要带枪傍身吗？要是他来自不同的背景，在这一刻，他也许会是个成功的大学生，拥有光明的前途。

美国式的自由给予我们很多机会，但囿于社会规范和经济现实，今天它也限制着我们的选择。未婚妈妈的孩子，长大后也往往成为未婚妈妈；医生的子女，也常常能成为医生。

我以21岁作为纪实的题材，目的是让观众就着我们文化中不同的生活方式，寻找自己的结论。今天的美国，有着那么多的对，也有着那么多的错。透过直接审视21岁年龄层的角度，我希望观众在明白美国正朝积极方向演进的同时，也能理解到对一些机会有限的人来说，无论那是经济机会或个人机会，时间看来是停滞不前的。

Tanya：时装界的新星

Tanya曾经是被虐儿童。在一次Oscar de la Renta的时装表演上，Tanya一夜成名，成为纽约的当红模特儿。（这张照片采用35mm相机，1/15 秒，柯达Tri-x胶片，使用闪光灯。）

Phil：少年偶像

Pantera乐队的领唱Phil Anselmo正展示他的宠物，犹如孩子般虚张声势。

Malli：恋爱中的哈佛学生

Malli Marshall是哈佛的高年级学生，她的梦想是成为一名医生。她与男友仍然维系着一段遥远的爱情。这张照片拍自波士顿地铁。（自然光，柯达T-Max 3200胶片。）

Marc: 破碎的梦想

在赛前奏国歌时，职业橄榄球手Marc Spindler流露着痛苦的表情。
膝盖伤患使他在三场比赛后结束他的新赛季。

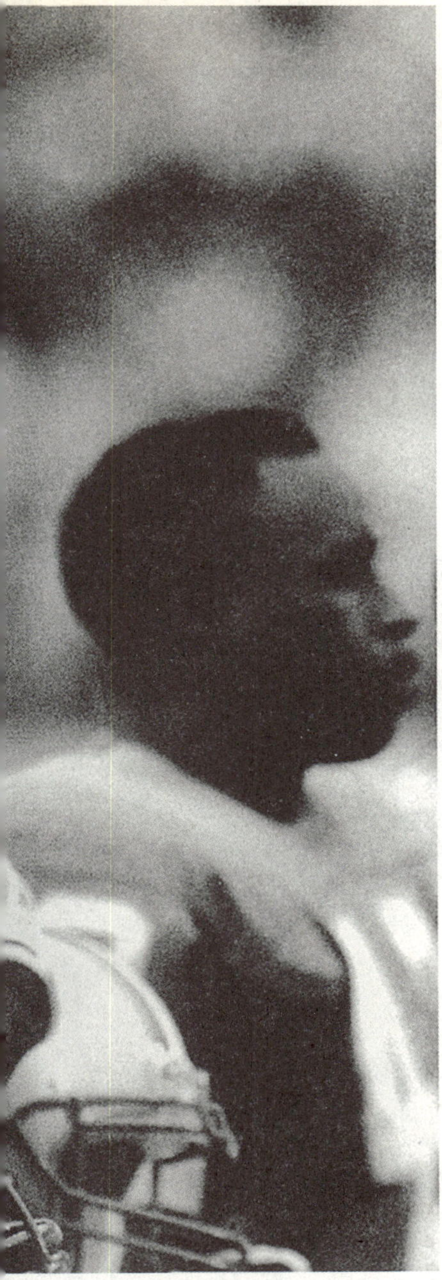

Frank：来自Appalachia的流浪者

虽然只有21岁，但Frank Cline的脸早已被贫穷折磨得面目全非。他目前失学、无业。（柯达T-Max 3200胶片。）

Beatriz：移民的梦想

像过百万墨西哥非法移民一样，Beatriz偷越边界来到美国。尽管获得正式居留权的希望微乎其微，但她的生活十分平静。孩子是她最大的寄托。Kaplan在拍摄时使用了24mm广角，同时利用背光将母亲和孩子的关系强调出来。

Brian：为毒品而出卖自己

Brian为吸食毒品而出卖肉体。刚刚挣够钱的他为自己注射毒品。他说只有毒品才能让他像风筝一样在天上飞，忘却现实世界。

何时让他安息？
——家人的痛苦抉择

1996年11月17日

《费城问询报》记者

1997年普利策解释性新闻奖得主

Michael Vitez，《费城问询报》记者。1997年获颁普利策解释性新闻奖，得奖系列题为“最后的抉择”，以感人的文字，深入细腻描绘五位即将面对生命大限的病人，道出他们所面对的生死抉择。这些感人至深的个人故事同时说明了美国人在死亡抉择问题上，经历了怎样的戏剧性转变。

新作*Rocky Stories: Tales of Love, Hope and Happiness at America's Most Famous Steps*，措辞练达，于2006年11月由费城Paul Dry Books出版。该书大部分相片则由他的同事兼同获普利策奖的汤姆·格里殊（Tom Gralish）操刀。他们用了一整年时间，在费城艺术博物馆的台阶上访问旅客以及为他们拍照。这些旅客来自美国，甚或全世界。他们因为各种原因，像拳王史泰龙在30年前荣获奥斯卡奖的影片《洛奇》中一样跑上台阶。

自1985年开始，一直于《费城问询报》工作，尤擅长于撰写有关人的故事。他的使命是向生命喝彩，以笔触谱出肯定生命和启迪人心之精彩故事。曾遍历全美国以及世界上不少地方，为《费城问询报》文章取材。

曾在美国密芝根大学担任新闻学研究员，又于美国宾夕法尼亚大学教授写作课程，并在普林斯顿大学当了一个学期 Ferris 新闻学讲座教授。亦曾在佛罗里达州的传媒教育中心Poynter学院下设的工作坊、州内的新闻发布室及各式课堂以至小区团体任教。他的哲学是：在这个充斥着事实、信息、互联网网站、有线频道、新闻稿与噪音的世界里，最能把信息传达于人的就是故事。故事把我们联系在一起，滋养我们，是最佳的沟通工具。

在深切治疗部，帕特里夏·穆尔（Patricia Moore）正在为丈夫读诗。她穿着手术袍，戴着橡胶手套，手里捧着一本翻旧了的书。

她脸上戴着手术用口罩，压低声音，温柔地读着诗人詹姆斯·惠琴·华利（James Whitcomb Riley）《沉浸在六月》（*Knee-deep in June*）的诗句：

“我不愿打扰兰草的生活，毋须为我把它们圈起！”

吉恩·穆尔（Gene Moore）躺在她的面前，昏迷不醒。一根输液管从他颈部的血管穿了进去，一直穿过心脏，进入肺动脉，测量着他的血流，并把五种药物输入他患病的身体。

一根通气管就像花园里用来浇水的水管一样，从他的喉咙通到体内。一根鼻饲管从他的鼻孔进入胃部。

他的腿上绑着几只袋子，每隔几分钟便鼓起来，然后又瘪下去，目的是防止产生血栓。一根导管将尿液从膀胱中排出。他的脚上穿着矫形鞋，使两腿保持弯曲姿势，这样，一旦这位63岁的钢铁工人奇迹般地能够下床，他仍可以站立。穆尔夫人站在相濡以沫44年的丈夫身旁，心里犹豫不决，痛苦不堪。

她和两个儿子是否应该让丈夫受这种折磨？

他们是不是应该停止延续他的生命？

他们是否应该告诉医生让他自然地离世？

现今的药物愈能延续人的生命，美国人便愈须面对自己如何和何时告别人世的抉择。

是在充满哗哗作响的机器和信号闪烁的监测仪器的医院病房里迎接死神，还是留在家里，让善终服务员来消除弥留之际的痛苦和恐惧？

不久的将来，美国人将面临这样一个重大抉择：他们是否会在医生的帮助下自行结束自己的生命？

美国人要求更多的选择，因为他们已开始关心离世时的质量，就像他们关心自己能活多久一样。他们希望在临终时能主宰自己的命运。他们希望死得人道，死得优质。

改革派在美国各地的医院、医学院、法庭和州议会中，积极提出要改善美国人离世的方式。

他们已经为病患者家属争取到一些权利，包括关掉呼吸机、停止使用延续生命的药物，甚至拔掉鼻饲管。

每年约有40万美国人要求通过善终服务，让自己安静地离世。自1982年医疗保险把善终服务纳入保险范围以来，今年这笔费用已经增加到20亿美元。

杰克·凯沃尔基安（Jack Kevorkian）这个名字在六年前还未为人所知。今年，两个联邦上诉法庭相继作出裁判，认为病患者有权在医生协助下结束自己的生命。这一议题现正提交到美国最高法院裁决。

伴随着掌握自己如何以及何时离世的要求而来的，是有关伦理、社会和个人方面的问题，美国人才刚刚开始思考如何面对这些艰难的抉择。

从今天开始，一连五天，《费城问询报》将描述以不同方式走近生命终点的人们及其家属的图像。*

深切治疗部固然带来康复的希望，但也可能带来痛苦地离世的代价。何时决定放弃，本身已是一场不折不扣的折磨。

成千上万的美国人都处于穆尔夫人的境地：在深切治疗部，守候在挚爱身旁，不知道将会发生什么事情，不知道该怎样做才对。

在过去24年，吉恩·穆尔一直住在上巴克斯县（Upper Bucks County）奥茨维尔（Ottsville）乡下一座18世纪的农舍里。

他曾经在后门欣赏太阳落山的景象，也种过葡萄，酿过葡萄酒，钉过马掌，还与孙子一起弹古典吉他和玩扑克。每逢夏天，他都会与家人一起前往马利兰州大洋城（Ocean City）抓螃蟹，然后撒上大量辣味调味料烹来吃。

他还梦想买一辆旅游车，带着老伴和仍旧住在家里的小儿子——35岁的罗恩一起到全国各地旅行。但不久，他的肺出了问题——他患了肺纤维化。到了1月，吉恩·穆尔的呼吸十分困难。2月，他在宾夕法尼亚大学医学中心接受了肺部移植。他逃脱了死神的魔掌，重获生机。

他恢复了体力，每天能在跑步机上慢跑两英里。他还来到一个跳蚤市场，向陌生人展示胸部一条类似蝙蝠翅膀的刀口。“足足有120颗钢钉。”他不无骄傲地对他们说。

他还买了一辆1981年款的“雷鸟”牌汽车，实现了多年的梦想，并先后驾车两次，直到6月底被送回医院。他的身体排斥移植得来的肺。

7月7日，吉恩·穆尔被手推车送到宾夕法尼亚州医学院深切治疗部。呼

*注：普利策新闻奖得主工作坊只翻译本文。

吸机、鼻饲管、输血、血压药、类固醇、抗生素延续着他的性命。他还注射了大量镇静剂。

和许多美国人一样，穆尔一家人都认为医生会治愈几乎所有的疾病，挽救所有人的生命。他们经历了器官移植这一奇迹，一心希望奇迹再次出现。

死亡，是不可想象的。

他们也无法想象宾州医学院深切治疗部所发生的事情。这一点只有身临其境才能感受得到。

穆尔夫人穿过两道大门，走进九楼的宾州医学院深切治疗部。从这一刻起，她就像来到一个完全陌生的世界。死神离她是如此之近，医生所说的术语是如此晦涩难懂。

深切治疗部有12间大病房，繁忙的护士站被围在中央。每个病房都躺着一名严重病患者，他的身旁摆放着一台又一台的泵和监测器，不停地哗哗作响。床边通常坐着一名面色凝重的访客。

医生和护士不断进进出出。他们来去匆匆，总是忙个不停。

吉恩·穆尔住在第979号病房，这是一间位于角落的病房，偌大的窗户正对着护士站。为了防止感染，每个进入病房的人都必须穿上手术袍，戴上手套和口罩，临走时脱下。

穆尔夫人通常会坐在丈夫床边的一把椅子上，一心希望能从医生那里听到好消息，任何话都可以支撑她活下去，都足以给她希望。这些话可以是他的肌酸水平上升，也可以是她无法听懂的其他什么检查结果。

穆尔没有立下生前遗嘱，即申明自己希望选择何种死亡方式的法律文件，因为他错误地认为，如果立下这种生前遗嘱，就会使老伴丧失主动权，把这种权力交到医生手中。

穆尔夫人和罗恩相信，他们应当掌握主动权。

“我们就是他生前遗嘱的见证人。”她说。不过，穆尔夫人对所发生的事情并不了解，尽管医生和护士非常和蔼，耐心解答她提出的每个问题。

“我不知道该问些什么。”她说。

她怎样才知道什么是好的？

“我不知道应该让他再活多久，再受多少罪。”穆尔夫人说，“他到鬼门关走了一遭，又回到人间。他被抽了无数次血，两只胳膊布满针眼，再也找不到进针的地方。”

于是，她坐在丈夫身旁，挨过一个又一个小时，度过一天又一天。他木然地躺着，命悬一线；她则读诗，筹划度假，寻找做萨瓦纳烤龙虾的菜谱，用这种最平凡的事情来打发时光。

她一心希望丈夫不久就能回家。毕竟在宾州医学院深切治疗部每年收治的约700名病患者中，有将近八成的人最后都能痊愈出院，为什么丈夫不能像他们那样？

许多主张医疗改革的人都认为，医生和医院过于注重治疗，而较少关注生命垂危的病患者。去年发表的一份最大规模的、对病患者和病危人士进行的研究（患者有一万人，来自五家医院，时间长达八年）表明，超过1/3的重病患者临终前都非常痛苦。

许多人在临终前没有家人陪伴在旁，医生亦不理会他们撤走生命维持系统的要求。

据这项研究显示，病患者临终前与医生之间沟通不足。这项研究由普林斯顿的罗伯特·伍德·约翰逊基金会资助，经费为2800万美元。

“我们撤走生命维持系统的条件是：错过抢救时机，病人必死无疑，甚至连看门人都知道病人没有希望。”乔治·华盛顿大学改善垂死病患者待遇中心的琼·特诺（Joan Teno）说。这项研究于1994年完成，她是该研究的主要研究员。

倡导变革的人士认为，医生在向病人讲解病情时显得过于乐观，说得太少。他们说，倘若医生更坦诚，更面对现实，病人家属会愿意较早接受病人将要死亡的事实。

宾州大学医学院深切治疗部的医生表示，他们在放弃治疗时十分积极——一旦认定进一步治疗是徒劳的，就会向家属建议尽可能让病人舒服地离世。

他们说，家属通常不愿让他们放弃治疗。

“每当我们打算停止救治时，病人家属都会无一例外地请求我们继续抢救。”宾州大学医学院深切治疗部驻院医生戴夫·盖斯基（Dave Gaieski）说。

“要我们放弃抢救的家属只占1/20。”在该深切治疗部当了十年护士的谢里尔·马圭尔（Cheryl Maguire）说，“更常见的情况是，我们明知没有希望，但还是继续抢救，直到家属也认为无望为止。”

去年7月在该深切治疗部工作的两名主诊医生之一、后来负责治疗吉恩·穆尔的罗纳德·科尔曼（Ronald Collman）发现，穆尔的情况并不乐观。不过，一些类似穆尔这样的病人还是活了下来。科尔曼认为，穆尔还有一线希望，他知道他的家人希望继续进行搏斗。

科尔曼说，他认为深切治疗部的医生们都能满足病人对于如何离世的希望。

“我认为我们大部分病人都能有尊严地离世，”科尔曼说，“我们曾经将有尊严地离世与浪漫地离世混为一谈。死亡通常并不美丽，死亡是丑陋的。有尊严地离世就是以恰当的方式离开人世。我并非指无效益的事，而是进行搏斗，确实给病人一线机会。”

“病人来这里接受治疗，是因为他们的家属决定进行一场搏斗。在搏斗后死亡是一件光荣的事，对病人来说是适当的。”

穆尔夫人认识了一位朋友——她是隔壁一名昏迷不醒的癌症患者的妻子玛丽·卢·斯蒂芬诺（Mary Lou Stephano）。

斯蒂芬诺夫妇40年前在宾夕法尼亚校园里相识，地点就在医院对面的侯士顿大厦。

斯蒂芬诺夫人也盼望丈夫——62岁的斯蒂芬诺能苏醒过来，重新享受生活——哪怕就是再活一年也好。她每天清晨都盼望着与穆尔夫人在大厅里交谈，更甚于与自己的子女交谈，因为帕特·穆尔深深明白她的处境。

7月19日，星期五下午，医生们提出与斯蒂芬诺夫人和她的家人见面。他们把会面安排在星期日。斯蒂芬诺夫人告诉穆尔夫人，她估计这次会面的目的是向家属讲解丈夫的康复情况。医生们考虑得十分周全，她非常感动。

护士马圭尔知道，医生对斯蒂芬诺已经不抱什么希望，她打算巧妙地改变斯蒂芬诺夫人的期望。马圭尔告诉她，她的丈夫在深切治疗部经过三周的治疗后，将面临一段漫长的康复期。

星期日上午，距离会面还有几个小时，斯蒂芬诺夫人向驻院医生提出一个尖锐的问题：“他能醒过来吗？”她希望他会回答：“当然会。”

驻院医生沉默良久才作出回应。

“他苏醒的可能性大约只有15%至20%。”他回答。

斯蒂芬诺夫人吓呆了。

在一小时的面谈中，消息只有更坏。

这次会议是7月份和科尔曼一同在深切治疗部工作的主诊医生辛西娅·罗宾逊（Cynthia Robinson）召开的。

主诊医生决定何时放弃治疗，何时召集家属开会。

驻院医生说，深切治疗部的一些医生会尽量延长病人的生命，但另一些医生则会在较早时候便主张撤掉生命维持系统。

每当罗宾逊或科尔曼与病人家属会面时，都会有至少十名驻院医生或实习医生出席。他们会学到医学教育的重要一课：如何帮助病人家属面对现实，懂得放手。

罗宾逊不断把最新情况通报给斯蒂芬诺一家人。她态度和善，认真而富有同情心。但她也不隐瞒自己的观点：如果斯蒂芬诺的病情在一周内没有转机，她将建议移走生命维持系统。

“让他舒服些。”这位医生说，“让要发生的事发生吧。”

其中一个儿子和儿媳哽噎着，弄皱了的纸巾重重叠在桌子上。

“假如他能够参与这次讨论，”医生问，“他会想怎样？”

“我们一直没有机会谈及这件事，”斯蒂芬诺夫人说，“但一直以来他都按照自己的意愿生活。”

罗宾逊让家属们自行商议。经过一番讨论，家属们同意罗宾逊的看法。

在返回斯蒂芬诺病房的路上，穆尔夫人正好看见他们，看见他们满脸泪水。

这时，她终于明白召开这次会议的目的。

穆尔夫人和罗恩总是在上午九时半医生们交更前赶到病房，这倒不是因为他们了解多少医学知识，而是想探得一些消息。

7月24日，星期三的早晨，他们发现科尔曼和一群年轻医生聚集在穆尔的病房外。

负责穆尔日常治疗和护理的总驻院医生保罗·麦高文（Paul McGovern）像往常一样讲解着病情。穆尔的亲人们站在旁边，凝神静听。

“肠正常蠕动……高钠血症……24小时内排放了两升液体……血压初时上升，130/70毫米汞柱……白细胞数量为0.6。”

“我的天，”科尔曼面露惊异之色，“他的胸片怎样？”

“情况差了，”一位名叫乔·舍伦贝格（Joe Schellenberg）的医生说，“明显地差了。”又经过一番讨论，麦高文总结道：“治疗方案不变，换掉导管，开始减少药量……”

穆尔夫人透过窗户注视着丈夫，发现尿袋里有血迹。

在交代过病情之后，科尔曼走到罗恩和他母亲身边，驻院医生、实习医生以及医学院和药学院学生都静静地站在一旁。当家属们到齐了，他们便会静静地不发一言。

“他的病情反复，”科尔曼说。他望着穆尔夫人那双在手术口罩后热泪盈眶的、温柔的、绿色的眸子。“他的白血球减少了，最大的可能是与其中一种药有关。”

她指着盛着血尿的袋子。

“也许是血小板过低所致，”他安慰着说，“这个毋须担心。”

“他的X光片看上去情况很不妙，”科尔曼说，“但值得留意的是，他的肺功能良好。这很令人费解，他的肺片看上去这样差，但他的肺仍能运作良好。”

穆尔的病情并没有好转。他的白血球数量已低至一个危险的程度，这预示着另一场危机，这一次与他的骨髓有关。科尔曼知道，在深切治疗部里，随着日子的消逝，康复的希望越来越渺茫。

“再过几天，我们一起谈谈他的情况，”他向穆尔夫人和罗恩说，“这样我们才可达成一致意见。”

穆尔夫人长叹一声。罗恩伸出手臂扶着母亲，拥抱着她，并握住她的手。

“情况看来不妙。”他说。

“是啊，着实不妙。”她也有同感。穆尔母子哀伤地、慢慢地套上口罩，穿上手术袍，戴上手套。

“他是个战士，”穆尔夫人小声说，“但我认为他不喜欢现在这样。你怎么看，罗恩？”“他一定很讨厌这样，”罗恩说，“一定是。” 第二天，43岁的大儿子泰利·穆尔（Terry Moore）来探望父亲。

泰利是马尔顿维多利亚基督教会一名信奉原教旨主义的牧师。他信仰上帝，认为应当采取一切手段挽救人们的生命。泰利握着父亲的手，带着一名牧师的坚定信念，向不省人事的父亲说话。

“您现在很好，”他说，“一切都很顺利。您的情况也很好。爸爸，您的血压正常，心跳正常。爸爸，他们还给您食物呢。您完全有理由支持下去。我们爱您。最爱您的是耶稣基督，他就在您身边，他正在控制着局面……”

泰利·穆尔对母亲的保留态度不以为然。

他谈及住在宾州西北部妻子的祖母的故事。她中了风。“人们已为她准备葬礼，”他说，“当他们从她身上移走生命维持系统时，我说：‘你们在干什么？她还没有死呢。’”

祖母最后完全康复了。

“我们信奉上帝，”泰利·穆尔说，“我们相信祈祷的力量。我们相信奇迹一定会出现。只要气息尚存，就有希望。”

到了7月26日，星期五，穆尔旁边第二间病房来了一个新邻居。

在那个星期，75岁的罗丝·肯尼迪（Rose Kennedy）准备去教堂时突然中风。

肯尼迪夫人在深切治疗部使用呼吸机协助呼吸。但在她中风后的第二天，家人在饭厅的抽屉里发现了她的生前遗嘱。

“如果医生确信我的病情已经无法治愈……”生前遗嘱说，“如果我的大脑受到损害，使我无法分辨亲人或与人沟通……我不希望延续我的生命。我不希望借助机器呼吸……”

家属们挣扎着，不知应该怎样做。

科尔曼把他们召集到会议室。他说，肯尼迪夫人不会感到痛苦。随着脑部的肿块在今后几周开始缩小，部分功能可望恢复。他力劝他们不要这么快下决定。

“她的遗嘱提到不要插管子，不要呼吸机。”女儿贝蒂·普莱尔（Betty Pryor）坚持说。她也是肯尼迪夫人指定的代理人。“我知道，遗嘱上确实是这样写的。”科尔曼说。不过，他相信她的病情会好转。

“她的大脑会受到损害，但还没有严重到成为植物人的程度。问题在于她会接受多大程度的脑部损害。”

“她写这份遗嘱时没有告诉我，”女儿说，“所以她现在用上呼吸机了。”

女儿哭着说：“作这个决定实在太难了，这么多‘如果’，这么多‘但是’。”

“她的遗嘱并未有提及现在的情况。”科尔曼说。

贝蒂大声读出遗嘱中重要的句子：我不希望借助机器呼吸，也不要通过人工进食。

科尔曼立即响应："当有人提到不要用机器协助呼吸时，我们一直没有机会问她是否接受四天的人工呼吸。我们见过不少中风个案。在我们看来，她昏迷的时间不是最长的。"

"贝蒂，我们给两天时间，再看看情况如何吧。"罗丝·肯尼迪的姐姐说。

"好吧，"女儿哭着说，"我只不过是在完成她的愿望而已……"两天后，科尔曼表示，肯尼迪夫人已经不可能康复，全家人一致决定撤走所有生命维持仪器。

过了一天，肯尼迪夫人安详地去世。临终前，家人守候在她的床边，爵士乐曲在轻柔地播放着。

星期六，穆尔的病情加重。尽管他注射了镇静剂，但仍躁动不安。在他妻子看来，他好像想努力醒过来，想说话和叫喊。

他的肾功能开始衰竭，这是由于使用多种药物所产生的并发症。

下午3时30分，驻院医生保罗·麦高文在医生的会议室里讲解穆尔的病情。

"他的各种细胞都在消失，"麦高文说，"红细胞、白细胞和血小板都如此。他现在只靠输血存活。"

他解释说穆尔的病情现正处于医学上的两难。

治疗本身带来破坏：一种消炎药摧毁血液中的细胞，另一种损害他的肾脏，消炎用的类固醇对他的免疫系统造成进一步损害，等等。"我们造成的损害远远大于好处。"麦高文说。

"我个人认为，也许我们在延续这些病人的生命方面做得有些过了头。"

照料病入膏肓的病人非常费钱。宾州大学医学院深切治疗部平均每天要花费1571美元在每个病人身上。美国全国的深切治疗部共有7.8万张病床，照料这些病人的费用估计约占所有医疗支出的28%。

改革派希望保证病人得到应有的照料，但并非不必要或无用的治疗。

要进行人道和有经济效益的深切治疗，关键是要医治那些能够康复的病人，而不应对康复无望的病人进行没有效用的治疗，浪费宝贵的资源。

可是，谁会活下来，谁会去世，实在难以预料。罗纳德·科尔曼说，美国医学界希望向每一个人都提供最先进的技术和医疗服务，但把医疗费用维持在低水平。

如何在当中取得平衡，科尔曼说“是谁都不想谈论的话题”。

这个星期六的下午，护士洛里·博克尔曼（Lorrie Bokelman）走进穆尔的病房为他进行日常的翻身工作。在翻身的过程中，穆尔停止呼吸，变得烦躁不安。护士立即把帘子拉上，将穆尔夫人隔在另一边，开始给他“鼓气”，即用人工方法把氧气送进他的肺部。

漂亮的方格花纹帘子不断摆动，穆尔夫人坐在椅子上忧心忡忡，身旁放着一个用来装旧绷带和用过的手套的垃圾箱。

她不知听过多少次警铃声和哗哗声，看过多少次帘子被拉上，但每次再遇上相同情景，也从不见得更从容。

穆尔夫人把脸埋在双手中。

“他没事吧？”她满怀希望地问道。

“没事，”博克尔曼说，“我们在为他翻身时，他想屏住呼吸。有一刻脸涨得通红。”

博克尔曼拉开帘子。

穆尔夫人走到丈夫身边，握着他的手，抚摩着他的头，轻声地说着话，话音犹如乐曲般温柔。

“你觉得怎样了，亲爱的？慢慢地、轻轻地呼吸，慢慢地、轻轻地呼吸。没事了，亲爱的。”

7月28日，星期日，穆尔夫人找了一份旅游车的说明书来看。她和罗恩还没来得及穿上手术袍，科尔曼和麦高文就把他俩叫进家属会见室。

穆尔的血压急剧下降。他比以往更加烦躁不安。

这天早晨，医生已经把“咖啡末”——凝固的血块——从他的肺部吸出。他们发现他的X光胸片上出现令人吃惊的情况。

科尔曼希望召集家属开会。

穆尔夫人给泰利打了电话，然后就和罗恩瘫倒在位于等候室旁边、走廊的角落里，拥抱着泣不成声。

纵使穆尔夫人在深切治疗部里已经度过了21天，目睹和经历了许许多多的悲痛场面，但她还是被这个消息击倒了。

在这之前，一直没有任何医生暗示她要放弃希望。她仍一直保留着预订了一个月后在马利兰州大洋城的公寓。

科尔曼为穆尔编配了一个新疗程——“不施行复苏：第二阶段”，即不再进行其他任何治疗，不再输血或给予抗生素，但仍维持生命维持系统——仍使用呼吸机和给予血压药。

这个系统至少在家属会议前仍保持着。

护士博克尔曼给穆尔注射了一剂重剂量的麻药，让他全身放松。

穆尔夫人收拾心情，回到丈夫的病房。丈夫一周以来今天最放松。“这样就好了。”她松了一口气。

泰利·穆尔在中午刚过就到了，全家人在家属会见室聚集。

“你们的父亲有一系列并发症，旧症状刚过，新的症状又开始出现。”科尔曼对泰利说。

“我们对他进行了全方位治疗。主要问题在于，他的病情加剧……血压下降，发烧，肺功能转坏。他的病情今天出现恶化。总之，从医学观点看，他的病情已经到了我们无力扭转乾坤的阶段。”

“我今天感到担忧的是，他看来更加不舒服。洛里已经一直努力使他感到舒适。”

“我认为，我们目前只是为了治疗而治疗，这不会改善他的病情，也不会延长他的生命。”科尔曼接着说，“我认为，我们应当尽量多给他止痛药，即使这会导致血压下降，因为目前最重要的就是让他感到舒适。”

“我建议除了止痛药和镇静剂外，逐渐停止给他用药。我估计在停用血压药后，他不会留得太久。”

泰利回忆起妻子的祖母奇迹康复这件事。他直接但礼貌地提问。

“我不希望你的观点左右你的决定——无论你赞成堕胎与否。”他对科尔曼说，“我们是不是已经用尽一切技术使他康复，而非只是维持他的生命？”

科尔曼直视着泰利，轻声地回答。穆尔夫人把儿子的手握在手中。

“我认为我们没有错过任何能够帮助他康复的方法。不仅这样，我甚至担心我们做得过了头。现在已经到了这样一个阶段：他的情况不会好转。我担心我们反而让他受痛苦。”

科尔曼让这家人自行商议，再把他们的决定告诉自己。他与他们一一握手，表示谢意，然后离开房间。

“爸爸是一名战士，一直坚持到最后关头。”穆尔夫人说，“可是，我们还是要放他走。情况已不能逆转。”

“您拿主意吧，妈妈。”泰利说。

“既然他们已经尽了力，现在就把事情交给上帝吧。”穆尔夫人去找斯蒂芬诺夫人。她需要有人分享自己的感受。

医生在两天前把所有生命维持系统从斯蒂芬诺身上移走，把他转到位于深切治疗部对面的手术室暂留区，让他度过最后的时光。

斯蒂芬诺的病房里空无一人。

他已经于昨晚离开人世。

下午4时之前，他们终于作出了最艰难的决定。吉恩·穆尔神情十分安详。家人已经能坦然接受他将要离世的事实。博克尔曼慢慢减少了血压药的用量，关掉了所有警铃和哗哗作响的仪器。

全家人围拢在吉恩·穆尔身边，小声地告别。穆尔夫人把头靠在丈夫胸前。

“我无比爱你，亲爱的。我深爱着你。这是罗恩，和你一起打保龄球的玩伴，他正在握着你曾经扔保龄球的手。放松。”她小声地说着，几乎像在歌唱。

“好好放松。”下午4时45分，已经量不到血压，但心脏仍在跳动。最后，下午5时15分，吉恩·穆尔的心脏终于停止跳动。

泰利走到门外，在父亲的病历上写道：“回天家见耶稣基督。”

四天过后，星期四的下午，罗恩和泰利前往奎克敦（Quakertown）一家殡仪馆，把一个盛着父亲骨灰的纸盒带回家。

这个纸箱竟有四五磅重，令穆尔夫人感到十分讶异。

遵照吉恩·穆尔的遗愿，全家人在祖宅一块长满树林的地方聚集在一起。在小山旁一株高大的松树前，穆尔夫人把这个自己16岁就以身相许的男人的骨灰撒在地面。泰利念着祷文。

他们开了一瓶香槟，把酒倒在塑料酒杯里，然后喝下。

六周过去了，穆尔夫人仍旧无法提笔向送来鲜花和慰问信的人致谢。

“我总是无法重新开始，”她说，“我无法重新回到生活中来。”

每天，她都会想起深切治疗部的情景。“我不得不反复回忆这些可怕的经历以说明我们的决定是对的，”她说，“我必须想起这些可怕的事情来解释我们为何让他离开。”

现在回想起来，罗恩说，他可能会选择提早撤走生命维持系统。

然而，穆尔夫人却说，如果重头再来，她仍会坚持到底，直至医生也放弃希望的那一刻。

（后记：两个星期前，穆尔夫人应邀前往斯蒂芬诺夫人家里吃饭，另一位在深切治疗部结识的女士也在场——她的母亲在长期搏斗后去世。“我们大家都哭红了鼻子，用掉一大堆纸巾，”穆尔夫人说，“但情绪得到宣泄，感觉舒畅极了。”）

跟自己国家对战的记者
——越战泥足深陷

时任美联社记者

1966年普利策国际报道奖得主

Peter Arnett，曾任职美国几家主要新闻机构，一生投入战地新闻和国际危机新闻的报道。

1991 年首次波斯湾战争爆发时在巴格达作现场报道，并访问伊拉克总统萨达姆 · 侯赛因。凭此项电视报道赢得了艾美奖。

40 年前是驻外记者，开始为美联社报道越战，由 20 世纪 60 年代美国在当地建立军事顾问至 1975 年越南西贡沦陷，一做便是 13 年。1981 年，加入美国广播公司，专门报道拉丁美洲、中东、中亚和非洲的战事新闻。

20 世纪 90 年代开始，恐怖主义阴霾加剧，回到阿富汗，是首位采访头号恐怖分子奥沙马 · 本 · 拉登的西方记者。1999 年离开美国广播公司后，转投纽约 Camera Planet TV 附属公司 Foreign TV.com，其后被派往巴格达，为《国家地理探险家》报道于 2003 年 3 月爆发的第二次波斯湾战争。

战事爆发后，美国全国广播公司电视网（NBC TV）以及微软全国广播网（MSNBC）的采访队伍离开战地，他主动为这两个网络报道每日战况。之后由于在一次伊拉克电视台访问中批评美国的战争计划，备受争议，遭全国广播公司电视网解雇。尽管如此，依然继续为《伦敦每日镜报》及阿拉伯、欧洲及亚洲的数个电视网络报道战况。

近年于汕头大学的长江新闻与传播学院担任客席教授，主要讲授有关传媒的课题以及伊拉克战况的报道。

自传《战地实录》（*Live from the Battlefield*），获选为《纽约时报》“年度最佳书籍”。

历年来共取得 57 个主要新闻奖项，并获美国和巴西等地大学颁授荣誉博士衔头。2006 年获英女王颁授的新西兰功绩勋章（Officer of the New Zealand Order of Merit），表彰他在新闻工作上的卓越表现。

你想报道越南的战争吗？以下是你需要，也是我在1963年所需要的东西。坚固的皮靴、蚊帐、雨衣、医药包、刀、吊床、薄毛垫、水壶及能把这些东西全部塞进去的行囊——还有挂在我西贡市寓所门边的一套制服。这些都得从西贡黑市弄来，因为美军的政策是不会从军方物资中为记者配发任何正式装备。我们得在越南茂密潮湿的森林里，自己背着这些东西，以及食物和摄影器材，有时要这样子挨上好几天。你必须年轻力壮，而且也得跟上士兵们的速度。

特别在早年南越军方只能依赖美国顾问支持的时候，这场战争跟20世纪60年代南越僧侣纷纷自焚一样，变得极具争议性。正是这些顾问，透过主动接受访问和给我们美国记者放风，令这场争议愈演愈烈。他们当中最有名的是瓦恩上校(Colonel John Paul Vann),他负责在西贡市南面跟南越部队合作，但他对南越军方的领导方法和策略运用都有所不满，常指责南越军方高层腐败、政府无能。

瓦恩认为应该与共产北越对战，也认为如果新闻界对南越政府持批判态度，就能游说美国政府作出必要的改变，改善己方的战情。我拜访过他许多次，他塑造了我对战争的看法。

不过，瓦恩的评论却激怒了美军高层，包括美军驻越南高级军官哈金斯将军（General Paul D.Harkins）。他革除了瓦恩，让他回国。后来，瓦恩以美国援助计划的文官身份重返越南，但他宝贵的军事意见备受忽略。

在越战早年，哈金斯将军总是抱着乐观态度，当中也反映出他的上司、国防部长麦克纳马拉的判断。麦克纳马拉曾在这儿跟肯尼迪总统和一名总务官员会面。然而，这种以为越战早期形势事事顺利的观点，却受到新闻界的质疑。

《纽约时报》记者哈尔巴斯·达姆（David Halberstam)、我所属的美联社分社社长布朗（Malcolm Browne）和合众社的施汉（Neil Sheehan）尤其质疑官方对战争的看法，因为他们也同时报道日益扩大的僧人抗议运动。我为布朗的报道提供后援，后来他在1965年离开越南，我就接手他的工作。

哈尔巴斯·达姆的报道影响力很大，大得就连肯尼迪总统也曾致电《纽约时报》的编辑，要求把这名记者召回美国，但那位编辑拒绝这么做。布朗和哈尔巴斯·达姆两人都凭着他们的报道赢得普利策奖。1963年南越总统吴廷琰被政变推翻、僧侣抗争危机又告一段落后，我就从1964年起专注报道战争的情况。

直升机是越战主要工具，我们要跟着部队乘直升机出动，从机上跳落偏远森林的空地，找寻战斗的时机。有时我们会守候一两个星期才行动，有时在着陆时便须立刻行动。刮胡子是不用想的了，有机会的话我们会在河里洗澡。我们在雨季总是浑身湿透，在干旱的季节则因汗水而全身尽湿。水蛭会在你的衣服里蠕动，爬到你身体柔软的部分，吸你的血，用点着的香烟头就可以杀死它们。还有那些疟蚊，它们螫你时是不会发慈悲的。

从 1962 至 1975 年，我在南越为美联社撰写和发了超过 3000 则报道，直至共产党接管政权，战争结束。但我们记者已比士兵好过了，若我们想的话，可以离开战场，返回在西贡市的家，可是他们得留下来战斗。

1963年11月肯尼迪总统遇刺后，约翰逊接任为美国新总统。麦克纳马拉留任为新政府的国防部长，约翰逊与他在越南问题上继续推行一样的政策。1964年，约翰逊凭着承诺美国人会扩大越战，但不会派遣更多美军而当选总统。

然而，实地上的战况却比以前更加恶劣。一些摄影记者拍摄了一些照片，充分显示出冲突的残酷本质，他们当中包括美联社的法斯（Horst Faas）。他在越南逗留的时间差不多跟我一样长。法斯个性勇敢而技巧高超，他拍下一些很震撼的照片，其中一帧展示了一个手抱孩童的父亲，他的孩子因为遭到凝固汽油弹（一种由胶状汽油造成的炸弹）袭击，皮肤给炸得撕裂。又有一张相片，可以见到一名父亲向路过的南越装甲车求助，但士兵不予理睬。就是这些相片，助燃了也鼓励了美国国内的反战运动不断壮大。这些相片也触怒了美国政府，并埋下了在整场战争里政府铁手打压新闻界的伏笔。

越战是这样的一场战争——记者不用走很远，就能发现残酷行径的报道材料。哥伦比亚电视的萨费尔（Morley Safer），也就是后来成为《60 分钟时事杂志》台柱的那位记者，发现美国海军陆战队经常性地烧毁岘港市附近的村庄。萨费尔问道：那些家园被毁的人都到哪里去了？这种破坏行为，有助美军实行所宣称的赢取越南民心的政策吗？他的报道强烈地打动了美国公众的心，可也令他成为军方的眼中钉。

1965 年 3 月，约翰逊总统开始向越南派出战斗部队；到 1967 年，士兵人数增加至 50 万。美国已卷入一场大规模的驳火战中。

政府声称这是为了独立的南越政府生存的一场“有限度的战争”，战争方策归麦克纳马拉主理。他经常召开记者会，引用一些似乎支持他乐观估计的数据。

1964 年政府委派了新任驻西贡大使泰勒将军(General Maxwell Taylor)，他是二战英雄，也是知名的军事思想家。还有威斯穆尔 • 兰德将军（General

William C.Westmoreland)，他是新来的美军总司令，但批评者形容他的童军形象更为人所熟知——一副年轻老实的样子，公关技巧胜于他的军事才能。这个评价，在往后四年里都一直维持着。

经过一连串的军事接管，混乱的西贡政局这时已尘埃落定，由阮文绍和阮高其两位将军掌权。但美国的敌人——越共游击队、来自村镇的当地义勇军还有北越正规军（北越人民军），都在增强势力。北越人民军同时得到苏联和中国提供的重型武器，由传奇人物胡志明领导。

美国日复一日地增军，从这个国家的北方，一路到南面深入湄公河三角洲的地带。双方的死伤都不断增加。到1966年，已有超过一万名美军命丧沙场。越共死亡人数则没有统计，他们死后通常就地被埋，不会留下名字，也不会让人记起。

美国军方策划者曾尝试一些新战术，例如把落叶橙剂（化学武器的一种）空投至茂密森林的近路处或河边，用以清除树木。后来，这种武器中的二恶英成分被指致命地毒害了邻近居民的健康。

许多新记者被派来报道战况，因为哈尔巴斯 · 达姆、布朗、施汉等一批旧人，要前往较安全的地方。但我还是留下来了。为什么？其中一个原因是，如今我已熟知这个国家、这儿的人民了，我娶了一位越南女子为妻。另一个原因是，我学习了许多报道战争的知识，也学习了如何生存、如何跟军人一起生活。我也知道，越战现在已成为一个极重要的新闻，这不仅是对美国而言，而且是对整个世界而言。它值得我冒生命危险去报道。

1965 年 11 月，我报道了越战开战至今最大规模的战役，对战双方是美军第一骑兵师和北越部队，战场位于布满树林的德浪河（Ia Drang）山谷，就近柬埔寨边境。当时美军毫无敌军所在地的情报，原来北越士兵就在那儿守候，待美军一抵该地就向他们开火。我拍下了美国军官雷斯科拉和他手下还击共党的相片，经美联社发布。（许多年后，雷斯科拉葬身于遇上“9 · 11”袭击的纽约市世贸大楼，死前救出了他大部分在办公室的同僚。）

德浪河战役打了两天，逾 200 名美军阵亡，越共方面也死了许多人。我坐上医疗直升机，进进出出此区，所以能够定时地送出我的稿件。

1966 年，我因为报道这场战争而获颁普利策奖。美联社提出让我到一个更安全的地方，执行另一个采访任务，但我没接受，断然拒绝了。我感觉到，我的命运已跟越南、跟这场战争紧扣在一起。

（上文乃阿奈特于 2007 年春季在汕头大学做的讲座。）

在日期上做文章
——股权日期回溯报道

2006年7月20日

《华尔街日报》
驻波士顿资深记者、新闻编辑
2007年普利策公众服务奖

Steve Stecklow，《华尔街日报》驻波士顿的新闻编辑以及资深记者。1976年加入新泽西州Pleasantville市的《亚特兰大都市报》当记者。在1977年转投《费城快报》工作，并于1981年开始为《华盛顿星报》效力，六个月后转职到《费城问询报》，成为国际驻外记者。1993年加入《华尔街日报》，在波士顿工作，负责有关美国本土教育的报道。1996年3月至1998年7月期间，任职波士顿分社副社长，其后驻守伦敦七年，专职全球调查性报道，于2005年7月再被派驻波士顿。

曾三度夺得George Polk Award，在1996年度更凭《庞氏骗局》（*Ponzi Programme*）的报道，一人独自赢得该项殊荣。

2001年，与Freedman就非洲艾滋病的头条新闻报道《掩饰》（*Bottled-up*）获得不少奖项，包括专业记者协会纽约分社之截稿会大奖——最佳商业新闻报道专辑或调查性报道奖。此外，该篇报道亦为他们赢取了纽约新闻会之商业报道大奖，以及全国妇女政治核心小组所颁发的“杰出传媒大奖”。

2003年，与同事Alix Freedman有关联合国“石油换粮食”计划的贪污报道，入选参赛该年度的普利策奖国际报道奖。有关报道更赢得由联合国记者协会所颁发的另一个奖项。

2007年4月，与另外三位《华尔街日报》记者，因揭露连串有关美国企业之股票期权日期回溯丑闻案而获颁“普利策公众服务奖”。该项报道更为他赢得不少其他奖项，例如Scripps Howard Foundation所颁发的“Ursula and Gilbert Farfel 调查性报道大奖”，奖金为25000美元。

现在美国波士顿大学任客席教授，讲授有关调查性报道的课程。

一所高科技公司——博科通信系统公司的员工于2002年接到人力资源经理提出的一项特别要求：修改若干高级管理人员的受雇档案，使他们的入职日期晚于实际时间。

提出这项奇怪要求的原因在于，这样可以增加他们名下认股权的价值。

这些高管在进入公司时获分配认股权。但随着高科技泡沫迅速爆破，博科公司的股价已经跌到无法行使股权的程度。如果修改发放股权的日期，以后来股价较低时的日期代替先前的日期，将可提高股权的价值，因为获分配股权的人有权按照当年的股价购买股票。

这件事是两名离职的员工透露的。它是一间卷入股权丑闻的公司所发生的事件的缩影。按九名前员工的说法以及公司档案的记载，博科公司不仅修改发放股票日期，还成立了一个一人股权委员会，并透过安排兼职工作来改变提供认股权的日期。

这些行使股权的模式引起了联邦检控官的注意。据知情人士透露，他们考虑对博科公司前行政总裁格雷戈里·L.雷耶斯（Gregory L.Reyes）提出刑事起诉——这将是有关股权日期丑闻的第一起刑事案件。知情人士也透露，证券交易委员会也考虑从民事方面提出起诉。雷耶斯否认自己触犯法例。

只要博科公司的股价不断增长，员工就希望把获得股权的时间提前，因为这样可以较低价格行使股权。前员工说，为了制造员工早已加入公司的假象，公司会从他们同意加入公司那一刻起，为他们提供临时兼职岗位，但其实他们尚未真正开始工作。

数名前员工形容这些兼职工作只是象征性的：除了挂几个电话外，很少人会在全职工作前进行什么工作。公司会告诉新员工：“我们希望你们从兼职工作做起，你明白啦。”一名前雇员说：“这不是什么秘密，大家都心知肚明。”

博科公司给安东尼奥·卡诺瓦（Antonio Canova，他最后的职位是财务总监）的聘任信日期是2000年11月13日。信上说，他将从“上班的第一天起”获得18万股认股权。证券交易委员会保管的档案显示，这封信还说，“为使你尽早加入博科，我们可为你提供兼职岗位”，即在正式全职工作之前，每周工作不多于四小时。卡诺瓦后来离开博科公司，因而无法找到他评论该事件。

博科公司位于加州圣何塞（San Jose，Calif.），是一家资料存储网络公司，员工仅逾1300名。它提供类似虚拟交通警察的存储交换器，允许存储设备互联。深入探究博科的内部运作，可以看见股权丑闻中一些不诚实的手法，也揭示了众多在硅谷的科技公司卷入丑闻的症结。

在20世纪90年代末和21世纪初的科网热时期，许多企业资金短缺但又作出高承诺。在热潮顶峰时，他们以股权吸引人才和作为通货，增加这种通货价值的压力于是越来越大。

若一家公司篡改股权的分配日期，则意味着这家公司以往可能作过违反联邦法的不实披露，并且可能曾经作出错误的财务报告。在目前接受当局调查有关股权不实手法（例如将股权回溯至较低股价时）的数十家公司中，好几家公司已经重新编制了财务报表。

博科公司很早便行这一着。在进行了内部调查后，曾先后两次重新公布业绩，第一次是在2005年1月。这两次改动极大，例如截至2000年10月28日的年度，原来的版本显示公司获利6790万美元，在重新公布业绩时，却变成了亏损9.512亿美元。

公司还解除了雷耶斯行政总裁的职务，最后更将他辞退。

雷耶斯是一个严厉的上司。人所共知，如果有员工在他身旁经过而没有打招呼，他会冷不防向员工质问。他争强好胜，会对博科公司的竞争对手作出粗野抨击，例如他称主要竞争对手McData Corp为McDodo。

有一次，公司庆祝万圣节，员工们齐集在院子里，雷耶斯站在椅子上，大谈打垮竞争对手的必要性。接着，他挥动棒球拍，把一只上面刻有“McData Corp”字样的南瓜打得粉碎。雷耶斯的另一特色是：他会在开会时嚼烟丝，还会向塑料杯或空矿泉水瓶吐口水，这都使员工目瞪口呆。

雷耶斯的律师说，他的当事人从未在有关股权事件中获得任何个人利益。“捞取金钱利益永远是证券欺诈案的动机所在，但在这起案件中，不存在任何这方面的动机，”代理律师理查德·马尔马罗（Richard Marmaro）说，“这里没有自肥的指控，也没有任何证据显示（雷耶斯）有犯罪意图。”

雷耶斯曾在最佳时刻获配认股权，这不禁使人怀疑这些日期是否也经改动。其中一项股权的日期是2001年10月1日，是“9·11”恐怖袭击重创整个股市后博科公司股票以最低价收市的日期。其他两次获配股权也是在股价处于最低点的月份。

雷耶斯说，提供股权的日期是由董事会辖下的报酬委员会而非他自己拣选的。两名时任委员会成员尼尔·登普西（Neal Dempsey）和塞思·D.奈曼（Seth D.Neiman）没有回复本报查询。数据显示，雷耶斯一直没有在公司于1999年上市后行使股权，虽然他曾在公司挂牌前售卖了价值数亿美元的股票。

雷耶斯出生于一个高科技企业家的家庭，童年主要在硅谷度过。他的父亲格雷戈里奥·雷耶斯（Gregorio Reyes）于1958年离开古巴，前往美国修读工程学，后成为一名成功的科技公司高级管理人员。叔父乔治·雷耶斯（George Reyes）是谷歌（Google Inc.）公司的财务总监。

年轻的雷耶斯于1998年年中，以35岁之龄加入博科公司为行政总裁。当时，博科只是一家小型私营公司，仅有120名员工。

他着手迅速扩大博科公司的规模，目标是到2000年，每个季度均招募200名新员工。

博科公司无力支付高薪，但以提供股权吸引员工，连低级雇员也有可能在股价走高的情况下致富。此事果真实现：1999年5月公司上市时，分股后的股价为2.375美元，到2000年10月23日，股价涨到133美元，上涨了55倍。

有关博科公司员工从股权中获得巨额收益的消息不胫而走。博科公司前招聘人员阿莱娜·麦卡弗（Aleina McCarver）说："大批人对加入博科公司非常感兴趣。他们是在股市上知道有这家公司的。"

发放股权的过程十分麻烦，原因是报酬委员会每隔三个月才开一次会。雷耶斯说，他希望加快这个进程，以便能在硅谷繁盛期招募到更好的人才。董事会授权他独立批准提供股权事宜，包括决定行使价。

他声称，这项提议获得硅谷知名律师之一兼博科公司董事拉里·W.松西尼（Larry W.Sonsini）支持。松西尼位于加州帕洛阿尔托（Palo Alto）的威尔逊—松西尼—古德里奇—罗萨蒂律师事务所发言人说，成立一人股权委员会符合特拉华州（Delaware）的法律，博科公司便是在该州成立的。发言人说："成立一人股权委员会的背景是，当时雇用和挽留人才的竞争非常激烈，时间是关键。"

虽然新雇员因要给旧雇主离职通知而均不能在数周内履新，但他们通常会在签署聘用信当天获配股权。然而，《华尔街日报》收到的一封公司内部电邮显示，1999年10月，当时的财务总监米高·伯德（Michael Byrd）曾对雷耶斯表示，根据修改后的会计规条，新员工必须开始在公司工作后才能得到股权。

兼职员工

伯德建议向无法立即履新的雇员提供每周不多于四小时的兼职工作，以便他们符合获配股权的要求。雷耶斯说，高管们也认为，提供兼职还有助于避免尚未开始全职工作的新员工跳槽到竞争对手一方。

伯德已离开博科公司，他的代表律师说："米高·伯德是此次政府调查的证人，从来不是被调查的目标人物。由于雷耶斯被起诉一案尚处于民事诉讼阶段，伯德认为他不宜就此发表意见。"

这件事并未按照预期发展。例如，卡诺瓦的聘用信显示，这位未来财务总监一旦签约加盟博科，就会收到一批股权。他于2000年11月13日答应成为兼职员工。他在信中表示会在12月11日转为全职员工，那时股价已上涨了近9%。

然而，博科公司的股票在12月中出现大幅下跌，使得在这两个日期发放的股权之潜在收益化为乌有。数据显示，博科最终把股权的日期改为12月21日以解决问题，而不是原来的11月13日或12月11日。这天的股价跌到谷底，也是下半年收市最低的一次。

博科公司把向卡诺瓦提供股权的日期从他开始全职工作之12月11日改为12月21日，意味着倘若博科公司的股价回升，并在行使股权之前始终保持坚挺，卡诺瓦获得的收益将增加1590万美元。然而证券档案显示，股价下滑，卡诺瓦没有从股权中获得任何收益。

博科公司系统工程部前主管布雷德利·摩根（Bradley Morgan）表示，她反对为了让新员工可立即享有股权而为他们安排兼职工作。她说，她的部门有81人，她从没为任何一人安排兼职工作以使他们可提早获得股权。她说："我认为这样做有违道德。许多人在公司创立时已入职，鞠躬尽瘁。新员工不应该一进公司就享有特殊待遇。"

雷耶斯说，他不记得是否有人向他反映过她的意见，他也没有参与兼职计划的具体实施过程。

人力资源部前员工声称，博科公司曾经一度转而采取这样一种做法：报酬委员会为一批新员工确定相同的提供股权的日期和行权价格。不过，该委员会成员只有雷耶斯一人。

一名前员工说，一份列有约65名新员工的名单会通过当年的人力资源部副主管斯蒂法妮·约翰逊（Stephanie Jensen）提交给委员会。她随后会取回一份上有雷耶斯草签之打印文件，当中记载着自上一个发放股权日以来每天的收盘价。这位前员工说，其中一个日期——往往是过去几周以来收盘价最低的一天——会被黄笔圈出，作为这群新员工获发股权的日期。

雷耶斯称，他并非根据打印档上的最低股价挑选提供股票期权的日期，而是按照他的判断，选出股价处于相对低点的日期。我们联络不上约翰逊，无以了解她的看法。

科技热潮的消退，使许多员工不能从股票期权中获得任何收益。据Thomson Financial的数据显示，尽管公司内部有人在1999年8月至2000年年底这段时间内抛售了12亿美元博科公司的股票，但这些收益并非出自公司上市后的股票期权。只有一名高管在博科上市后曾经行使认股权。

到了2001年2月，随着科网热迅速降温，博科公司的股价开始大幅下跌。没有行使认股权或认股权证尚未生效的员工开始抱怨。博科从前曾用股权作为抵押，向一些员工提供大笔贷款，现在这些股权变得一文不值。

聘用信

几名前员工称，2002年年中，人力资源部少数工作人员被要求把大约五位高管的入职日期推前。其中一人说，约翰逊女士曾查询公司的存储系统和后备磁带储存员工数据的运作情况。

这位前员工表示，他后来数次接获一些活页夹，每次一个，里面载有已修改过的高管聘用信。新聘用信的日期比原来的日期推迟了好几个月，这样高管们加盟公司时所收到的股权的日期就会推迟至股价较低的日子。

这位前员工说，他同意修改两到三名高管的入职日期，但其后拒绝再为其他人修改。约翰逊女士对他说他不需要再执行这项工作。据另一知情人士说，一名上司修改了其余档案。

雷耶斯说，他对这起事件并不知情。博科公司表示“不会评论此一不恰当事宜”。

在股权问题上做文章一事于2004年10月底开始曝光，源于博科公司的法律顾问马克·科克伦（Mark Cochran）接到一个电话。据知情人士透露，致电者是2002年离开博科的公司前销售总裁丹·卡奇玛（Dan Cudgma）。

卡奇玛曾经以他在马萨诸塞州尼德姆（Needham）的住房为抵押，从博科获得一笔120万美元的贷款，这笔贷款从未偿还。2004年4月，博科展开法律程序，取消卡奇玛赎回抵押房屋的权利。知情人士透露，卡奇玛的代理律师在10月的电话谈话中提出，如果博科执意这样做，卡奇玛将向证券交易委员会揭露回溯股权一事。卡奇玛一概拒绝回复有关电话查询，科克伦也拒绝发表意见。

知情人士透露，科克伦把这次交谈内容汇报给董事松西尼是合伙人之一的帕洛阿尔托律师事务所。该律师事务所又与董事会的审核委员会接触，后者引进了另一家律师事务所和一批刑事审计员。九周后，即2005年1月，博科表示，调查人员确认，按照兼职计划发放股权一事是“不恰当的”。

博科还表示，针对发放股权之不当做法，公司将重新编制财务报表，包括检讨向尚未入职或从事兼职的员工发放股权等事宜。

雷耶斯向董事们发表了一篇简短讲话为自己辩护。“我之所以在这些问题上采取这种做法，目的始终是为了吸引和留住优秀人才，这是行政总裁最重要的任务。”他在2005年1月7日发表讲话时说，“出现大多数问题的背景是……我为公司所做的最重要的事情，就是招聘和留住最出色的人才。”接下来，他还指责两名高级下属在他不知情的情况下，“异常草率地犯了大量管理方面的错误”。

博科公司于2005年1月24日重新编制了财务报表，后来又再编制了一次。这份在1月公布的报告透露，在公司工作了六年的雷耶斯将辞去行政总裁的职务，但仍将担任公司顾问。他说：“他们从未让我履行顾问的职责。”去年7月，公司将他辞退。

虽然雷耶斯从未行使过股权，但他至少卖掉了博科公司上市前分予他的3.8亿美元股票。几年来，他先后在加州购买了一座占地1.2万英亩的农场和狩猎场，在阿拉斯加州买了一座用来垂钓的小屋，拥有圣何塞“鲨鱼”曲棍球队股份，在加州萨拉托加买下一幢占地一万平方英尺的豪宅，还拥有包括一辆保时捷和一辆法拉利在内的六辆豪华房车。

雷耶斯和博科公司是阿肯色州公务员退休计划诉讼案的共同被告，这起诉讼案是由得克萨斯州登杰菲尔德（Daingerfield）的尼克斯—帕特森—罗奇律师事务所的律师布雷德利·E.贝克沃思（Bradley E.Beckworth）提交到联邦法庭的。这家退休基金会称，它在博科公司股票上损失了近200万美元，并起诉说，博科公司在发放股权问题上的做法欺骗了投资者。雷耶斯否认这一指控。博科申请驳回这起诉讼。

[查尔斯·福里尔（Charles Forelle）亦参与这篇报道。]

北京城市建设的幕后英雄

2006年12月23日

《华尔街日报》驻中国记者
2007年普利策国际报道奖得主

Mei Fong，《华尔街日报》驻北京记者，马来西亚人。曾获新加坡报业控股颁发奖学金，新加坡国立大学心理学和英国文学双学士，哥伦比亚大学国际关系硕士。能说普通话、广东话、马来语和英语。

早年在新加坡《新报》（*The New Paper*）采访罪案新闻，同时参与报道地区关注的议题，包括印度尼西亚山火对环境的破坏以及马来西亚前副首相安华风波对大马穆斯林的政治冲击等。她的澳门赌博和黑社会系列报道，获得了新加坡报业控股的卓越报道奖。2001年加入《华尔街日报》，报道“9·11”袭击对纽约市造成的破坏。她的有关唐人街工人在“9·11”后失业苦况之报道，有助改变当局对灾区民众的援助政策。2003年担任《华尔街日报》驻香港记者，报道非典型肺炎疫情、禽流感等议题。

曾撰写许多关于中国为准备2008年北京奥运而进行改革的报道，包括中国庞大的基建开支、建筑工人的状况、禁止吐痰运动等。

2007年与《华尔街日报》六名同事一起荣获普利策国际报道奖（团队奖）。该得奖系列整体报道了中国经济改革开放带来的种种问题。为了迎接奥运，北京夜以继日工作的一群建筑工人，成为报道对象。这篇文章既是普利策获奖系列的其中一篇，同时也独立获得国际特赦人权新闻奖以及亚洲出版业协会多个奖项。另外一篇有关一名医生控诉工厂排放致癌污水的报道，也属普利策奖作品。

在距离天安门广场大约一英里的地方，一座28层的酒店将在一年多的时间内拔地而起。一群建筑工人就在此间的空地上生活和工作，忍受着严峻的天气。

午夜时分，当这座城市正在沉睡的时候，一些建筑工人却仍在辛劳地工作。

另一些工人要在天刚亮的时候起床。他们一周工作七天，每天至少15个小时。他们的房间没有暖气，挤着12个人，他们就这样筋疲力尽地倒在架式床上。

魏忠文（音）是其中一名建筑工人。他在这个行业已经干了20多年，他身上的累累伤痕就是最好的证明：一只手没了小拇指，齐齐地剪短了的头发下掩盖着一个巴掌大的凹陷。这位41岁的建筑工人在过往十年参与了北京及其周边省份许多建筑工程，包括高楼大厦、购物中心等。魏忠文已经有两年没有和妻女见面。由于他所从事的工程要赶在2008年北京奥运会之前完工，他可能今年也无法与她们见面了。

建筑工人每年春节均会尽量回乡度岁，但现在他们只得靠类似的电信中心联络家人。

魏忠文吐了一口烟，说："对我来说，这份工作最大的问题是要面对孤独。"

魏忠文寄回家里的钱让家人在农村家乡盖了一间有五个房间的大屋，以及马圈和猪圈，还买了一台21英寸的彩色电视机。魏忠文说，为了让女儿有机会接受教育以及维持家人的农耕生活，他工作辛苦些是值得的。

北京正在经历巨大的建筑潮，这也是全世界规模最庞大的建筑潮之一。散乱的起重机形成独特的地平线。全北京市有一万多个建筑工地，总建筑面积高达17亿平方英尺，占地几近三个曼哈顿那么大。

这巨大的开发规模全赖一群不显眼的人：来自中国各个农村的近200万名农民工。他们携着铺盖卷辗转于工地之间，赚取低廉的工钱。他们的工作十分危险，工地缺少安全措施，享有很少甚或根本没有医疗保障。虽然很多农民工就住在城市的中心，但一般北京市民很少对他们局促的临时住房瞥一眼，隐私、清洁，甚至是肉食对他们来说都是奢望。

他们经常被拖欠工资，有时甚至根本拿不到钱。中国国务院辖下的调查机构今年发表的一份报告显示，在2004年，北京众多建筑公司拖欠了大约70

万名农民工超过3.8亿美元的工资。魏忠文说，他正在争取被拖欠的400美元工钱，这相当于他去年一半的工资。但是他可能永远也不能取回这些钱。

在这种不稳定的环境下，农民工通常结伴一起找工作，靠着口口相传的信息来保护自己，以免遇着坏老板。在恶劣的情况下，他们彼此依靠。

这些男人——这个行业里基本没有女人——都赶在2007年12月之前将工程完成。这是所有与奥运会相关的建筑工程必须完工的日期。只有这样，北京，这个全球最受污染的城市之一，才能在奥运会开幕之前，有足够时间清除空气中的尘土。

现在还有大量工程须要完成。奥运会将吸引外国游客蜂拥而至，并将得到媒体史无前例的关注。北京建筑工人的目标之一，是要完成大部分地铁系统。这个地铁系统预计将是全球最长的地铁线，较伦敦的地下铁路还要长。此外，他们还要建成一座比拥有五个航运站的伦敦希斯鲁机场还要大的航运站，以及约110家酒店。若算上北京郊区的建筑工程，这股建筑潮耗资约1800亿美元。有人说，这是自修建长城以来，中国最宏伟的建筑工程。

这些农民工在建筑潮后的去向已经成为备受争议的话题。北京官员已经十分清楚地表明，在奥运会开幕前让他们离开北京。但有关部门担心，这么多农民工被迫离开，回乡后很难找到工作，他们可能会成为社会不稳定因素。

事实上，建筑工人在这个城市根本站不住脚。他们没有在北京居留所需的合法文件，大多数人的名字并不在员工名册上，他们依赖口头承诺而非书面合同。他们生病的时候，只能去一些非法诊所。这些诊所收费便宜，但卫生条件往往很差，医生也没有行医执照。

谈到18岁的女儿小薇（音）时，魏忠文显得特别骄傲。他说小薇学习成绩很好，而且很听话。小薇现在和魏忠文的其他家人一起在中国东北的吉林省榆树县生活。“我们不是很亲近，我也不知道她喜欢什么。”魏忠文说这些话的时候不好意思地摆弄着腰带上的一串钥匙。中国中年男人幸福的标志就在腰间这一串钥匙上，魏忠文的这一串是他小小的虚荣。他说，这些都是他从街上捡到的。不过，这些钥匙开启的都是他没有的东西：汽车、公寓。

和其他建筑工人一样，他在城里的生活十分俭朴。他最近的工作每月让他赚到大约300美元，但他只留下约60美元自用，余下的都寄给家里的“3861军团”（这是一个用来形容留在中国乡下的妇女和儿童的新名词，因为3月8

日是妇女节，6月1日是儿童节）。

在中国，建筑业伤亡事故之多仅次于煤矿业，在2005年便录得2607人死于建筑事故。专业的工作靴在这里很罕见，中国的建筑工人穿着单薄的帆布鞋爬上爬下，通常不系任何安全带。他们还要自己去买劳工手套，安全帽也只是一美元一顶的一层薄薄的塑料壳。

北京市市长王岐山日前在接受采访时表示，他每天都亲自查看建筑伤亡事故的统计数字。“当我读这些报告时，我感到很不快。”他说，“北京需要这些人。”他还说，北京努力为登记在案的农民工提供诸如医疗保健等服务，但是这方面的资源仍然捉襟见肘。

和很多其他建筑工人一样，魏忠文进入这个行业的主要原因是因为家里那一小块种植玉米和大豆的农田根本不够养家。他在17岁那年就离家往北京周边的一个省份打工。

在20多岁的时候，他左手的小拇指被电锯切断。1994年，他被一根钢筋击中头部，在医院里住了一个多月。他觉得自己已经很幸运了，因为他的雇主为他支付了所有医药费。

据魏忠文的工友和法庭后来的判决书称，去年，北京通州区一家艺术馆所有人拖欠了魏忠文和76名工友的工资。他们曾在建筑过程中获发一半薪金，并获保证说余下部分将在完工后支付。但他们说，一待完工，他们就被手持铁棍和菜刀的恶棍赶离了现场。

中国的国家控股银行向房地产企业发放了大量贷款。许多房地产企业都具政治背景。资金得来容易，发展项目遂常常未经深思熟虑，因而很快陷入困境。当资金出现问题，处于金字塔最底层的建筑工人就无法领到工资。他们发现难以追讨赔偿，因为他们往往是由分销商间接雇用的。

魏忠文和他的朋友说，向通州主管部门的上访没有结果。约有20名工人感到心灰意冷，回了老家。由于没钱，魏忠文和其余工人被迫在邻近的河北省搭了一个木棚暂时栖身，靠打散工获得的一点收入维持生计。他们说，他们每天吃的基本都是一块钱（13美分）六个的馒头。

2005年11月，他们50多人一大早动身，步行5个小时来到北京市有关部门上访。他们找到了位于前门西街的北京市法律援助中心。

该中心的主任王学法现在还记得魏忠文和他的朋友们跪在办公室地上的情景。他说，看到男人们变得如此卑贱，很让人难过。

通州区中级人民法院在1月6日作出有利于工人们的裁决，命令香港开发商连卡佛（天津）国际贸易有限公司（Lian Ka Fu International）向工人支付3万多美元的工钱。不过，他们没有见到一分钱。北京市法律援助中心的律师常明传说，连卡佛的负责人王笑菊向法院表示，她没有钱。记者未能联系到王笑菊，她的欧美工艺坊现在已经关闭。

春节是中国最重要的节日，回家过春节也是建筑工人的惯例。每年只有在这个时候他们才能和家人团聚。像凯旋的英雄一样，他们受到热情款待，给人们大谈特谈车满为患的街道和他们兴建的高楼大厦。魏忠文说："我的邻居中还有一些人甚至没坐过火车。"

在家里，魏忠文是家庭支柱。这些年来，他的工资收入让家人过着不错的生活。熟练的铺瓦技术使他的工资高于建筑工人的平均工资。他说，自己在家乡很受尊重。

不过，去年1月，魏忠文没有回家过年，而是呆在河北极廉价的旅社中。他和朋友们身无分文，实在无颜见家乡父老。他们于是到机场附近观看飞机起飞，聊以自慰。

魏忠文说，那是他唯一想过自杀的一段时期。"我想如果有辆汽车撞到我，至少我能得到些赔偿。"

他的妻子丁桂英（音）在电话中说，她要独自照顾魏忠文年迈的父母、抚养女儿，还要在田里干活，日子过得很艰难。魏忠文的工资现在都要给上中学的女儿交学费，每年大约1300美元。如今在中国上学，即使是公立学校也不再免费。

今年42岁的丁桂英希望丈夫能在女儿毕业时回家。她说："我们长期分居两地。在过去19年，我们在一起的日子屈指可数。"

魏忠文今年大多数时间都是在河北度过。5月份时，他和朋友们在一处住宅工地找到工作。魏忠文和其他十个工人住在木板房；地面上，砖和土夹杂在一起；仅有的水源来自院子中的一个水池；厕所是用木板草草围成的；苍蝇在厨房里飞来飞去。

按在河北从事这类工作的惯例，魏忠文每天向雇主缴纳约60美分饭钱，伙食基本是米饭和豆腐，很少能吃到肉，不过他是素食者。从小在贫困的环境中长大，他不喜欢吃肉。

53岁的工友杨新国（音）在一宗交通事故中腿部受伤，不得不在9月份停止工作。由于希望拿回欧美工艺坊的欠薪，他继续住了一段时间，终于，他在11月中旬决定回老家。他在意外前所挣的钱所剩无几，魏忠文和其他朋友给了他50美元。

魏忠文坐在杨新国的床前说：“等拿到了钱，我们立刻给你寄回去。”他给要离开的朋友递了根烟。杨新国抽着烟，眼睛湿润了。杨新国说，男人不应该哭，但他们都哭过许多次。

11月底，魏忠文和工友们回到北京。他们找到了更好的活——建设28层楼的四星级宾馆。环境变得干净了。魏忠文现在住在靠近工地的宿舍中。他有10个室友，其中包括几个新同事。这里没有食堂，因此他们就用位于魏忠文睡床旁的圆形气体灶盘烧饭。

由于没有暖气，他们都穿着外套睡觉，有时甚至戴着帽子和手套。北京的冬天，温度可以降到零下十几摄氏度。有些人花1.25美元左右买了电热毯。

他们在有限的空间创意无限，他们把铺盖卷起来，将下面的床板当作桌子。厨师温凤林（音）灵巧地用这个地方切菜和削洋葱皮，从旧水桶中舀水冲洗食物和餐具。温凤林今年55岁，过去也是建筑工人，但现在被这家建筑公司聘为厨师。他说：“老板告诉我必须学烧饭，因为我年纪太大了，不能做重活。”

由于没有洗浴设施，因此洗澡和洗衣服都是大事。魏忠文记得上次到浴室洗澡还是一个多月前，花了他60美分。

因没法洗衣服，魏忠文就购买旧衣裳，直穿到脏得不能再穿为止。现在，他最喜欢的是花稍多于1美元买的一件灰色纯棉衬衣，这件衣服看起来像是公司行政人员穿的。他说，一般情况下，衣服穿脏后就扔了，但这件衣服他可能会在十天内把它卖掉。

在北京的小胡同中，黑市迎合了建筑工人的需求。小贩经常用以物换物方式做买卖，因为工人们没有许多地方保留这些东西，多采用用后丢弃的方式。最受欢迎的是带拉链口袋的内衣，可以把钱和贵重物品藏在其中。

魏忠文的工作节奏现在很紧张。酒店目前仍是只有地基的一个大洞。根据北京市的规定，混凝土搅拌车只能在晚上11时后或周末才能进入北京市中心，因此他和工友们为处理混凝土必须干到半夜以后。魏忠文说，等到酒店的基础工程在两个月左右完成后，施工计划将是每五天建一层楼。

在11月底，魏忠文和工友们一起来到一间小邮局，他们脏兮兮的脸庞与其他顾客明显不同。空气中渗透着脏衣服的味道，一些人避之不及。

从上次步行到北京市法律援助中心距今已经整整一年了。魏忠文已经放弃了讨回工钱的希望，但这天是值得高兴的一天。今天发工资，工人们要给家里汇钱，但他们填写表格时显得慌乱。魏忠文的眼睛因为连续干了24小时活而红红的，但仍协助不甚识字的工友填表。

今年20岁的张涛（音）身穿一件被油漆弄脏的蓝毛衣，头发粘在一块。他正在慢慢写下要给家里寄钱的数额：900元（或115美元）。他说，他每个月挣1000元人民币（或128美元）。

在一个晚上，魏忠文在北京灯光灿烂的高楼大厦和隐约可见的起重机下散步。他说："我不后悔。我是外来工，为了让家人过得更好，我整年在外打工。我看到了我的邻居根本想象不到的东西——50层的建筑物，还有能装下几百人的大飞机。"

他在工地附近一家五星级欧式酒店前停下来。他说："这些都是我兴建的，但我从未进去过。"

怯怯地，他推动旋转门，走了进去。

第二部分
讲座与论坛讲辞摘要

一、社会变迁与新闻界面对的挑战

如何应付今天新闻媒体面对的挑战

约翰·卡普兰（John Kaplan）
詹·福民（Gene Foreman）*

今天的媒体要面对种种挑战。卡普兰指出，为提高点击率，
而循环播放网上新闻录像片段的做法是不道德的。
他还关注影片素质、“小报化”、新闻工作室的结构重整，
以及点击率取代新闻判断等问题。
福民则认为网上新闻超越了传统媒体的时空限制，记者仍须坚守
传统传媒一直维系的道德伦理以及守则，包括核实数据、报道要准确公正、
维持编辑程序、更正错误，以及区别新闻与广告等。

讲座发言

卡普兰 视像传讯在不断转变的媒体生态中有一定的角色。我是一个乐观的人，我对传媒的前景感到乐观，但只有我们认定面前的挑战，并勇于面对，前景才会真正光明。

过去三四十年，美国和其他西方国家的摄影师和摄影记者都在争取与文字记者等同的地位。现时，摄影记者和文字记者大都来自大学新闻系，岗位同样重要，都可以提出好的报道题材。可惜在过去几年，视像新闻在西方国家却循错误的方向走。这十分讽刺，因为人类传递信息的两个主要平台是

---

*詹·福民是宾夕法尼亚大学传播系教授，普利策新闻奖得主工作坊国际顾问。

网络和电视，都是视像媒介，但在这两个平台上的影像质量都很差，频频失误，低劣相片老是反复出现。另一方面，摄影记者没有受到与文字记者等同的尊重。在美国，文字记者通常会这样介绍摄影师：我是某某，这是我的摄影师。这是一种从属关系，而非伙伴关系。

话虽如此，我认为现时最重要的不是追求同等地位，而是作出明智的新闻判断。我对于所有形式的传播都十分热衷，我是摄影师、作家，还教授设计课程。其实不论用什么工具，重要的是在讲述故事时，要恪守新闻道德，满怀热忱。现今的传媒似乎遗忘了反映现实真相、作平衡报道的责任。在去年，连顶尖的刊物和电视新闻也为了迎合大众的口味，变得像周刊杂志那样流于世俗化和娱乐化，市场导向重于伦理考虑。传媒是“第四权”，我们须要捍卫社会上开放和真实的沟通。以下是近年一些常见的问题：

首先是网上影片循环播放的情况。正如收视率对电视台来说十分重要，网络上的浏览次数对吸引广告商同样重要。美国一家最大的连锁报社的做法是集合员工拍下的影片，以循环播放的模式放在网上供人浏览。如果你对其中一则新闻有兴趣，想看关于它的影片，你不可以只选择你感兴趣的一段，非得看完所有影片不可。这无疑是极愚蠢的做法，明明有数以百万计的信息可供浏览，但我们只能呆呆地看着一些压根儿不想看的影片，等待着感兴趣的片段出现。为什么报社要做这种愚蠢事？为的只是提高点击率。这实在是不道德，也不明智的做法，是必须遏止的一种趋势。

有些网站的影片素质之差亦令人咋舌。一位毕业生告诉我，他的报社要求摄影记者做录像的工作。这听来没有什么不妥，问题是报社正准备削减1/4的员工，留下的员工除了一人干两份活之外，对操作新媒体并没有足够的训练。如此又怎能保证影片的素质？媒体不能光提供信息，在采用大众喜欢的报道形式时，还得注重内涵和素质，以及要有好的编辑和校对。

此外，照片质量也是一个问题。许多人认为有了高解像度的录像机便可以随心所欲拍硬照，因此定格相机是再没需要的了。但可以归可以，我们不应该这样做。因为照片的质量是重要的。我对摄影器材并不狂热，只每年添置一次，因为我觉得工具并非最要紧的，重要的是如何善用工具来拍摄出最佳的照片。别以为观众不懂得分辨什么是业余水平，什么是专业佳作。新闻不仅是一种职业，并不仅仅是搜集信息或传递讯息，更须要作出明智的选择，以最高的质量把讯息传递开去。

“小报化”趋势也是一个值得关注的问题，因为它已开始入侵有信誉的新闻媒体。多年前我们已在电视上开始看到这种现象，很多一流的电视新闻常常引用小报记者的报道。娱乐杂志和小报的记者会以第一手数据提供者的身份接受访问。今天问题已经恶化了。举个例子，美国电视新闻界里有一位备受追捧的记者安达臣·古巴（Anderson Cooper）。他是出色的传媒人，年纪虽轻，却主持CNN的黄金时间新闻节目。可惜的是，节目制作人在节目中却采用小报的影像和低劣的叙事手法。两个星期前美国一名重婚者受审，由于重婚在美国和很多地方都是违法的，因此这则新闻引起很多美国人的兴趣。该节目用很长时间交代整场聆讯，这些在法庭发生的细节的确十分有趣，但他们还采用了小报方式处理影像，例如加上一些插图，包括桌子上散布着药丸、模糊的灯光等等，以描写一名青少年被迷醉后被迫在一间昏暗的房间进行性行为。真实的法庭聆讯报道，却附以虚构的图画，这实在脱离了新闻工作。这种不良风气在电视新闻界特别盛行，令一些界线变得越来越含糊。他们弄不清楚事实、社论、意见，以及创作的分别。这真的很糟糕，因为普罗大众并不一定能够分辨事实与意见。

另一种趋势是新闻工作室的结构重整。现在，视像记者的重要性减轻了，但其实文字与图片是需要有一个平衡的。新闻工作者的职责也因着24小时网上新闻工作室的出现而产生戏剧性的转变。

大约在六个月前，佛罗里达州其中一家最大的报社的编辑说公司要成为24小时新闻工作室，网站将是重点。1/4的人手将会被裁减，员工现有的职位将会取消，所有人可以重新选择岗位。他接着说，报纸的内容仍然是优先考虑。我很疑惑，报社如此大幅裁员，还强迫员工申请新的职位，如何还能确保新闻的素质？于是我浏览该报社的网站。一般来说，报社编辑在决定把什么故事放到头版的时候都相当谨慎，大概只会放四至六则新闻，但当天那网站上竟出现了300条链接！若没有良好的指引，不能做到质量俱佳，光是多又有何益处呢？

这个趋势的另一特征是影像的地位已无足轻重，但出现了一个有趣的现象。报章记者多年来不断努力阻止广告出现在头版上，但似乎从网上新闻开始出现，就从来没有人质疑过广告的出现。这些广告甚至霸道得遮盖着整篇报道，强迫你阅读它。

面对网络时代的来临，很多摄影记者十分乐观，认为网站可以提供更多深入报道的机会。这也许没错。现时有一个被广泛采用的软件可以将照片投影片结合音效。这种做法有它的市场价值，但摄影记者没察觉到这少少补偿的背后是重大的损失。因为以往在报纸里有图片文章，报纸的头版总有“照片见××页”的句子。这些图片文章通常占较大篇幅，因此读者可以清楚知道这篇报道是当天新闻的重要组成部分。所谓“图片文章”，重要的不单是照片，而是照片和文字的结合。现时在网络上有不少多媒体报道，但往往被埋在为数极多的链接中，不容易找出来。

另一种令人困扰的趋势是，一段报道能否出现在首页已不再由新闻人员决定。在大学修读传播媒介课程时，我们会学到“守门人”这个概念，那就是说传媒应该具备责任感，要判断什么信息是重要的，是大众应该要知道的。但在某大报社的网上新闻，报道能否出现在首页乃取决于点击率。每个人都可决定想或不想看什么，甚至为自己度身订造浏览类别清单。近期美国最轰动的一则娱乐新闻是39岁的女星安娜·妮可·史密斯（Anna Nicole Smith）突然暴毙。这则新闻把所有其他重要事件例如伊拉克战争给挤掉了，该女星的婴儿抚养权纷争成为头条新闻。最令人忧心的是，若一则新闻的判断光是取决于点击率，那么娱乐新闻必将长驻头版。给使用者选择权无疑是正确的，但新闻不只是要报道公众想知道的事，也要报道公众须要知道的事。两个月前，我在往匹兹堡的飞机上刚巧碰到该报的高级编辑。他承认这是一个问题，但仅限于网络，这就像说读者认为网上新闻与传统报纸是有分别的。其实不然，传讯工具并非问题所在，重点是传媒应该决定报道什么新闻。

作为新闻从业人员，也作为大学教授，我认为我们应该关注这些负面趋势的影响。但令人担忧的是，我没有听闻任何有关扭转这种趋势的讨论，而只有如何让课程更切合时宜，以至毕业生更容易找到工作的建议。这些建议并非坏事，但我们亦应谨守最高的道德和新闻标准。

福 民 | 现今的传媒充满着机遇和挑战，新闻传播将会出现新的面貌。面对日新月异的科技发展，新闻从业员须要作出相应的转变。但在我们充满创意地从各种新闻渠道提供信息的同时，亦须秉承新闻界一贯的守则，保持新闻的准确性、真实性，以及持守公平的原则。

传统的媒体如报纸、杂志、电台和电视都有局限。报纸、杂志有空间的限制，而电台、电视则有时间的限制。相比之下，网络不受时空的限制，让我们有机会传递更有深度的信息，这是过往无法做到的。

网络可以让我们实时报道最新的消息。过去即使有天灾人祸等重大事情发生，我们也要等到当天的新闻广播时段，才能得悉有关信息。以往在报社工作的人较注重早报，因此我们会在每天晚上准备第二天的早报。在上午9时早报出版的时候，虽然我们明知那天会有重大事情发生，但仍要等到第二天才能作相关报道。网络的出现填补了这种不足，它不受时间限制，超越了传统媒体以“天”或“小时”为单位的信息发布模式；鉴于它的空间无限，也可以允许更长篇幅的报道。

网络亦促进“媒体变换”的出现。“媒体变换”是指我们可以把所有报道手法综合起来，包括影像、声音、照片和文字。报道模式的融合，可以集广播媒体和报纸的好处于一身，叙述手法变得更为灵活，这是传统传媒所不能比拟的。

然而，有机会必然有挑战。现今不少传媒以短视的态度响应所遇到的机会，这将会令传媒长久以来建立的信誉受损。现在我们可以用前所未有的方式报道新闻，希望我们不会定下一些错误的准则，造成日后的恶果。

新闻界面对的其中一项挑战是如何坚守传统传媒一直维系的道德伦理。我们要注重新闻的公平和准确性，以及肩负把真相告知大众的责任。若我们弃之不顾，那传媒的信用就真的破产了。这就是为什么我们反对娱乐版、博客及公民新闻的原因。现时很多可信的传媒都设有网站，例如ABC新闻，它的主播查理·杰逊（Charlie Gibson）在晚间新闻节目时总会呼吁观众登上他们的网站abc.com以获取更详尽的信息；又如我曾任职的《费城问询报》也设立了网站philly.com。我们须要维护优质的品牌，这样才能为市民以及广告商提供良好的服务。

此外，我们必须着重数据核实，不能为求速度而牺牲准确性。现今的报社分秒必争，事无大小总希望率先报道。数星期前，弗吉尼亚枪击案造成33

人死亡，报社争分夺秒地向大众报道事情的发展，甚至采用博客。一名记者说：“报道够好就行了，我们要争取尽快返回现场。”另一位这样说：“若不够快，读者就会转看其他网站。”这或许没错，我并非轻看速度的重要性，但令我忧心的是那随意的一句“够好就行了”。我们绝不能马虎了事，传统的新闻标准是“卓越”，而非“够好就行了”。我的一位同事曾很精准地说了一句话：“新闻着重速度，但我们更推崇准确性。”

此外，我对网上新闻的素质亦存疑。人们好像认为准确度、文法、文章水平和深度对网上新闻而言都不太重要。他们认为这只是个网站，上面的资料很快就会消失不见。我不清楚为什么会这样，但我感到人们将网站看成是次等的，因此标准也定得低一点。

另一样我关注的事情是，究竟新闻机构有否省略了网络新闻的编辑程序。在传统的报社，不同的职位有不同的分工，有负责采访的，有负责编辑的。新闻稿件经多层编辑审核校对，以确保数据准确以及避免文章不经意地带有成见。通常这些稿件会经两至四次的编审过程，但网上新闻很可能连一次也没有。

我们亦须关注网络新闻如何更正错误。传统报章的做法是，若我们偶然出错，通常会于第二天在报纸的首页或第二页作出更正，这是我们的责任。但在网络上，他们只会把弄错的部分改过来。但我认为读者须要知道他们上一个版本是错误的。

现在，不仅民众自己开设博客，报社为了增加记者的影响力，也让记者开设博客。这在我看来是一件好事，因为他们可以作更有深度的分析。虽然它以一种非正式的形式出现，但如果坚守新闻原则，确保报道准确和公正，这是无可厚非的。

若我手下一名记者开设博客，我会确保博客上的文章跟报纸的版本一样。但现今很多记者没有这样做。一位编辑朋友告诉我，他们正尝试这样做，要求记者在写博客时先跟编辑交代，让编辑能尽早检视内容。现时大部分记者的博客其实没有编辑审核这一步骤。我相信他们都是好记者，但即使好记者亦会犯下无心之失，在报道事情时不够准确，或出现偏差，这就是编辑要进行核对的原因。

另外，我们须倍加关心的是新闻与广告混淆。报章和广播新闻界对这问题都有一套标准，他们必须让读者听众分辨出何为新闻、何为广告，两者的界线绝不能含糊。但在今天，两者的界线似渐渐模糊了，网上新闻里的一些关键词会被凸显，如果把鼠标移近，广告便会出现；若你点击这广告，另一则互动的广告会随后出现，让你在网上进行实时交易。

网络新闻的另一趋势是公民新闻，这让编辑和记者感到兴奋，因为读者能参与其中，自己报道新闻或表达他们的感想，因此能与媒体有更好的互动。这些新闻从业人员说，传统的新闻像在授课，将来的新闻则由公众参与。我并不反对这个模式，但我得强调一点，我们是经过严格训练的专业记者，须要作准确和公平的报道，亦须要维护自己的品牌。至于公民新闻，由于我们不知道作者是谁，难以断定他们放在网上的是否新闻、内容是否真实准确，还是只是一些流言。如果读者对一则新闻或一段社论有所评论，他的意见又是否公平？我们见到的往往是不文明的、无礼的评论。我们面对的问题是，我们应如何保护网站，让我们不会因为读者一些诽谤的说话而被告上法庭；我们又如何制止一些人身攻击的评论。当无法知道作者是谁的时候，什么事情都有可能发生。传统的报纸也有读者来信的栏目，但在刊登前编辑会小心审查，以确保事实准确，当中没有诽谤成分，行文用语为人所接受，等等。但网上的留言实在太多，现今不少报社都尽量紧缩人手，很难充分审核市民的留言。

总的来说，我们在享受互联网带来的迅速以及多元化的报道优势之余，对于前人苦心经营的新闻专业的信誉，我们必须努力捍卫。

答问环节

问 你刚才提到不能因速度而牺牲准确性，但有些新闻是大众迫切要知道的，例如现在正于中国举行的全国人民代表大会。我们可否提供两个版本，一个是较深度的报道，另一个是网上的实时新闻？

福民 我与同事的惯常做法是在报道发表前先作查证，以确保资料准确无误。我们的报道或会不全面，但我们一定不会报道我们不知道的东西，只会报道经过查证的事情，哪怕须要多花上一两分钟，都是值得的。

问 现在人人都可以成为记者。我曾问我的朋友，如果目睹罪案发生，会有何反应？大多数人都说不先报警，反而会用手机把事情摄录下来，然后放上You-tube。有一次，我发现自己在论坛上的评论被记者直接放在报道里。你对这些现象有何看法？

卡普兰 公民新闻是可以的。但你们今天要成为的不仅是公民新闻的记者，而且是受过训练、具职业操守的专业记者。你们应确保大众不只是从You-tube或手机中获取信息，知道身边发生了什么事情，或从中取乐，而且要培养他们对深入报道的兴趣，促使他们能够判断什么事情重要，什么事情不重要，以改善我们的社会。有一句老生常谈的话，就是记者要“离开新闻编辑室，走进社群当中”。你所说的那位记者仅坐在计算机前，利用网络资源制作新闻，这是不可取的。记者应该走入生活，寻找新闻。

问 照片是否可以传递讯息呢？你认为专业摄影是否可以体现在香港或其他地区？

卡普兰 你的提问可能与你较少接触专业佳作有关。在中国，我确实见到了很多很棒的新闻照和摄影作品。摄影师不应只拍摄国家领导人会晤握手、与其他国家签订合作协议等场景，而应反映我们的生活，无论是挑战也好，是美好的事物也好。出色的照片和出色的文章一样，同样能把事件的真相呈现在读者眼前。

问 很多成绩出众的学生不选择当新闻记者，他们倾向拣选较能赚钱的行业。那么新闻界如何吸引优秀人才？

福民 即或扣除暑假实习的时间，我从事记者行业也已41年了。我从来没有后悔成为记者。如果我在你们这个年纪，面对网络时代的种种转变，我还是会选择当记者。我们应该告知社会大众和有志从事新闻业的年轻人新闻工作的重要性。记者责任重大，他们为市民提供真实可靠的讯息，让大众能够作出各种各样明智的决定。这是一个为公众服务的机会，像传教一样，是一种呼召，因为我们肩负重大的任务。

卡普兰 我在美国第四大的大学执教，新闻系是全球前十名之一。学生资优，我想他们一定不是为了钱。新闻工作从来不是高收入的工作，虽然我也认为新闻界要考虑调高薪酬，否则无法吸引更多人才。20年前我刚入行，当年我副修商科，最后放弃高收入的职业而加入新闻界，因为我相信我所做的会让这个世界有所不同，那就是意义所在。

问 如果你在别人的博客上发现了一则具新闻价值的信息，你如何分辨它的真伪？

卡普兰 博客的问题是我们不知道是谁撰写的。每当有新事物推出时，人们都会觉得新奇好玩。但凡事有利有弊，当博客太多时，要找到好的便不容易。好比报纸上的专栏作家，我赞同应该贵精不贵多。

福民 我曾与研究新闻的专家讨论过，他们认为读者比我们想象的更有判断力。假以时日，读者能判断出谁人可信。因此，网上新闻应该持守传统媒介的专业标准，那么读者便可以判断出哪些是真实可信的新闻。

科技与全球化对新闻报道与新闻业的冲击

彼得·阿奈特（Peter Arnett）
方凤美（Mei Fong）
艾美·高斯坦（Amy Goldstein）
约翰·卡普兰（John Kaplan）
史蒂夫·史特劳（Steve Stecklow）
米高·维特士（Michael Vitez）

在全球化的今天，传播科技的迅速发展给新闻业带来了新的机遇和挑战。阿奈特和方凤美关注科技的发展与政权的关系。高斯坦和史特劳探讨了科技如何影响记者的报道方式。卡普兰则侧重讨论新科技带来的问题，例如业界在追求快速和利润之际却忽视了新闻道德和素质。维特士透过解构《费城问询报》的衰落，指出无论科技如何转变，新闻记者本身的专业和热诚将超越一切，是决定新闻业健康发展的重要因素。

讲座发言

阿奈特　信息越多，理解越少：为什么伊拉克战争永无休止？

46年前，即1961年，我开始在亚洲当记者。当时我任职于美联社，身处印度尼西亚的雅加达，靠着摩斯密码把消息传到纽约。30年后，我在CNN当记者，我已经可以在巴格达的酒店里向全球进行实时报道。从摩斯密码到实时现场报道，只是短短30年间的事。现在，媒体传播信息速度之快实在让政府不安。老布什也好，小布什也好，他们都关注传媒的影响，特别在战争和大冲突期间，他们都希望能够对传媒有所控制。以伊拉克战争为例，美军所掌握的信息，恐怕较传媒为多。

在越战时期，不少美国记者到当地采访。我当时只是20来岁，在新西兰当记者。幸运地，我能够和一些知名的美国记者如戴维·荷巴斯顿（David Helberstan）、尼尔·诗咸（Neil Sheehan）、马尔琴·布朗（Malcolm Brown）等一起工作。是他们让我知道媒体在民主自由的社会里所担当的角色。新西兰也有独立的媒体，但新西兰政府判断错误的影响力远低于美国政府。他们也会作出错误的决定，但并不涉及战争。越战可说是由于美国政府的错误决定而引发的一场持久艰辛的战争。虽然那时的战事报道甚具争议，然而在该场战事中，记者一开始便可以接触南越军方，以及美方官员和顾问等，从中得知美国政策的问题。这些消息得以公开，促使美国政府改变策略。其后，约翰逊总统派军出兵越南，各媒体便着手报道当地的实况，我也是其中一分子。我们引用一些美国人民的话，质疑政府的决定，让大众重新判断驻军的问题。舆论向约翰逊总统提出从越南撤军，最终说服了后来刚上任的尼克松总统。这比伊拉克战争的时间来得短。由此可见，媒体若能报道真相，可以发挥很大的作用。

在伊拉克战争期间，美国媒体已进入了一个新纪元。媒体之间竞争激烈，而且在技术上十分完备。在第一次波斯湾战争时，只有我一人在巴格达作现场直播；至第二次波斯湾战争，已经有40个直播点。此外，还有其他实时通信设备，如手提电话等，可见媒体在不断转变和发展。美国政府一直关注科技的发展，他们知道媒体喜欢好的题材。在2002年美伊大战期间，由于“9·11”事件影响，美国媒体有着一种爱国情绪。主流媒体与美方达成协议，让官方严格规限媒体的报道，记者采访须由军方人员陪同，并且不能报道不具名的言论。战事初期的蒙蔽使布什总统再次当选，他并向外间声称美方节节胜利。当然，我们不久便发觉这些战略以及计划从战事一开始便存在着种种失误，注定失败。

话虽如此，我认为今天的媒体仍然是优秀的，报章、电视的报道十分出色。去年，美国人最终明白伊拉克战争不值得支持。今天，七成半的人民希望战事结束。媒体是否应记一功，还是言之尚早。不过，在报道不同的战争时，媒体得过不少普利策的奖项。《华盛顿邮报》的安东尼·沙秩得（Anthony Shadid）凭着报道伊拉克人民的苦况在2004年获颁普利策奖。这是伊拉克战事报道的唯一奖项，但越战的报道夺得七个普利策新闻奖。这就是我们新闻业界对于伊拉克战事报道的一些评价，实在有点可悲。

方凤美 | 互联网在中国：发展及审查、新媒体和传统媒体

如果我在五到八年前来中国当驻外记者，我不知道我能否好好地工作，因为那时获取新闻信息是很困难的事，而现在我们可以运用互联网。

在中国，我们不能直接订阅外国的报纸，往往要经由香港，这就要多等上半天或者一天。现在我们在互联网上看新闻，这种新技术大大改变了新闻的传播方式。以前，新闻刊物例如《华尔街日报》大多是文字，加上一些图表和人物素描；而现在，网上新闻还会加插更多图片、简报、播客、博客，甚至是在线录像等。这或许解释了为什么在中国越来越多人使用互联网，使中国是继美国后，使用互联网和流动电话人数最多的国家。这是新技术带来的好处。

互联网发展蓬勃，博客是人们热衷的其中一种传讯工具。我们或会怀疑博客的内容是否真实。诚然，并非所有内容都准确无误，但这无碍人们在博客中分享自己的经历。我很喜欢看他人的博客，细阅他们的经历，了解他们的想法。不同国家、地区的博客让我获得更多的信息。香港的一些博客是很有素质的，比如“东南西北”就是其中之一。

作为记者，我们都关注在奥运期间是否有新闻自由。上星期，我在北京参加国际媒体简报会。《金融时报》的记者在会上关注媒体可否自由、无限制地使用互联网。中国曾经保证媒体的自由，因为这也是体验奥运精神的一部分，我们且拭目以待。值得注意的是，互联网改变了中国，中国也在影响着互联网的发展。

除了互联网的使用外，我们也关注广播自由。我们还要看中国官方会否作出相当让步，减少限制。

高斯坦 | 在不稳定的时代存活：从报纸到多元新闻平台的演化

在一两年前的职员会议上，我的报社的执行编辑利安勒度·度尼（Leonard Downie）告诉我们一件令人吃惊的事情。他说如今报纸并非我们唯一的工作平台，甚至并非主要的平台，我们是在一个多元的新闻平台上工作。这番话之所以令我吃惊，是因为他是一名很资深的记者，一生奉献给报纸，从1964年开始在《华盛顿邮报》当实习生以来，晋身高级管理层也已15年。因此，从他口中听到这个转变，确实令我惊讶不已。

另一件让我吃惊的事情是报道新闻的模式，这也是我亲身感受到度尼的说法的一个实例。去年冬天，我接手报道一宗反响极大的刑事案件，这宗案件花了三年半才完成有关调查。报道刑事审判案件的传统做法是这样的：一名记者到法院现场，在那里待上一天，到审判结束了，记者便回到编辑部写一些相关的报道，以便刊登在第二天的报纸上。但现在的模式改变了。首先，我被委派与另一位同事共同参与报道，因为编辑认为这是两个人的工作量。我们是这样分工的：每天中午前，我们轮流在报纸的网页上写报道。比如，一个人在写报道，另一个人就到法院看着直播，有任何消息和引语便立即传送给写报道的人。基本上，我们是在实时报道审判过程。待审讯结束后，我们会聚在编辑部，写翌日刊登于报章上的报道。这里有两个平台：互联网和报纸。此外，我的同事会在公共广播上报道当日审判的要点，电视成了第三个平台。我还会作电台广播，有时是接受采访；有时是直接开着流动电话，直接转播法庭的情况。这是第四个平台。在案件完结之后，我们还在网上直接回答网民的问题。这又回到了我刚才说的第二个平台：互联网。这样的模式是如今各大报章做新闻的手法。

这样的报道模式有利有弊。一方面，纵然我们合力完成报道，我们却少了反思的时间。另一方面，我们把《华盛顿邮报》的新闻产品通过不同的平台传到更多读者和观众面前。

为什么《华盛顿邮报》要这样做呢？主要的原因是为了使报道更多元化。我们知道不是所有人都读报，所以我们要寻找新的市场。第二，我们试图打破报章的地域限制。与《今日美国》或《纽约时报》不同，《华盛顿邮报》的读者主要集中在华盛顿。但通过网络，我们的读者遍布全国，以至全世界。调查发现，浏览我们网站的读者只有两成来自华盛顿，其余八成来自其他地区。当中有1/3是国外读者，来自中国的占0.3个百分点。

究竟这种报道的策略是否成功？就新闻质量而言，《华盛顿邮报》仍是非常不错的报纸，有很多出色的报道，而且甚具影响力。早前一则关于美军的医疗报道，便促使美国政府作出调查，并且公开道歉。同时，我们在选择题材上有所转变，作更多关于政治、保安等调查性报道。过去十年，《华盛顿邮报》的发行量虽然下滑，但透过其他渠道阅读《华盛顿邮报》的人越来越多。我们要与时俱进，但策略是否成功还是言之尚早。

卡普兰 | 新科技 新道德 市场力量会摧毁质量吗？

新科技带来机会，也产生一些问题。网上新闻的诞生，让有些在美国被视为最好的出版物为了迁就市场，迎合读者的口味，而忽略了新闻道德。新闻业要生存和繁荣，不仅要尽快取得数据，而且还关系到我们作为第四权的基本责任，要公开和真实地把讯息传递开去。

网上新闻其中一个现象是录像循环播放。有一份由美国最大的连锁报业持有的中西部日报，每天都将所有录像连接起来，放在网络上。如果读者想看其中一则录像，唯一的选择是观看连续播放的录像，这样便可以提高所有录像的收视率。这样的收视报告之获取其实是不道德的。

第二个现象是点击率取代编辑的新闻判断。在美国南部，一家最大且备受读者推崇的报社仅是依靠点击率决定什么信息继续保留在主页上。这样，名人绯闻和丑闻的点击率往往高于一些重要的新闻。我认为，我们应在公众想知道什么和须要知道什么之间取得平衡。

第三个现象是相片质量低劣。现在，不少图片都是从高清摄录机里得来的。有些人辩称这些图片已足够应付网上的需要。然而，业内有数以万计的媒体供大众选择，当中不少媒体均使用最完善的设备，提供高质量的照片。若网站的相片质量低劣，读者只会转看其他网站。

第四个现象是小报风格入侵。曾经有一家主要报社，它的一位摄影师要报道知名高尔夫球手Greg Norman的离婚案件。审判后约一个小时，这名记者收到编辑的电话，斥责他没有把Greg Norman从法院走出来的照片实时上载。这种小报手法已主宰了新闻判断。

此外，为了适应24小时新闻的运作，记者的工作都改变了。来自佛罗里达州两大报社的其中一家向旗下职员说，报社要全方位提高网页的素质，但须同时继续保持报纸的水平。此外，两成半的职位将会被裁减。提高报道的质量固然是件好事，但观看它的网站，主页上显示的并不是当天最重要的新闻，而是有300个链接之多。我们当然有权选择阅读什么，但编辑亦应作出新闻判断，让读者知道什么是值得看的。

广播和网络是当今两大传播平台。讽刺的是，这些视像平台仍有改进的空间。我希望我不单是提出问题，同时是为未来提出更多可能性。因为在这新时代，我们还有很长的路要走。

史特劳 | 网络永久改变了全球报道

网络发展迅速，它不单改变了人们的阅读习惯，也永久地改变了记者的采写方式。

在华盛顿，有个负责监察国会的政府机构，名为政府责任处（Government Accountability Office，GAO）。这个机构收藏了一系列独立报告，对新闻工作者而言，这些报告是非常珍贵的。以前，要得到这些报告，你必须致电GAO。几天后，他们会寄来一个目录，你须要填表申请你需要的报告，幸运的话，报告十天内便会到手。而现在，若想要任何一份报告，我们可以从GAO网站下载，只需30秒。

另外一个例子是，从前若我们要联络某人，往往要到图书馆去翻查反向电话簿，即靠着那人的地址，希望能找到他的电话号码。如果那人不在市内，便要靠当地图书馆的职员，看看他们是否可以代查。现在，不消30秒，我们便可在网上的反向电话簿找到要找的人。

我也曾到过战地采访，当时打个电话回家便要花掉半天。我要先在某处联机，希望电话操作正常，大约忙了一个小时，才可以有短短几分钟的通话时间，而且费用昂贵。今天早上，我在酒店里利用手提电脑以Skype与父母通话，他们说我好像置身在隔壁一样。当我是驻伦敦的国际调查报道记者的时候，我在纳比亚追访美国一家公司的行政总裁，那是罕有的经验。我在伦敦工作了七年，清楚知道在美国有电话网络如GSM。但这个网络在纳比亚失效，电话完全接不通。但我能在酒店内透过手提电脑以Skype联络上美国的政府官员，又可打电话给我的编辑，而每分钟只需0.017欧罗，实在是便宜得惊人。

1993年9月，我在《华尔街日报》工作了四个月，并在互联网上写了第一篇报道。虽然互联网在20世纪60年代已开始被政府部门采用，但除了政府和学术用途外，当时很多人对互联网还是陌生的。14年后的今天，互联网已经十分普及，而且与我们的生活息息相关，当中的转变确实令人难以置信。

别人问我的工作是什么，我会回答："找人。"这是真的，因为写一篇报道就难免要找人。不论是什么题材，是调查性报道也好，是简单的故事也好，当然能与越多人对话，能搜集越多资料愈好。在互联网，我经常玩一个游戏，就是在20秒内找到我想要的人，而且往往是成功的。网络使我能写出更好的故事，因为我可以接触到更多以前不容易找到的人。在网上，你可以找到各式各样的人，譬如摇滚乐队酷玩乐团（Coldplay）的支持者。只需一个电邮，我们便可联络到地球另一端的人，而且很快会收到他们的回复，因为今天大部分人都使用互联网。

此外，黑莓（Blackberry）手机也有利于我们作全球报道。我们的老板很喜欢这个发明，因为它让我们每天24小时都在工作。

在去年暑假，我和家人到加拿大落基山脉一带旅行。我本来应该在旧金山的，因为当时我正跟进一宗有关一家通信机构的行政总裁涉嫌诈骗的案件。我在加州待了一个星期，陪审团还是没有裁决。于是我通知公司，如果在一星期内还没有判决，我便会放假。公司答允了，他们也认为在短时间内不会作出裁决。按照行程，我和妻儿到落基山脉远足，那儿人迹罕至。当我们正在过桥时，电话突然响起来。律师从旧金山打来，说陪审团将于15分钟之后便有裁决。我立即发电邮联络在旧金山的同事。然后，一边和我的太太、儿子继续前行，一边在远足径上将这宗案件的标题用电邮发送回公司。那次报道十分成功，因为全球都有公司的新闻网络。

维特士　大城市报章之衰落的小总结

《费城问询报》是美国三大最悠久的报刊之一，它曾获得17次普利策新闻奖，是一份优秀的报章。在《费城问询报》工作，仿佛所有事都可成真，记者们想写什么故事都行，报社鼓励员工发挥无尽创意，给予他们自由的空间。

科技的发展提供不少机会，但也让传统报章面临挑战。《费城问询报》现在由一间在费城3000英里以外的公司拥有，它与费城这个小区没有多大的联系。我相信资本主义，相信赚取盈利的重要性，但我同时相信在新闻和利润之间要取得平衡。现今大部分人关注的是报刊是否有利可图，因此只管在开支上不断减、减、减。

1985年，我开始在《费城问询报》工作。那时该报假日的销售量达100万份，现在只有67万份；在平日，销售量从以前的52万份下跌至近年的35.2万份，跌幅很大。记者和编辑的数量也在递减。工作初期，我们报社有500名编辑和记者，现在只余下300名。

我们老一辈的员工陆续被解雇，由年轻记者取代，他们做着与我们同样的工作。但有素质的报刊是需要时间累积的，也需要人才投放时间才能写得好作品。提供信息是重要的，但内容也不容忽视。记者要在所选题目上下工夫，关注并追访不同的行业和政府部门，告诉读者他们要知道的事。这些都需要时间和资源，需要受薪的员工去做，若只是懂减、减、减，报道是很难有素质的。

我们正在经历转变，但仍不知何去何从。我记得在我拿普利策新闻奖时，我还是一名普通记者，完全不是焦点。有一天，当我正在准备题材时，我的编辑在办公室内召见我，说觉得我在跟进的报道十分有趣，希望我能写成一个较长的系列，深入地探讨有关问题。那时是3月，编辑希望系列能写到年底，其间想做什么，到哪里都可以，而且不限篇幅。他要的是一个好故事。我当时并非知名记者，但那个时候，我们常有这样的机会。在充足的时间和空间下，我总共写了五个系列，读者的反响亦十分大。这是新闻界传统的运作模式。我希望我们没有失掉这种传统，并找到保持报刊高素质的运作方式。现在，市场要求甚高，但除了实时新闻外，我们也须要作筛选和分析。

几星期前，我正跟进一个21岁来自费城的海军士兵的故事，他在伊拉克误踩地雷，失去了双脚和左手，幸好及时被人送往医院。他希望能在30天内完成16项手术，以便赶及跟大队于8月27日回家。我对这个故事甚感兴趣，于是一直跟进他的情况。报道刊登后引发众多戏剧性的反响。反战的人说我道出了战争的悲痛，支持的人又另持己见，但我要做的，其实只是写一个关于这位年轻人的故事。

由于人手不足，采访时没有摄影师，于是我随身携带了一部价值2000美元的数码相机。这个相机是我在圣诞节时购买来拍家庭照的。其后，我拍的电子照片刊登在封面上。我另外把一些录像片段交给一个大学实习生，他将之剪辑成一段两分钟的短片。我没有受过培训，贸然拍摄是很危险的事。但这是现实，我要拍照便得靠自己。我倒是享受的，这是大势所趋，但有利有弊。然而，我希望将来会有更充足的资源。

其实，不论科技如何进步，我们的报道出现在网上还是一些未知的平台，最重要的还是新闻工作者那份精神和热诚。如果你喜欢你的工作，喜欢你的报道，再将这份爱传递，那么我们的行业便有希望。任传播技术如何转变，这些因素都超越一切。

答问环节

问 刚才说到你的市场主管提及十年间发行量的转变。与十年前比较，利润是多了还是少了？

高斯坦 首先，她和我都不是经济方面的专家，也没有认真想过这些问题。我只能给你一个很广义的回答。现在，没有报社能真正算出他们要在网上赚多少钱才足够。这是结构性问题。我的报社比起两三年前赚取更多广告收入，但仍然不足够补偿网上读者的流失和转变。我想很多报纸如今都面对同样的问题。

问 1851年，世界博览会在伦敦举行。20世纪初，随着摄影技术的发展，博览会首次在电视上播出。2010年，世界博览会将在中国上海举行，并且首次在网上全球播放。在进入最后1000天的倒数阶段，你们能提供有关活动的内容、报道、摄影、音乐、网页等方面的意见吗？

维特士 我会写读者真正关心的事情，写人们感兴趣的，他们会感受到那份热情。

方凤美 这和奥运会的报道有点类似。奥运会将在高清电视播放，到时可以看到运动时真实的画面，更能刺激视觉神经。记着，影像要好，但不要忘了报道本身。报道内容代表一切。世博会和奥运会等活动都让中国踏上世界舞台，但一瞬间并不代表一切。在网上或是电视播放也好，有意义的报道和分析是很重要的。

卡普兰 无论技术怎样发展，广播系统如何，报道的关键在于事件本身，我们要考虑读者或观众对什么最感兴趣。你要做的是找出最有趣的事情，而不是什么也报道。至于影像，你须要主动地寻找和选取。

问 现在公民新闻在互联网上越见普及，大众把自己的故事或意见都放到互联网上，比如You-tube和一些网上论坛。当每个人都可以成为记者的时候，对传统的新闻业而言是否不利？业界是否鼓励这种现象？

阿奈特 在互联网的世界，每个人都可能成为记者，但是他们不会因此得到薪酬，这是很大的问题。若没有足够利润抵消开支，便难保网站的素质。现今网上有大量信息，诸如图片、影片等，但素质参差不齐，许多影像和评论让人不愿观看或阅读。我希望高素质的新闻会在网上盛行。幸运的话，高素质的网站随时会被企业收购。

卡普兰 新闻记者大多接受大学训练，学习如何报道新闻，如何取得平衡，保持公正，维护高度的道德标准。在网络上，发放图片、影片的人，大多没有受过专业训练，而且我们不知道他们的动机如何，是否可信。所以，受过专业训练的记者仍然是重要的。

维特士 我的报社为了节省成本，在没有尝试降低售价的情况下，便停止发行受读者欢迎的星期日周刊。有一天，我到一家熟食店买东西。店主跟我说：如果人们拿走了熏肠三明治内的熏肠，还有谁会买我的熏肠三明治？我好像得到一些启发。

另外，读者群也因互联网而有所转变。以往，人们会买报纸看我的报道，但是现在不同了。比如说，我报道了一个伊拉克士兵的故事，读者会在互联网上传阅。很多人从网站如www.philly.com下载有关报道，并复制到自己的网页上，因为阅读过期的新闻是要收费的。现在看报道的已不一定是订阅客户了。

问 我担心的是，现在20多岁的年轻人，大多是从类似钟·史超域（Jon Stewart）和史提芬·高拔（Stephen Colbert）的节目中获取新闻信息。有什么办法解决这个问题？还是我们要转变新闻报道模式？

方凤美 我想好的报道逐渐会变成影像被传送出去。我们还是在乎报道是否有素质。或许在将来，人们不愿意看几页几页的文字，而是看更多图片，又或在手机中看电子新闻。媒体在改变，但是信息始终不变。对于年轻人来说，相比传统的媒体，图片和录像显得更有趣，观感更佳，而且获得信息的速度也更快。所以，我倾向正面地看待此事，虽然不一定有利可图，但这也没什么不好。

高斯坦 《华盛顿邮报》的数据显示，从1996年至2006年期间，18—34岁的读者群阅读报章的比率持续下降，由45％跌至十年后的31％，跌幅很大。但是，综观《华盛顿邮报》的新闻产品，阅读率却在提高。所以我想，重点是我们如何吸引读者，写他们感兴趣的内容，着重深度和质量。

社会转变与新闻界面对的挑战

约翰·卡普兰（John Kaplan）
米高·维特士（Michael Vitez）
史蒂夫·史特劳（Steve Stecklow）
彼得·阿奈特（Peter Arnett）
艾美·高斯坦（Amy Goldstein）
方凤美（Mei Fong）

瞬息万变的社会为新闻界带来不少挑战，其中网上新闻的出现使报章的广告量下跌以及读者群流失。媒体全球化一方面打破了以往美国媒体垄断的局面，另一方面却出现媒体集团化的现象。在转变中的世界，各普利策奖得主不约而同地认为记者须坚守一些不变的原则，例如要保持好奇心，恪守最高的新闻道德标准，追求卓越，报道要公平公正，以及平衡各方面的意见。

讲座发言

卡普兰 我是一个摄影师，也是一个作家。我觉得，照片通常较容易给人们留下印记。在拍摄时，当你凝视被拍摄者的眼睛，你可以感觉到他们的痛苦，进入他们的内心世界，那种感觉会在你记忆中停留。因此，我一直认为摄影在新闻报道中占有特殊的位置，它帮助我们了解他人的处境，建立同情心。摄影向我们展示在我们跟前的世界，而写作，则是要发掘新闻背后的故事，例如解释真相背后的复杂因由等等。因此，摄影与写作各有所长。作为老师，我将摄影人与写作人组织在一起，让他们各尽所长，构成完美的组合。

由于教授国际新闻的缘故，我周游列国，到过二十多个国家。其中去得最多的是中国，前后共七次，不过这是我第一次来香港。当我见得愈多，便愈觉自己所知甚少；世界是如此之大，要学习的事是如此之多。幸运地，我是一名记者，能在不停转变中的世界探索。我须要持谦卑的心、旺盛的好奇心和激情，让自己见识更多，并将所见所闻与人分享。世界尽管在变，我仍希望在人与人之间搭建文化的桥梁。我们彼此之间看上去相差甚远，其实却有很多共通处。

无论世界怎样转变，无论是写作还是摄影，我们都要忠于一些原则，比如诚实、恪守最高的道德标准、追求卓越等等。要完成出色的报道，需要有耐性，投入足够的时间，找到适合工作的地方。在访问前要作好准备，了解你的受访对象以及事情背景。只有这样，你才能提出精彩的问题。即使作为一名摄影记者也应如此，你需要透过了解背景去判断哪些照片才是重要的。此外，我们经常忽略的是，除了提问，也要学习倾听、观察，记录周遭的环境，不要想当然地先入为主，受自己预先定下的构思所限制。

维特士　在费城美术博物馆前面，有一排阶梯。它和其他博物馆前面的梯阶没有两样，但它有一个名字，叫做“洛奇的阶梯”。在电影《洛奇》系列里，史泰龙曾四度踏上它，边跑边跳，并高举胜利手势，以庆祝自己从一个失败者因着永不言败的精神而重获新生。从首集《洛奇》启播至今已经30年，可是直到今天，人们还是从世界各地涌入费城，学电影中的史泰龙那样，边跑边跳迈上台阶。这就是我的新书《洛奇的故事》的主题。

我们这些普利策奖得主都曾经年轻、害羞过，一边犯错一边成长。这是一个必经的过程，没有人可以在一夜之间拿到普利策奖。记者要跟随自己的直觉，听从心灵的召唤，时刻对身边的世界抱有好奇心。这个世界变化很快，若要成为一名记者，我们要记录周遭世界的变化，并对这些变化感到有兴趣。我曾经花很多时间去思考自己最想做的是哪类报道。经过多年的摸索，我确定自己最喜欢的是讲述故事，我擅长从微小的细节中勾勒出大图画。要了解自己的兴趣，并投入去做，绝不是件容易的事。我几乎可以向你们保证，在取得成功之前，你会遭受无数次打击，一次又一次地陷入绝望。

唯一的对策就是坚持，倒下之后爬起来继续向前行。面对急速转变的世界，做记者的需要洛奇精神。

史特劳　在《华尔街日报》工作之余，我在波士顿大学教授一门调查性报道的课。我曾问学生有多少人每天看报。结果在班上17个学生当中，只有两个每天坚持读报。在美国，如今新闻界面对的最大挑战是，年轻人多数已经不再读报，而是浏览网上新闻。其实连我自己也是如此。在课堂上我给学生们第一份作业的题目是："当我同龄的人都不再读报的时候，为什么我还想成为一名记者"。结果我收到了很多有趣的答案。

报章现今面临着来自网络前所未有的挑战。《纽约时报》是我喜欢的报纸之一，在任职《华尔街日报》驻伦敦分局的七年里，由于没法在当地买到这份报纸，只能从网上下载来看。在2005年返回美国后，我太太提议订阅《纽约时报》。我有些踌躇，既然可以免费从网上下载阅读，为什么要花600美元去订阅呢？但我太太说，最该花钱订报的就是你了，因为你是一名记者。最后我们决定，花300美元订阅从周一到周五的报纸，周末则在网上阅读。

我很荣幸能获得普利策公众服务奖。做记者赚不了大钱，服务公众才是记者的宗旨。在你的职业生涯中，如果超过连续三天在早上起床时不想上班，那就是时候换工作了。我做记者已经31年了，只有两天类似的感觉，至今还在等待第三天的到来。我认为，记者除了是教育公众的工作外，还给了我终身学习的机会。世界不断变迁，我会尝试报道不同的议题，不断吸收新的知识，学以致用。

阿奈特　我经常被问及为什么想当战地记者。说实话，我很少见到有战地记者，从一开始就准备为这份职业牺牲。在报道自然灾难、警方事务和交通事故等过程中，你将不断地磨炼自己的技巧，建立自信和积累经验。如果你刚好为一家相对重要的报纸或电视台工作，在某个时刻，你的编辑可能会说需要你到伊拉克、菲律宾、印度或者巴基斯坦，报道那里的战争和动乱。我想如今在伊拉克从事战地报道的美国或欧洲记者，几乎都是这样被派去的。有些记者可能只报道一两场战争，花上5到10年的时间在战场，然后回国继续从事国内或国际事务报道，或者转做编辑工作。当然，也有些像我这样有些疯狂的人，从27岁开始被美联社派去越南，一直到去年10月还在从事战地报道。

为什么我喜欢战地报道？第一，因为我认为报道战争对一个国家甚或全世界均十分重要；第二，战地新闻通常都是头条新闻；第三，在战争中，你可以建立起特殊的友谊，那是战火中的情谊。

新闻界正面对媒体全球化。在这个时代，无论是在战地或其他地方，媒体的分野都变得愈来愈狭窄。我是新西兰人，后来加入了美联社，当时是唯一的外国人。在20世纪六七十年代，美国媒体争鸣，包括美联社、合众社、《时代》周刊、《生活杂志》，以及NBC、CBS和ABC网络。二战后，美国雄霸世界，尤以媒体为甚。到了20世纪八九十年代，媒体的垄断被打破，新闻开始国际化。如今我们有专门报道中东事务的aljazeera.net，报道阿拉伯事务的alarabiya.net；在伊拉克，有来自日本、中国，以及欧洲的电视台记者。这些记者为国际新闻报道增添了新的元素。另外，还有一个发展中的趋势，美国甚至欧洲的媒体，在世界各地均越来越依靠当地训练有素的记者。在伊拉克，八成的美国媒体雇用当地人做记者；在北京，也有越来越多出色的中国记者在为西方媒体工作。这是一个媒体全球化的年代，环顾四周，我的学生就如同我的兄弟姐妹一般，我们共通之处大于相异的地方。

高斯坦　社会不断在变，但我不想只谈变化，同时也想探讨一下没变的元素。

在美国新闻界，不变的是新闻的思维方式。正如史特劳刚才所说，记者在教育别人的同时，也在教育自己。从事新闻工作要像学生一样，保持好奇心，不断学习，并将学习得来的东西加以分析，重新梳理出新的问题。要成为一名好的记者，还须具备分析头脑，你须要超越某个立场，了解各方的说辞以及它们之间的关系，从中发掘真相。记者也须迅速建立起与被访者的互信关系。要尽量使对方感到舒服、安全，正确地解读对方的话语。记者更要将搜集得来的复杂信息分析过滤，用精确易懂的语言，不偏离原意地报道有关事件。此外，报道要平衡各方的观点，要公正。最重要的，是要知道什么是你所知道的，什么是你不知道的，以及当中的分别。让我举一个例子。

20世纪90年代初，曾经于20世纪四五十年代席卷美国等西方国家的肺结核病再次在华盛顿和美国一些大城市中出现。我抢先在其他报章发现此事前报道了这件事，结果文章登上了头版。但我在文章中混淆了“病毒”和“细菌”这两个词。不久，我收到一位马里兰大学生物教授的来信，他说：“十分感谢你为我们本科新生上了一课，使我有机会向他们指出准确运用科学词汇的重要性。”随信寄来的是一本微生物学的书籍，内里解释了那两个词的区别。从此，我将那本书放在案头，提醒自己什么是我所知道的，什么是自己不明白的，以免再犯类似的错。

不变的是新闻的思维方式，那么，变的是什么？首先是报章的广告量下滑；另外，阅报的读者群也在萎缩之中，这都让媒体承受新的经济压力。这些转变都是伴随着科技的发展，特别是互联网而出现的。在新的财政压力下，我们只能尽量维持高质量的新闻报道，同时要与网络或其他通信工具的读者建立良好的关系。

方凤美 当我决定要做一名记者的时候，并没想到会一直继续下去。当时只是觉得，这会是一份有趣的工作，不像律师或会计师那么枯燥，可以与不同的人接触。我发现，记者许多时候是在扮演一个局外人的角色。我在新加坡、美国及中国香港和内地都做过记者，都是以一个局外人的身份观察在那里发生的一切。

我在新加坡当了几年记者，习惯了在一个被严格规管的体制中工作。有一次我写了一个妓女被谋杀的报道，后来我们被有关当局批评。尽管妓女行业在新加坡是合法的，但人们不愿意公开谈论。后来我到了美国为《华尔街日报》工作。最让我惊奇的是，在这里当一名记者，意味着天底下再也没有

“免费的午餐”。我以前的经历是，每当我外出报道时，对方会承担你的差旅费用。在美国却不是这样。这一切都是为了保证记者有足够的自由写出公正的报道。当我在美国新闻学院上课时，有位教授在第一堂课上给每个学生发了一个午餐袋子，以提醒学生每次参加记者招待会时，都应该带上自己的食物。这种做法尽管有些极端，但背后的原则十分清晰。

在香港，我多少感觉到殖民地的色彩。与外国同事相比，为外国媒体工作的中国人会被看成是次等。每次我去香港的外国记者会，人们总因为我的华人脸孔将我看作是某外国记者的女朋友。我又发现，香港记者通常不喜欢在记者招待会上发问，而喜欢留在会后单独提问，以便写独家报道。尽管我可以理解这种做法，但这也使得记者招待会本身十分无趣。这与美国的情况对比鲜明，美国的记者仿佛一群猛兽，一同逼问麦克风前的发言人。

在大陆工作时，我觉得比较特别的是记者收“红包”的习惯。许多会议主办方为了吸引记者到场都会派发红包。因为我是华人，许多人也会给我塞红包，当我退还时，别人都觉得不可思议。我可以理解这种事情的发生，因为在中国，记者不是份赚钱的工作，我许多中国记者朋友都做兼职赚钱养家，但这始终不是恰当的行为。一旦这个习惯被普遍接受，不愿这么去做的人，就会被排斥。所幸这些情况如今已经有所改善。尤其是在一些大城市里，许多媒体都坚守职业素养，不再收红包，这是令人鼓舞的现象。我经常被人追问，究竟我是本地记者还是外国记者。我认为自己两者皆是，但同时我又觉得，根本就不应该有这种区分。在全球化和互联网发展的背景下，好的新闻故事始终是好的新闻故事，不分地域界限。

答问环节

问 你们怎么看待媒体集团化的发展?

史特劳 媒体行业中的一个重大变化是收购之风盛行。我有些在《芝加哥论坛报》和《洛杉矶时报》工作的朋友透露，最近一家房地产公司打算收购他们的报社。另外一件在这里应该已经不是秘密的事情，就是《华尔街日报》将被梅铎收购。我不赞同一家公司拥有多家报社，因为这会减少读者的选择。我喜欢像过去的年代一样，报章由家族持有，这样有利于保持独立。但如今世界的运作方式已经变了，报社也不能幸免。《华尔街日报》的收购将于下个月（2007年11月）成为定局，到目前为止，还没有发生什么重大变化，我们都希望能持续如此。

在听闻梅铎将出资50亿美元收购《华尔街日报》后，我的主编分派给我一项工作，就是调查梅铎对那些收购得来的报纸做了些什么。我和三位分别在伦敦、中国和澳洲工作的同事花了几个月访查，我并访问了梅铎本人。最后，我们完成了一篇4200字的文章，内容是关于梅铎如何一次又一次地利用报纸拓展他的商业利益。但最终，梅铎还是说服了拥有《华尔街日报》的道琼斯。我只是希望，在报社卖给梅铎之后，我们可以继续从事类似的精彩报道。

方凤美 当梅铎提出要收购《华尔街日报》时，报社的许多驻华记者，包括我在内，都不约而同地表达忧虑。我们认为这不是个好的提议，尤其考虑到梅铎有兴趣拓展他在中国的商业利益。尽管如此，我们并不指望能改变最后的结果，因为毕竟50亿美元不是个小数目。可是我们为什么仍然要坚持这样做? 因为，报道正反两面的意见是记者的工作，在这关键时刻，记者不该保持沉默。我们也向人显示，报社可以出卖，但记者的诚信不可以出卖。

问 我发现每当人们说起“记者”，他们总会联想到负面的信息诸如“狗仔队”等。请问记者如何才能得到公众的尊重和信任呢？

高斯坦 要获得别人信任，我认为最重要是让人们知道我们是如何工作的。在采访的时候，我们要诚恳，让受访对象知道你明白自己在说些什么、采访的目的以及内容等。很多时候，可信度源自专业操守，若你的机构内其他员工都有专业操守，那么报社形象便会提升，这将有利于你的采访工作。此外，可信度其实还糅合在采访技巧中。我曾经采访过一个人，但起初遭他拒绝，原因是他在21年前接受访问，但被错误引述。因此，我有时会采取以下策略，就是告诉被访者他可以在任何时间停下来察看我的笔记，看看我有没有误解他的意思。

问 我想问阿奈特一个问题。你在报道某些真相的时候，是否曾出现思想斗争，恐怕这样做会让你被称为“叛徒”？

阿奈特 今天在美国，作为一个有责任感的记者，如果你从没被右翼分子称为“叛徒”，那你就是没做好你的工作。做随军记者的要遵守不成文的规定，就是你得遵循一些守则，听从某些指示。我跟随过美国部队、伊拉克部队，在阿富汗跟随过俄罗斯部队，等等。你得非常谨慎地跟随着他们，因为你不希望你的一些举动会危害该部队。你也得小心地报道以及摄录，因为他们有枪，而且你或许想以后再来采访。战地记者与士兵之间有一个默契，我们从来不问他们进展如何，也不会批评他们，我们只是正确地报道他们在做什么。我在越南当了13年战地记者，我的报道曾受到美国政府、美国右翼分子、肯尼迪总统和约翰逊总统的严厉批评，他们并且督促报社把我和其他记者从越南撤走。但从一开始，我们就很轻易地可以随军采访，写了很多批判性的文章，与大家分享战况。我们备受尊重，这不但对美军而言，对南越军队亦然。作为战地记者，没有所谓“叛徒”，这只是一些政治用语，我们不须理会。

问 在你们的职业生涯中，有否遇到过什么困难？是什么力量驱使你们保持对新闻业的热情？

方凤美 我曾被派往采访一些车祸死者家属，说实话，我的确不喜欢这种感觉。1997年，厄尔尼诺现象引发海啸，那时我第一次被派往海外采访。当时新加坡已没有航班前往印度尼西亚，我只能坐船前往其中一个小岛，等候了三天才有航班往印度尼西亚。那里非常不安全，机场后来还发生坠机事件。我给我的男朋友打电话，互相问好，他有点责备我为什么要去那么危险的地方。那个时候我的确承受了很大的压力，因为作为一个女生，你还要关顾你的婚姻和家庭，你需要背后有人支持你。后来我和男友分手了。其后我去了纽约。“9·11”事件后，因为许多工厂倒闭，很多中国移民失业，但他们无法得到援助，因为法例规定只有住在曼哈顿南部的人才可以得到援助，但只在那儿工作的人不可以。于是我写了一篇关于此现象的文章。文章刊出后，当地政府终于改变规例，让这些中国移民得到援助。于是你会发现，如果你能抓住要点，你可以改变一些政策。这就是继续鼓励我从事新闻行业的原因。

问 若你的报道出了错，你会怎么做？

高斯坦 我会非常小心谨慎，以确保我的报道正确无误。但世事难料。若我的报道出了错，通常会收到很多读者来信指出错误的地方。我会很礼貌地回复他们，并且告诉我的编辑我哪里错了。通常我们会作出更正。

问 你如何确保你的受众正确地解读你的摄影作品？

卡普兰 每个人的想法都不同，因此这是件非常困难的事情。于我而言，我会花时间在他们身上，尽量了解他们。我们要对自己坦诚，要做一个好的观察者。那么在我挑选相片的时候，便能挑出那些真实反映现状的照片。

问 新闻的客观标准是什么？我们如何判断哪些报道是专业和准确的？

方凤美 最近关于中国廉价出口货品的一系列报道，有人认为是体现西方议程的一种报道，以此来推动反华情绪。其实在报道的时候，我们要注意从不同的途经寻找信息。如果有两个消息来源，我们就须同时报道双方的意见。如果你只采用单方面的信息，那可以是社论，但绝对不是新闻报道。在报道中，须要平衡双方的意见，要有中方的意见，也要有美方的看法。

高斯坦 我认为新闻艺术和新闻技巧是不同的。新闻技巧只要求记者准时在某场合出席，记录要快速，引语要准确。新闻艺术则要求对事情有更深入的理解。举例说，我们采访布什总统连任的时候，是在天亮的时候登上媒体的专机，聆听布什的演说，然后有大概90分钟的时间写稿。许多记者只是记录所发生的事，加插一些引语。但我会为报道加上一些背景资料，例如在演说前有什么事发生，演说的含意，什么人会因而得益，为什么要在这个时候发表这个演说，等等。我着重的不是他说了什么话，而是这番话的更大含意。

阿奈特 我50年的记者生涯可以归纳为现场报道，报道那些正在发生的事情。在越战期间，我们要跟合众社和其他媒体竞争，透过电话或电报等通信工具，赶在他们前面作报道。现在，我们可以作即时报道，从CNN的直播中，你可以看到真实的爆炸场面，可以看到现场采访。我认为未来的新闻就是现场报道，电视和互联网相结合的现场即时报道，加上一些演绎和调查性报道成分。

史特劳 我并非从事现场报道的，我曾经要花一整年才写出一篇报道。我不知道现在还有多少人还这么做，但是，我们必须花更多精力发掘不同的角度，更多时间寻找更多的事实。可惜的是，现在的媒体很少允许他们的记者花这么多时间来采写一篇报道。我想，当你报道一些冲突事件的时候，你必须采纳双方的意见，使你的报道公平公正。

维特士 很多读者在读报的时候都会先入为主，比如当我写了一篇有关一个派驻伊拉克的美国海军士兵被炸断一双腿的报道，支持战事的读者赞扬我这篇报道展示了美军的勇气，但反战的则称赞我表达了战事的残酷。另外，不同的用词亦会产生不同的效果，例如有关安乐死的报道。若我采用“协助自杀”这个词，人们会认为我持反对立场；但若采用“由医生协助之死亡”这个较为软性的词，我则会被认为赞同安乐死。我们并不能控制读者的思想，我们可以做的，是相信自己的直觉，尽力做到最好。

卡普兰 我想谈谈科技的问题。无疑，科技的确正在改变我们的生活，但对新闻来说，科技并不代表真相，它只是一种工具。内容才是最重要的。

二、新闻的元素

新闻的基要

艾美·高斯坦（Amy Goldstein）
詹·福民（Gene Foreman）

两位资深记者兼学者畅谈新闻的基本要素。
Goldstein指出新闻的基本特质是要深入别人的现实当中，
将他们不熟悉的事呈现出来；记者须要作出新闻判断，
从多个角度探讨问题，作平衡的报道。
Foreman提出了六大新闻元素，
包括报道真相、服务社会大众、查证事实、保持独立、监察掌权者，
以及为大众提供相互交流讨论的平台。

讲座发言

高斯坦 记者的工作是说故事。我想与你们分享两个故事。第一个故事的男主角叫Joseph Giarratano。我第一次与他接触时是1980年5月，那时我大概23岁，当了记者不足一年。我接触他是因为弗吉尼亚州恢复死刑后，数十年以来第一次执行死刑。Giarratano的罪名是奸杀一对母女，他被囚于弗吉尼亚州的监狱内，将于两星期后被处决。我听到这宗案件，马上致电他的律师，游说他让我访问与我同样是23岁的Joseph Giarratano。我是个初出茅庐的记者，从未到访过监狱，在采访的时候，那张行刑电椅只有数尺之遥，那是一次令人提心吊胆的采访经验。

我就这样写了一个故事，但这个故事之后还有另一个故事。Giarratano的律师和一些民权鼓吹者说服Giarratano在处决前两天提出上诉。结果，今

天Giarratano依然活着。1991年，弗吉尼亚州州长免除他的死刑，其后20多年，他成了美国囚犯界的英雄，他协助被定罪的犯人找寻DNA和科学证据。然而，当我写这篇报道时，他只是一个与我年龄相若，快被处决的年轻人。

第二个故事是有关莱温斯基的。莱温斯基年轻时在白宫当见习生，其间与前总统克林顿发生性丑闻。1998年，我跟进了这宗新闻数个月，突然接到一通电话，对方是一家小报的记者。他告诉我一个他即将刊登的故事，是关乎一名叫Christy Zercher（雪齐尔）的女子的。在事件两年前（指1996年），她在克林顿的竞选飞机上当空中服务员，其间遭克林顿性骚扰。克林顿坐在她身旁，在没有征得她同意的情况下，抚摸她的胸部40分钟。据说当时希拉里（Hilary Clinton）正在机上前几行的位置睡觉，真难想象这事情怎样发生。

那个记者跟我说，只要在刊登时提及消息来源，我便可以在小报出版的同一天报道这个故事。这是一个奇怪的电话，我们记者之间很少讨论正在跟进什么题材，更何况是与小报记者之间的往来。我猜想，他其实是想利用我们，让他的报道变得合理和可信。这是一个困难的决定，因为早前我们也听过这名服务员的传闻，而我的工作刚好是要调查克林顿在莱温斯基性丑闻事件发生前，还有没有其他不寻常的性关系。

于是我致电Christy Zercher的律师，查询Christy的女性友人的电话号码，好让我问个究竟。然而，她们都不能确定事情是否属实，但指出有一个人可能知道事件的来龙去脉，他是Christy Zercher的健身教练，居于新泽西州。我不知他的全名，也不知道他在哪家健身中心工作，但我决心要找到他。于是，我逐家健身中心查问。找到他那一刻，我真的很高兴。我向他道明来意，希望他尽其所知，告诉我究竟雪齐尔与克林顿的事是否属实。然而，他说他接受访问是要收费的。这是一个大难题。辛苦了三天，终于联络上他，但《华盛顿邮报》的立场是，以金钱换取访问机会是不合乎职业道德的。于是我只好留下电话号码，希望他改变主意。三小时后，他致电给我，说破例一次免费接受访问。他说他不相信Christy Zercher的说话，因为当他们在一起时，她的精神出现很大问题，常常穿凿附会，所说的不大可信。这个健身教练虽然有点怪怪的，但他的话足够令我对传闻的可信性产生怀疑。在小报出版后，很多报纸都有跟进报道，但我们始终没有刊登这个故事。

以上两个故事并不类同，并且发生在我事业上不同的阶段。我猜你们正在疑惑为什么我要跟大家说这两个故事。第一个原因是，两个故事都能显示出新闻工作的基本特质和目的，那就是要深入别人的现实当中，带他们走近一些不常接触的事物，将不熟悉的事呈现在他们面前。每一个新闻故事都是你一生只能写一次的事，因为你只能写一些你当时所知道的事。正如那个关于一个23岁死囚的故事，我无从知道他在往后20多年会成为囚犯的英雄。我写的都是当时我所知道的，这就是新闻工作的基础。

第二个原因是，两个故事都说明新闻工作的必要程序是作出判断，不论你是为校报工作，还是为大报社如《华盛顿邮报》工作。编辑和撰稿员整日地判断要写什么，例如我们采访了那位健身教练之后，要考虑是否要写Christy Zercher的故事。我们还须要思考怎样讲述故事，要判断什么是公平的，什么是真实的。

作为记者，我写故事并不是要左右事情的发展，事情的发展与我无关。我只是尽力让公众明白发生了什么事，以及为什么会发生，这是新闻工作者的职责。新闻的艺术不是一般工序，例如知道事情在哪儿发生，又或是抄写笔记等等。当然，引述必须精准，事实必须正确无误，但这些只是记者的采写技巧。新闻工作的艺术是要了解你所看到的，明白为什么人们会这样说，知道报道的前因后果，探讨事情为何会这样发展，谁会被影响，怎样被影响，为什么会被影响，报道事件的来龙去脉、新闻的影响等等。入行不久，我遇到一个聪颖的编辑，他告诉我："你现在知道你所知道的了。"我花了好几年才领会过来。他的意思是说，你应该想想你所写的东西的含意，而不光是表面的真相。我想这就是新闻的艺术了。

那么，怎样才可养成这种思维方式呢？我有很多实践经验。我当了28年记者，在三家报社工作过，去过很多地方，如露宿中心和跟布什总统一同乘坐空军一号等。我从来没有上过新闻学课程，但我有很多深入别人生活的体验和机会，并且在你们这个年纪甚至更年轻时，建立了一些价值观。稍后我会谈谈这些价值观是什么，以及什么促使我立志当记者。

我在纽约州西部一个中等大小的城市长大。我并不是自小便梦想成为作家。我对所有事情都感兴趣，音乐、戏剧，并且当过不少学生组织的主席，我实在是一个异常忙碌的孩子。其中一样与我现在工作相关的是在高中时编辑校报。当时我遇到一个非常好的顾问，他指导我写故事，教我怎样编辑、排版，这些都是当记者的基本功。

此外，在高中最后两年，我和同学们一起参与一份地区学生报的采写工作。当时我17岁，这个经验在某种程度上促使我成为一名记者。我猜你们没有谁听过比特·西格（Pete Seeger）这个名字。他是一个美国民歌手，穿州过省，环游世界，是我孩提时的偶像。他谈公义、民权、国家互谅互让等这些小时候我认为是很了不起的概念。他为水质污染问题在不同地方举行步行筹款，每次带领群众走十多二十里路，将筹集的款项用作改善水质。比特·西格来到我们的小镇，让我和另一位朋友采访他。那是我17年内做过最棒的事情。访问当天，心中异常激动。那次采访经验影响深远，我明白作为一个记者，你有机会近距离接触一些重要的事情。这次经验对我在数年后选择当记者有莫大关系。

我还想和你们分享一些家庭灌输给我的观念。我成长的经历让我意识到文字、写作、阅读是十分重要的。每逢周三晚上，父母会带我和弟弟到公共图书馆借书，每周如此。晚餐时，如果我们不明白父母说什么，妈妈就会带着我们去翻查字典，那时我觉得十分厌烦。长大后，我俩常开玩笑，说以前查字典多么让人讨厌。当然，我们意识到文字是非常有价值的东西，这促使我后来选择了一份以文字为生的工作，因为我知道文字的力量。

另一个从家庭学习得来的观念是，政府决策和公共政策是非常重要的，与我们的生活并非遥不可及。我的父母都是非常积极的公民。美国各地普遍设有学校委员会，委员由当地居民选出，负责管理公共学校的制度，我的父亲参与委员会达十年之久。特别的是，小时候我已经参加他们的会议。我那时大概十六七岁，还没有当上校报的编辑，但我会出席会议，聆听他们对一些政策的辩论。

父亲参与学校委员会，母亲则活跃于市图书馆委员会。由于很多家庭搬至区内生活，因此当地开办了很多学校。每所学校成立时，父亲都会争取公平的体制，以决定谁入读哪间学校。与此同时，母亲认为区内需要一所更大的图书馆，她想尽办法让市政府的官员增加拨款，但事与愿违。于是，她向联邦政府申请补助金兴建图书馆。这件事有点蹊跷，该补助金本来是用作太阳能计划的，因为我生活的纽约州非常阴冷，阳光不足。市政府的人知道后非常恼怒，他们甚至不愿意接受这项补助金。母亲和其他图书馆委员于是提出要在市内举行投票，决定是否要接受这项补助金，以推翻市政府的决定。她像疯子一样，花了几个月的时间，到处说服市民支持。因为这笔钱已经成功申请，如果不接受，联邦政府便会将之补助其他城市。终于，新图书馆建成了。记者很多时候需要思考公共决策，我的童年给予我不少这方面的经验，使我常常思考什么决定能裨益小区。

最后，我学到的是记者的立场、定位和思维方式。记者应该有走近事情的欲望，但不是走进事情里头。记者应该知道，任何事情都可以有多个不同的视角。我上大学时，花了很大的工夫去决定主修哪个科目。我喜欢政治，也喜欢历史和社会学。然而，我发现我们所学到的往往局限于我们问些什么问题，这非常狭隘。所以，我创设了跨学科主修，使我能够从多角度观察问题，这都是做新闻工作者须要具备的思维。

现在，我要做一件尴尬事，就是让你们看看我19岁时所写的东西。我当时在一家很小的报纸写稿，这个故事是有关市内的嘉年华会的，题目是“工时长、工资低，但舞照跳”。虽然我当时的写作很糟糕，但我还是给大家念一段：“随着大门在周六晚上关上，嘉年华会正式结束。灯光已灭、热狗的气味已逝，但美好的回忆仍萦绕在我们的脑海中，让我们期待明年嘉年华会之再临。然而，嘉年华会对于工作人员来说只是一种生活方式，他们仍须清理人们遗留下来的纸杯、垃圾。下星期，嘉年华将继续把欢乐带给300里外的居民。”这篇文章虽然很糟糕，但可以看出19岁的我，已经能平衡不同的角度，这是新闻工作者基本的思维方式。

福民 我今天的论点大部分取材自《新闻的元素》（*The Elements of Journalism*），这是我认为现今最好的一本书，作者是Bill Kovach和Tom Rosenstiel。他们两位都是美国记者，在不同的地方采访过无数人。这本书综合不同的研究，尝试记下记者认为新闻业最重要的元素。在我当记者的日子，报道一个紧接一个，没有时间停下来，思考为什么我们要做正在做的事情。只有像现在这样的机会，才促使我们踏踏实实地坐下来，讨论什么是有价值的。这本书提及11个新闻元素，我将和大家分享其中我认为最重要的六个。

首先，做记者的第一要素是要报道真相。真相不仅仅是事实的准确程度，我们还须试图发掘事件背后的故事。我们并不能每次都成功，但要竭尽所能，贴近真相。现今信息泛滥，记者要懂得筛选。正如高斯坦所言，对于不知道是否准确的事情，我们在任何时候都绝不能报道。事实加起来不一定是真相，真相逾越事实的准确度。人类学家指出，每个社群都希望知道周遭到底发生了什么事。在原始社会的部落，报信者会翻山越岭察看外面发生的事情，然后迅速地跑回部落里告诉其他人，这正是今天记者所做的事情。我们是今天的“报信者”。我们通过报章、广播或网络，让大众得知最贴近真相的事实，让他们了解身边发生的事情，促进讨论，从而使他们安心。

第二个新闻要素是：我们的服务对象是社会大众。我们并非为雇主、报章发行人，或是广播经理工作。我们首要对公众忠诚，有时这或许会和雇主、发行商的利益有所冲突。我们的报道可能不能取悦广告商，短期内或会为公司带来麻烦，但长远而言，公众会感激我们，因为我们把真相呈现出来。公众才是我们真正要服务的对象。记者之间有不明文的协议，就好像签订了合同一样，表明要把真相呈现给读者。我们不会因为电影公司是我们的客户，便在影评中把很差劲的电影说成精彩绝伦。我们要不惜一切，报道真相。

第三个要素是查证事实，确保事情真确无误。有些传闻若然属实，可能是大众都想知道的重要新闻。问题是我们不肯定传闻是否属实，于是我们要设法查证。如果传闻是真实的，我们便有新题材，否则，我们不用再浪费时间报道。我们要报道的不是传闻，而是事实。新闻学其实是一门查证事实的学科，这是新闻与其他通信方式不同之处。广告游说我们买东西，撰稿人先要忠于他的客户；娱乐节目的目的，乃是通过不同形式的表演为观众带来欢乐；它们各有各的社会功能，但着眼点都不是严格的查证核实工作。新闻工作者要持开放、诚实的态度，尽量让大众知道消息来源是否可靠，权威来源为何，有什么相关档案，以及了解哪些权威人士知情等等。

第四个新闻元素是保持独立，与受访组织或人士划清界限。要是我们的报道对象是政府，那么我们就不能是政府的一部分，而须独立于政府之外，以保持中立。尽管评论记者所表达的观点跟一般新闻记者和编辑不一样，但他们在广播或专栏中发表意见时，也应保持独立，才能获大众信任，才可以自由地作出批评。一个昨天他们还支持的人，如果干了一些该受谴责的事情，他们有责任如实报道。为什么要保持独立呢？因为若你与受访组织有关联，最大的问题是公众不会认为报道是公平、客观和可信的。如果你所报道的故事有另一方，则他们很难相信我们会持平，因而不会向我们透露事情的进展。在他们看来，我们不是致力于追求真相，而是在维护另一方的利益。此外，若你是某组织的成员，你会难以站在对立双方立场上，平衡两方的观点。这些都是我们须要保持独立的原因。

第五个新闻元素是监察掌权者。我们常听到“看门狗”这个名词，那是指一些监察四周环境以防别人入侵的狗只，它们在发现问题时会发出警号通知主人，好让主人（于我们而言，这是指社会大众）能适时采取行动。有时候政府没有做应做的事，我们便成为市民最后的依靠，让大众知道发生了什么事。我们也为沉默的人发声，因为并不是每一个公民都觉得自己有力量改变他们认为错误的事情。记者准确和公正地揭示真相，或许能促使一众公民发声，要求转变，改善问题。虽然我们经常报道有什么事情出错，但其实报道好消息也同样重要。我曾经在费城当编辑，费城有“小区城市”之称，当地共有超过100个小区，经常举办不同的地方活动。假如其中50个小区被一些问题困扰，但有一个小区能够成功解决问题，若我们报道这个成功故事，则可以让市内其他小区仿效。监督掌权者是我们的重要任务，我们要指出政府和小区发生了什么事，报道一些正面的例子，以及须要改进的地方。

第六个新闻元素是为大众提供一个平台，让大众相互交流，讨论共同关注的课题。我们可以在报纸、电视、电台或互联网上展开讨论。有时候，在互联网上的言论甚为粗俗、不文明、没有事实根据。我同意每个人都有权利表达自己的观点，因此我们在这方面能做到的甚为有限。但我们所提供的公众平台必须建基于事实，我们的讨论也应由此出发。媒体会将公众的讨论放大，记者的责任是让讨论在真诚的气氛下进行，确立事情的真相，当事实被歪曲时作出纠正，并让讨论聚焦在议题上。此外，我们还要让社会上不同的人士参与讨论，不单局限于较富裕或受教育程度较高的阶层。最后，我提出美国清谈节目、广播节目和互联网所忽略的事情，就是我们不单要处理对立、极端的言论，我们还要照顾大多数的人的意见。我们发现，大多数人的意见多是中立以及较为温和的。事实上，我们国家的宪法乃建基于妥协的基础上。新闻工作的重要功能，是提供讨论空间让大众相互批评对方的意见，作为梳理问题的依据。

总结

福民　多练习，就如音乐家那样，反复练习。多看，多练习采访，多写报道。

高斯坦　成为好记者的两个特征是：好奇和坚持。早期的采访和报道经验是你未来一笔巨大的财富。

史特劳*　我还当记者的原因是觉得这份工作很有趣。新闻工作提供罕有的机会，让你可以接触你平常不会接触的人，了解平常不能知晓的事。我们就如老师一样，教导读者从不同的角度看一件事情。

*史特劳的讲座内容，见本书《缅怀殉职记者丹尼·珀尔（Danny Pearl）》。

答问环节

问 我的问题是关于事实的真相。我们刚才谈到真相比事实的准确程度来得重要。但是作为一个新人，我们怎么识别事实的准确程度并得知真相?

福民 事实也可能是真相，但在我们尚未知道全部真相时，必须深入调查。有时候，我们必须尽快作出报道，其后我们会从不同途径得到更多信息。人们看了我们的报道，或会主动提供更多消息，使谜团逐步解开。一个典型的例子是1972年至1974年间在华盛顿发生的水门事件。在该案例中，《华盛顿邮报》的两名记者深入调查民主党总部，甚至白宫，最终令尼克松总统下台。这项工作花了两年时间。因此我们必须有毅力，不要指望一蹴而就。

高斯坦 你必须继续报道。我经常做的一件事，特别是报道一些政治事件时，是尽可能和持不同意见和代表不同观点的人交谈。我不相信任何一方能够代表事实的真相，我会尽量去了解为什么这些人会有这样的看法。在我报道布什总统时，政府官员的言论都有政治目的，他们的言论可能是真实的，也可能是想操纵你的想法，又或两者皆是。如果我要写一篇优秀的报道，我会和那些持相反意见的人交谈，然后进行分析，将不同的观点拼凑在一起，并不被任何一方的看法所主宰。

史特劳 福民提供了一个持续了好几年的经典事例，但有些报道可能只发生了几个小时，我们也要确保事件的真实性。首先，我们不要只相信某人的说话，必须找其他人确认他的说话的真实性。另外，我们可以找出相关档案。举例说，我和丹尼在SONY事件上取得海关记录，知道有多少电视机从阿富汗入境，而非单靠某人说有数以千计的电视机。获得第二，甚至第三个资料来源是十分有用的。

问 我很同意公众对记者来说是最重要的。但你怎么确定你所报道的是公众想要的？人们的追求和需要时刻都在改变，怎么样才能满足他们呢？

福民　这是一个记者经常碰到的问题。我们有必要告诉大众世界上和社会上正在发生什么事。有一些小报或者具煽动成分的出版物和广播，总是报道名人的故事。前阵子有关Anna Nicole Smith之死的消息，便占据了有线网络好几个月。那是公众所需要的吗？我不肯定。我们要报道有趣的事情，还是重要的故事？其实两者是可以兼而有之的。例如，丹尼到郊区的药房调查，有人告诉他推介某种药的目的，是为了赚取更丰厚的利润。这故事是有趣的，但同样是重要的。我们面对的挑战，就是把重要的故事变得有趣味。

问　刚才提到新闻报道的要素，是与报道的人物保持距离。那么，当你作为记者，在采访贫穷、疾病、天灾的故事时，经常碰到极需要帮助的人。面对这两难局面，你会帮助他们还是只完成新闻报道的工作？

福民　这是一个新闻道德的问题。我们要谨记，记者须要独立于受访者，不能因为要报道某事而付钱给受访者。除非我们是唯一能够拯救他们的生命的人，否则不应牵涉其中。我们可以在对话时提供一些解决方法，但要避免直接干涉，要保持中立的立场。

史特劳　记者也是人，但我们得小心保持中立。我有一篇有关一个柬埔寨啤酒女郎的报道。她患了艾滋病，但只是服用于事无补的阿司匹林。我们很想给她提供治疗艾滋病的药物或者金钱资助。事实上，她在受访前也向我们要过钱，但对美国新闻业而言，付钱给受访者是不符合职业道德的。部分原因是恐怕受访者因为拿了你的钱，为了证明物有所值，他们会告诉你更多东西，而他们所说的不一定准确。她也表示理解，并同意我们报道她的故事。她曾被强奸和受到性骚扰，她向上头投诉，却反被取笑。她希望她的故事可以帮助那些像她一样身处困境的人。她和我们相处了一周，最终我们送给她价值

10美元的化妆品以示谢意。我不认为这不符合职业道德，因为这一周她本来可以工作，但因为我们的关系令她少赚了些钱，那些化妆品只是一点心意。

高斯坦 在采访的时候，我们要留意的是，不能因为我们的存在而使事情的发展有所改变。有时候，采访对象很可能想从你身上得到什么，这些都是要避免的。几年前，我花了几个月的时间采访华盛顿地区的乳癌病例，我需要和这些病患者有密切接触，以了解乳癌对她们心理、生理和社交各方面的影响。我的报道的前提是：在美国，人们都避免提起这种疾病，但是随着愈来愈多人患上癌症，她们遂聚在一起，分享抗癌的经验。我的报道是有关20多名在教堂集会的患癌女士，我主要关注其中五六个人，其中有一位女士很害羞，社交技巧不佳，因此很少朋友。她和癌症搏斗得很辛苦。由于要深入了解她们的关系，在某一个阶段，我跟她的关系非常密切。她失去了一边乳房，我和她一起逛商店，购买她第一个特别订制的胸罩。她甚至让我走进试衣室内。我觉得她开始把我当成朋友，因为她很害羞，没多少朋友。但我要告诉她，我的目的是报道她的事情而不是来成为她的朋友。这是难以启齿的事情，因为我不想让她难受。但是我必须清楚地划清作为朋友和记者之间的界限。

另外一个例子。在“9·11”事件发生后几个月，我花了一年时间跟进一个男子的故事，他被美国政府列为疑似恐怖分子而遭拘押。他从狱中给我打电话，希望我能报道他的事。我感到十分讶异，但觉得他的故事很有新闻价值。但我首先问了他两个问题。第一，我要求他告诉我他代表律师的名字，以及一些他认识的人的联络资料，以便我查探他的背景。第二，我问他为何希望我报道他的事件。我告诉他，如果他希望在故事刊登后，政府因为舆论压力而释放他，这是个非常错误的动机。因为他的情况是政府极力隐瞒的事，我的报道可能会令他的处境雪上加霜。但如果他是想引起大众关注类似他的事例，那么这个中立的立场是我可以接受的。我们得留意，在采访的时候，我们应该让受访者明白他不一定能达到他的期望。

问 在作调查报道时，受访者不一定愿意合作。请问我们如何可以令他们说话?

高斯坦 我希望所有受访者都愿意和我谈话，但通常事与愿违。我们可以如何令他们合作呢? 我举个采访白宫的例子。美国总统每年会作年度演讲，陈述他来年的施政方针。以前几届政府总是会事先预告一些演讲内容，我们可应需要写一些特稿。但布什政府不作任何预告。于是我想，在华盛顿是否有其他人知道演讲内容呢? 我会联络保守党、智囊团和与布什政府关系密切的国会人士，找出演讲内容的线索。之后，我会联络白宫，表明我会报道我所知道的事情，让他们选择是否开腔。这个时候，他们多数会愿意作出响应，告诉你更多事情。

问 在选取题材时，你或会和你的编辑产生分歧，你有没有遇过类似情况? 你如何应对?

高斯坦 我的工作不是表达自己的意见，而编辑也不是要表达他们的见解，因此我们不会因观点不同而不作某项报道。但编辑可能会说，这个故事还未完成，你需要掌握更多事实；又或请你作出修改，使报道更具说服力。但我工作这许多年来，从没有编辑因为不喜欢我的观点而不起用我的报道，因为我的报道并非是要表达我的观点。

史特劳 有时候我和编辑的想法不尽相同，我认为值得报道的，编辑并不一定同意。早前一则让我获得普利策奖的新闻便是一个例子。我花了两个月来说服编辑让我跟进在利比亚的故事。当我的编辑从纽约来到我波士顿的办公室时，我一再跟他周旋。他后来怕了我，让我得以报道那个故事。

劫后余生：

视觉传讯的社会责任

约翰·卡普兰（John Kaplan）主讲

莲妮达·雪妮顿·本斯（Lynette Sheridan Burns）*提问

在新旧媒体融合的时代，新闻业正面临巨大的转变。
卡普兰指出，当今许多传媒未能反映社会上重要的事，
可信性也受到质疑。
他认为视觉传媒有责任记录社会大事，促进讨论，以改善社会。
他的“劫后余生”摄影项目展示一个又一个受虐个案，
以及相中人的心声，让我们更加了解这个世界，
激发多角度的思考。

视觉传讯的社会责任关系到什么是新闻，以及新闻的走向。我们身处这个时代，传媒对重要社会事件的报道很多时候流于表面。它们争相报道某些大新闻，而忽略了其他许多同样重要的事。健康社会应信息开放，人们应时常关心身边的事情。我们不能只是报道社会问题，虽然待会儿我会和大家讨论“受虐”这个题目，但若我们每天在电视、报章或杂志上看到的只是生活中最坏的事情，那是一件相当折磨人的事。传媒的报道应该平衡：美好的事要报道，社会上尚未完善的事亦应报道。

新闻业现正面对巨大的转变。传统印刷媒体要思考未来的方向：现今的年轻人是还会看报纸杂志，还是只会在手机、计算机上获取信息？我相信这

---

*莲妮达·雪妮顿·本斯是西悉尼大学传播艺术学院院长，普利策新闻奖得主工作坊国际顾问。

介乎两者之间。传统媒体能从广告中赚取巨大盈利，但随着愈来愈少人阅读印刷品，销售量开始下降，因此报章、杂志等印刷媒体均须谋出路。正如另一位普利策奖得主高斯坦所说，以往文字记者只负责文字，但现在要兼顾声音和影像。这看来是正面的趋势，科技确能帮助我们更容易获得信息，更好地沟通。但我对新闻业转变的看法有点负面。一些机构为了生存，往往盲目追求科技，而非怀抱科技。看看一些网站，内容错漏百出。令人忧心的是，假如这些传媒报道的都不是社会的重要事件或趋势，那么它们对社会有何贡献？我相信我这个想法大多数人都会接受，就是我们都有责任对别人好、互相帮助，做一些对社会有益的事。有些人选择为教会服务，有些人选择做义工，新闻从业人员则作一些对社会有益的报道，我们称这些为公众服务。

当今的媒体有两个严重的问题。第一，许多媒体重视的只是名人消息、蜚短流长，只提供一时的快感，逃避现实的场地。我担心的是，年轻一代若没有真正接触社会上重要的问题，他们如何知道或关心社会，又如何能塑造一个更美好的世界？我认为新闻业应做一些真正有意义的工作，而非终日追访名人，适量的报道是可以的，但不应脱离现实。第二，传媒报道的可信性是我们须要关心的。人们愈来愈不信任传媒，因为他们犯过太多错。我正在策划一个视觉传讯社会责任中心，目的是帮助大众了解世界，激发思考，以及治疗伤痛。相信大家都理解何谓帮助大众了解世界，至于激发思考，是为大众提供多个角度去看事情，例如举办座谈会或展览会等。至于媒体应否医治伤痛则是具争议性的话题。长久以来，在互联网出现之前，传媒能共同控制我们读什么、看什么。传媒成为社会的好伙伴是一种责任。现今科技发达，我们可以按自己的需要利用传媒。我相信下世纪媒体将会更加繁荣，重新在大众中建立诚信。视觉传讯社会责任中心主要采用新闻角度记录一些事件，促使人们讨论某些议题，帮助他们作出响应，它本身就是令社会变得更好的一个过程。

“劫后余生”这个摄影项目旨在实现上述功能。

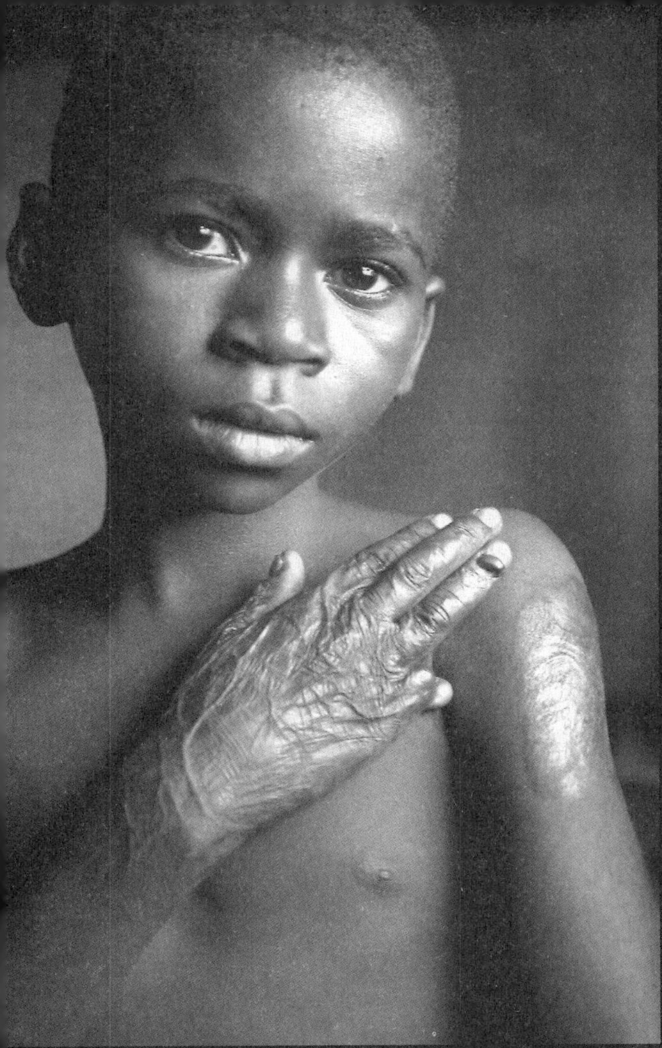

谭巴·西度（Tamba Saidu），10岁

Koidu, Kono district, Sierra Leone

“我几乎被烧死，勉强从浓烟中爬出来……我们须要做的，是学懂原谅。否则，战争还是会一代一代地延续下去。”

摩利·摩马（Morie Momah），50岁

Gbalahun, Kailahun district, Sierra Leone

“他们要我给他们一部缝纫机。我说我没有……有一个很高大的男人，我不知道他的名字，他砍下了我的手臂，然后大伙儿逃进丛林里。”

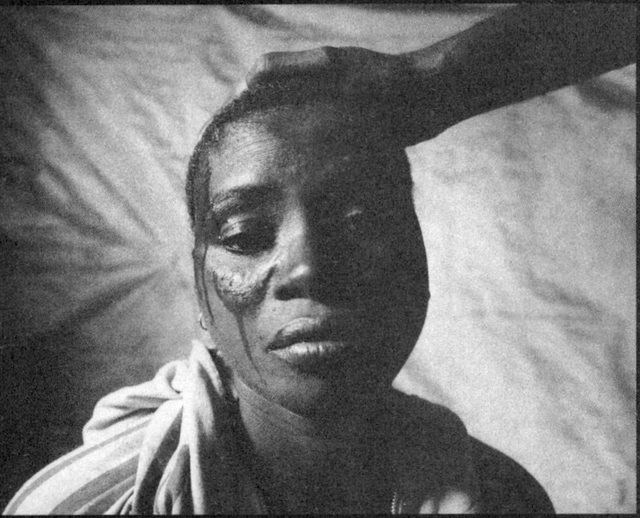

琴琪·沙模拉（Cumbay Samura），28岁
Falabah, Koinadougou district, Sierra Leone
"她的父亲在Nyaeudou被袭击的时候失踪了。我们不知道他的去向。很多人丧生了，她再也不能说话了。"

色拉夫·沙模拉（Salafu Samora），35岁
Kabala, Sierra Leone
"他们把我们双手绑在身后……然后就这样把我们丢进河里，要溺毙我们……"

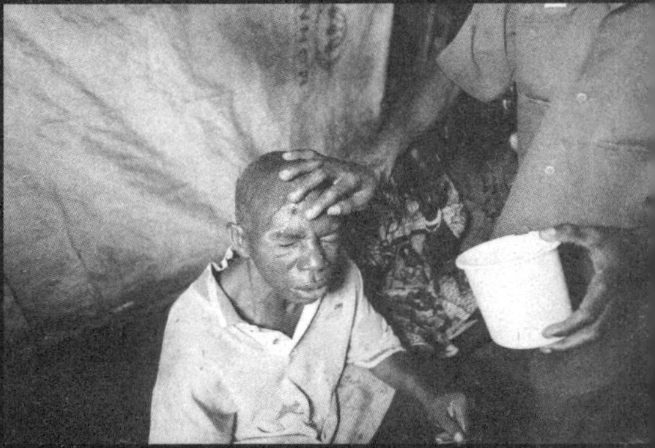

艾雅·唐波（Aiah Tomboy），29岁
Soewa, Kono district, Sierra Leone
"他们逼我看着自己的母亲被三个男人用大石击碎了头颅。我无法抑制地大哭起来。因为我哭了，一个男人过来砍了我六刀。我不会责怪任何人。这些事情是不对的，但是我原谅他们。我希望杀戮能早日结束。"

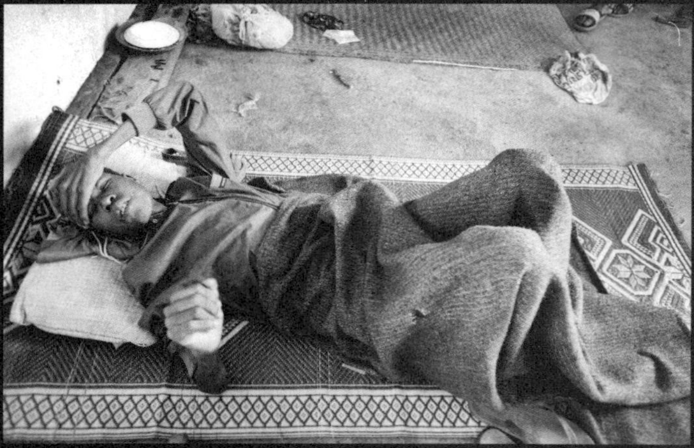

纽马·向模（Nyuma Hermoh），22岁
Buedu,Kailahun district,Sierra Leone
"我被抓住，遭受痛打。我算是幸运了，一逃脱就跨过边境来到几内亚（Guinea）。"

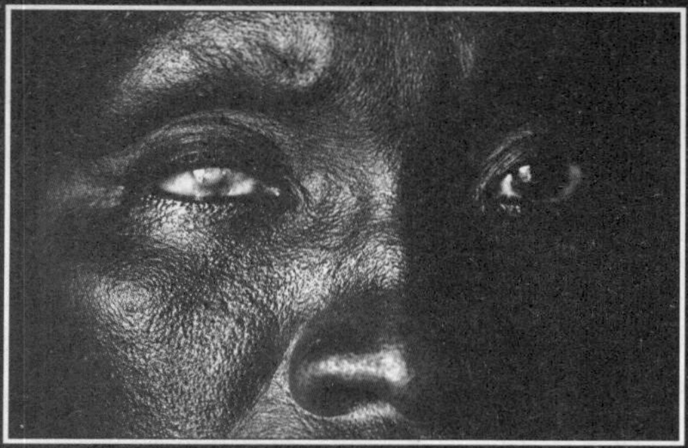

雅特娜·蒙迪 （Addnar Mondeh），45岁
Koidu, Kono district, Sierra Leone
"八个月以来，他们每天都要强暴我三次。这让我害怕男人。我再也不想做爱了。"

科拉·穆贝沃 （Fallah Mbayoh），20岁
Ylebema, Kailahun district, Sierra Leone
"当叛军到来的时候，他们说：'我们是自由斗士。我们不会杀害生灵。加入我们的队伍吧。'……我当时大约10到11岁大。"

慕沙·安德鲁 （Musa Andrew），15岁
Tongo-Field, Kenema district, Sierra Leone
"当他们在Koidu攻击我们的时候，我只有8岁……他们抓住了我，其中一个人叫我躺下。我以为他要割断我的喉咙。他在我的嘴里塞了一块布来防止我叫喊。"

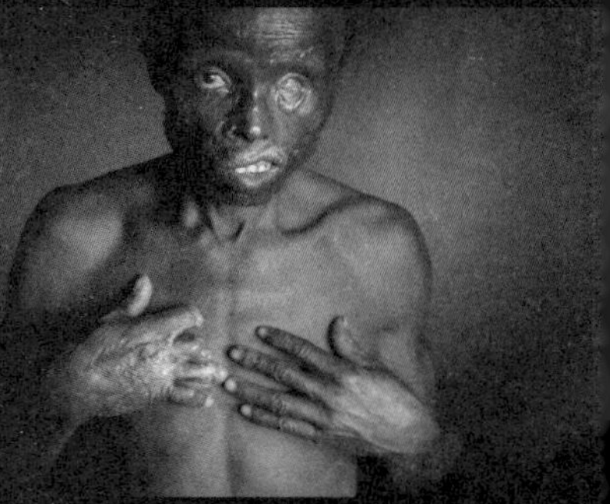

约翰·沙亚 （John Sahr），40岁
Tongoma, Kailahun district, Sierra Leone
"我在自己的村子里被抓着。他们残酷地痛打了我一顿，然后将我绑起来，把我的头放进沸水里……他们没想到我会活下来……我想说的是，作为一个人，你的境遇不该让你看轻自己。只要你还活着，上帝就会为你计划好一切。"

法亚·斯格古 （Fayia Skeku），34岁
Shamabu, Kailahun district, Sierra Leone
"他们扒开我的眼睛，然后把沙子塞进去……他们逼我连续三个小时看着太阳……我不知道我的家人在哪里。我被迫和他们分离。"

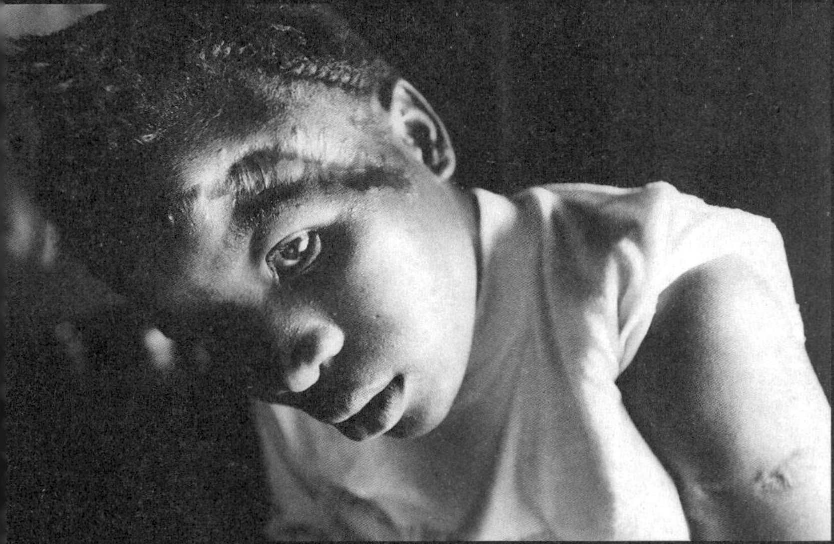

赫萨勒图·任巴（Hassanatu Yamba），25岁
Kamiandor,Kono district,Sierra Leone
“他们杀了24个人，我是第25个……他们痛殴我，用鞭子抽我，用石头砸我，然后他们离开了……我试过去找工作，但是雇主们一看到我的脸就拒绝我。”

沙亚和沙亚（Sahr and Sahr），19和18岁
“我被招募进入叛军的队伍……我看见一个叛军杀了一个年轻男人，然后喝他的血。”
“如果我拒绝，他们也会杀了我……他们教我怎么上膛，怎么开火。那是一把AK47。我不记得自己究竟开了多少枪……毁掉塞拉利昂的是众多年轻人。”

答问环节

本斯 你的作品充分告诉我们新闻作品如何可以安抚受伤的心灵，又如何可以唤醒麻木的灵魂。但当看到这些受害人，聆听他们惨无人道的遭遇的时候，你如何调适自己的心态呢？在采访之前，你做了什么准备工夫？

卡普兰 开始时我也不知道可以做什么，我只知道拍下这些失去手或脚、受伤害的人。我起初也害怕什么也拍不到。即使是经验老到的记者都不禁会想："这次我大概要空手而回了吧。"我之前从没有到过难民营，联合国难民事务高级专员办事处（UNHCR）管理全球难民事务，辖下有不少非政府组织。我获邀跟随一个美国组织"受虐者中心"（Centre for Victims of Torture）到西非，他们到那里为难民提供心理辅导。

这个难民营的居住情况较理想，因为有些人会在那里住许多年。如果没有钱，他们就得住进可收容50人、联合国提供的又热又局促的大帐篷。那里真的热得要命，十分难受。只要有大约港币250元，他们便可以建造石屋，住进去会较舒服，但大部分人均负担不起。

在那里你得花许多时间应付官僚主义。那里非常偏僻，从我住的地方过去得用两天的时间。到了那里，又得走访好几间非政府组织，让他们得知你来访，如是又花上一两天与人会面、寒暄。因此在两个星期的行程中，我只有六至七天时间拍摄。

你或会有兴趣知道我如何找到这些难民。受虐者中心除了提供心理辅导与难民外，更培训一些难民成为心理社工。难民们通常较愿意跟自己人谈话，因此我委托这些心理社工帮我约晤难民，有时他们带我到营中一幢简陋的房子与难民会面，有时把我带到他们居住的地方。我看见他们的时候，跟你们的反应一样，不能相信我所看见的。我完全无法相信人们竟然可以对彼此做出如此残忍的事情。另一样使我惊讶的是，塞拉利昂人的衣着很光鲜，特别是女人，即使他们只是难民，什么也没有。那里的人很懂说话，态度非常友善。

在拍摄以及采访对象面前，我不能流露我的情绪，我须要保持中立的态度。但是每当夜幕降临，在蚊帐中，我就感觉到自己情绪的起伏。我向观众展示这些照片的时候也常忍不住落泪。这并不是问题，我们不能假装这些事对我们完全没有影响。但如果你能把这些感觉跟你的作品结合起来，那么你便可以成为一个更好的记者，因为你对你的采访对象有同情心。

本斯　找到这些经历过痛苦的人并不是容易的事，请他们与另一个文化的人分享他们的痛苦经历，是不是更加困难呢？你是怎样克服这些困难完成你的拍摄的呢？他们会否拒绝你的请求？作为记者，什么时候你会放弃不再游说你的对象？

卡普兰　我本来也以为很难令难民开口说话，但当我到达难民营之后，发现情况并非如此。每个人都希望可以在相机前分享他们的遭遇。我意识到，人们有说出他们的经历的需要，而我的工作有助于满足他们这个需要。我在那里的头几天非常震惊，因为一切对我而言都太陌生、震撼。不过，在寻找翻译方面，我遇到了一些困难。那里的人们的确说一点英文，但是并不够精确。让我感到惊讶的是在经历过这一切之后，那里的人们仍然有信心，仍然有宽容之心。我想，这就是他们文化中的美丽之处，他们愿意宽恕那些对他们如此残忍的人。我到现在仍感困惑，我并不是怀疑他们的信心，而是他们对宽恕的信念、对上帝的信心实在难以理解。

本斯　你刚才提到拍摄工作可以帮助满足拍摄对象与人分享他的故事的需要。你认为新闻工作者除了传达信息外，是否还能够帮助拍摄对象？

卡普兰　有些受访者确实会把我们当作拯救者，我会坦诚地向他们说明我的工作，我不能承诺帮到他们什么，但若大众看到我的作品，或许对他们的处境有所帮助。我相信新闻工作者会觉得自己的工作有益于人。其实在拍摄过程中，我有时会有负疚感。比如在拍摄风暴的时候，我意识到相对于被拍摄，人们更需要有人来帮助他们重建家园。美国人有一个很好的特质，只要他们看见有人需要帮助，他们一定竭尽所能去帮忙。因此，新闻工作者有独特的角色和责任，我们的采访能唤起其他人的关注。尽管如此，我觉得这种不干预的传统是不足够的，我相信在未来十年，我们将成为解决问题的一分子。视觉传讯社会责任中心的创立目的也在于此，但这仍然是具争议性的话题，而且也不容易进行。无论如何，我们须要确保自己的报道是可信的、不偏不倚的。

本斯 新闻业常被看作是要保持客观的一种专业。但其实也不尽然，例如在种族灭绝这个问题上便没有所谓客观。有人说，没有客观的好记者，因为若你没有同情心，不能对采访对象的喜怒哀乐感同身受，便不是好记者，我们反应以“公平”为目标。你对“客观”有何看法？

卡普兰 我不相信绝对客观，但我相信公平。我们要真诚，我会尽量多花时间了解拍摄和采访对象。我跟他们接触的时间愈久，他们愈容易跟我分享自己的感受。除了客观外，我们在报道时亦须平衡各方面的意见。有人或会问：这是平衡还是天真？有些故事你可以很中肯地报道，但有些故事你得让读者知道什么才是真相。

本斯 你曾周游列国，从你的经验看来，你认为图像如何影响我们对其他文化的看法？

卡普兰 我是乐观的。有些摄影师只会展现一个文化的刻板形象，而非它们的真像。照片可让人知道文化的真实面貌，我曾负责一个名为“消失中的文化”的计划，对象是那些文化渐渐消退的少数民族。因为工业化、电视娱乐等影响，这些人慢慢放弃自身文化。这计划进行了一年，我到过云南、西藏和泰北拍摄，希望可以在当地文化消逝之前把它记录下来。我想，摄影也许可以帮助保存一种文化。过去几年，互联网的发展日益蓬勃，但它的发展方向令我担忧。从前的媒体秉持着守门人的角色，从众多信息中找出重要的事情来报道。但现今互联网许多时只是一个索引，网上是一大堆链接，信息过多，照片只占版面的很小部分。互联网其实可以是一个很好的视觉传讯工具。

本斯　有时候，图像的使用可能并不依照我们的原意，这会否令事情变坏？

卡普兰　是的，图像可以产生负面的影响。其中一种最坏的情况是利用图像来做宣传工具。图像可以用来使人们感到恐惧，容易被操控。在美国，政府用不少这些手段去恐吓人民。我见过最可怕的相片是伊拉克战争中战囚被虐待的相片。让我感到伤心的不只是见到人受苦，而是美国人对这些相片的漠然态度。我以为这个国家会有人起来反对，但人们对于“9·11”是如此恐惧，以至他们将这些不人道的行为合理化。我对美国很失望、很痛心。

本斯　什么是一个好的摄影记者？

卡普兰　很多修读新闻的学生，甚或记者都有一个错觉，以为拿着相机去到一个地方，便会拍下好照片，顺利完成任务。有人以为只要有好的装备、到处走走，就能拍得好作品，但其实即使是经验丰富的记者也不能保证如此。要拍得好作品，首先你要有好的意念，世上有成千上万优秀甚至是出色的记者、摄影师，但充满意念的人只有几个。只要个人充满意念，你看什么都会发现它独特的地方。假如你是自由摄影师，把你三几个意念寄出去，也许人们不会采用，但他们会知道你充满意念。如果你正在为某个机构工作，时时提出你的意念，有些会获采用，有些不然，但这样便可以看出你的价值。新闻从业人员见的黑暗事物太多，容易使人心灰意冷，当你常常有意念时，你的工作会更有满足感。

本斯 如果这组相片是在美国本土拍摄的话，你会否采用不同的摄影技巧?

卡普兰 可能由于我到过太多地方，见过太多不同的文化，因此我喜欢寻找不同文化的共通点而非不同之处。谈到技巧问题，本来我打算用一幅布作为所有照片的背景，用相同的灯光效果，但后来放弃了，因为我不想这些作品看起来太完美，太像时装照。我不会过多考虑技术问题，我尽量让我的照片传达清晰的讯息。在美国本土拍摄是否会不一样? 其实在那里拍摄也会有困难，因为拍这些照片是一件很私人的事，你须要进入拍摄对象的私生活，了解他们的真实感受。相片的讯息应该是来自相中人，而非由外人加入的。

本斯 假设你要到一个危险的地方采访，如果你被人抓住，他们要你作一些不实的报道，并恐吓说若你不同意，你和家人的生命都会受到威胁，在这种情况下你会怎么做呢?

卡普兰 若我在外地采访，我相信他们很难会去到美国抓住我的家人。但记者被抓住做人质是常见的。不少记者被杀死，亦有不少被释放。在这种情况下，我想我必须生存下去，相信人们都会知道人质所说的话是在枪杆下说的，一切都不一定真实。

本斯 在拍摄新闻图片的时候，你如何融合个人风格呢?

卡普兰 在日积月累的拍摄过程中，你将形成自己的个人风格。年轻的记者有时过于急进，想要树立个人风格，忽略了照片的基本作用是与人沟通。我的建议是，首先你要去找出最优秀的摄影师，了解最高的标准；其次，你要找一名导师，让他坦诚地评价你的作品，你可以多参加专业研讨会之类的活动去寻找你的导师。最初你可能会进行一些模仿，经验积累后你会形成自己的风格。但我的希望是，透过我拍摄的相片，观众能够与拍摄对象有沟通，而忘记谁是摄影师，他采用什么镜头，等等。

本斯 拍摄对象是否知道你在拍摄他，这对你的摄影有影响吗？

卡普兰 我的摄影对象通常都知道我在拍摄他们。但是，当我在他们身边混得久了，他们会忘记我的存在。最好的相片就在这个时候产生。"劫后余生"这个项目有些不同，因为要展示他们受折磨的伤势，故此他们都面向镜头，以营造对象与读者的联系。当你的对象忘记你的身份，他们便会自然流露情感和感受。

本斯 你刚才提到要成为充满意念的人，我想问什么是意念？可不可以谈谈你的意念有何与人不同之处？

卡普兰 意念是指你自己想要拍摄某些主题，而非一些被指派的工作。该是你自己说："我想拍这个。"你可以作数据搜集，去图书馆、上网都可以。日常新闻、体育新闻、文化新闻都可以有好的题材。好的意念让你的作品与社会和大众有关联，能"扣人心弦"。只要你有好的意念，我相信你的项目都会获得通过。举例说，我的普利策得奖项目其实是从一个被指派的工作发展出来的。我被指派跟进一个21岁黑人谋杀犯Rodney的案件。Rodney从小在贫民区长大，受尽欺凌。有一天，他又被打，于是他拔枪还击，案件审了一年多，最后他被判监禁五年。Rodney其实是一个爱家的好爸爸。我不禁想，若我长大的环境跟他一样，我会否也有与他相同的结果？若他生长在良好的家庭环境，他会否已是一个医生或工程师？这个反思其后发展成一个意念，就是这个"美国21岁年轻人生活面貌"的项目。

本斯 你用了六七天拍摄这些照片，但你刚才说过起初你也不肯定这些照片是否一定有用。我想问为什么你会用那么长的时间才肯定这些照片的效果？

卡普兰 把残忍的真相展示在读者面前并不难，我在拍摄之前作过一些关于"受虐"的数据搜集，看见不少因受折磨而失去手或脚的人的相片。我想做一件稍为不同的事，就是记下他们的说话，我相信这对带出我的主题是重要的。我的拍摄对象得在镜头前赤身露体，展露他们的伤痕，我不想利用他们，我要把这些照片拍得有尊严。我希望这些照片能帮助这些受害者开始复原，也警醒世人不要再做相同的事。

本斯 为什么这些相片都是黑白而非彩色的？

卡普兰 我通常拍彩色照片，因为世界本来就是彩色的。但是黑白相片能排除颜色的纷扰，更能突出重点。当我用图片记录社会重要事件时，通常用黑白相片。

本斯 你会否用图像工具使影像更强烈地带出你想要的效果？

卡普兰 我会用图像工具改善照片的光暗对比、质量，但不会加上其他东西，因为这样是不道德的。

本斯 你怎样看待新闻摄影的未来？你认为新闻摄影扮演着什么角色？

卡普兰 人们有权知道他们身边的事情。就像美国派驻军队、投放大量资源出兵伊拉克，我们要知道那里的情况到底如何。4000名美军被杀，伊拉克人死伤枕藉，不管那些牺牲的人是什么国籍，我们都有权知道那里到底发生什么事。这些事情应该被记录，被传达，被看到。我相信新闻摄影将会更加受重视，因为人们有了解事实真相的权利。

本斯 我有一些补充，我认同卡普兰所言，新闻摄影要记下这些故事，让世人知道真实的情况。新闻摄影不是只拍好看、高质量的照片，而是要记下这些事实让人思考。

卡普兰 不同人看过“劫后余生”这辑照片后有不同的反应，我建议大家可以这样想：有一天我可能是相中人。这真的有可能发生。我们要面对现实，还应不分国界、不分文化地共同面对，希望我们的子孙他日不用再面对这些残酷的事情。

公共广播
——集报纸与电视之长

君·艾菲 （Gwen Ifill）*
美国《华盛顿一周》编辑以及节目主持人

艾菲认为新闻的本质是有机会发问，要求响应和分担公共责任。
公共广播集合报章的深度与电视的广度，
能让她专注于重要的议题，提出一些与市民息息相关的问题，
为市民提供客观的信息，从而自行作出判断。

究竟什么是新闻？在我而言，新闻就是有机会发问，有权要求响应和分担公共责任。在我的国家，这样的权利在宪法中至高无上，而我个人也对此权利严肃认真地对待。

我从前大部分时间在报馆工作，我一直想要做一个文字记者。在我决定投身广播行业之前，我在美国《波士顿先驱报》、《华盛顿邮报》和《纽约时报》专责报道政府与政治新闻。我从未想过做电视新闻，我是被游说转职的。我钟情于报纸，但说真的，我很享受与满意现状。

我工作的地方算是全世界顶尖的。公共广播结合两家之长，即报章的深

*君·艾菲是首届普利策新闻奖得主工作坊客席讲员。

度与电视的广度。但美国的公共广播与其他地区不同的是，我们不受政府的控制或经济资助。它是一个独特的模式，只有14%的资助来自政府，其余来自私人捐款、基金和企业的资助。

《华盛顿一周》——一个每周五举行的“记者圆桌会议”，以及《与Jim Lehrer共度新闻时段》是我们的新闻节目。我们的前提相当简单：只要我们提供信息，观众便能自行作出判断。

公共广播不应与有线电视混为一谈。我们希望观众永远都不知道我们在想什么，或者说我们从不作出任何个人的评论。我们相信观众渴求信息，生活的压迫并未能消减从传媒上获取讯息的需要。

现在我们国家以及全世界有关战争、和平、政治和恐怖主义的辩论都有助新闻事业，我认为这些议题对社会亦有好处。

我的职业使我有机会问一些我认为读者和观众希望知道的问题。我可以站在历史前沿，去探寻真相，改写新闻，撷采精要或详尽描述，以及问一些尖锐的问题。

在2004年，我有幸成为切尼（Richard Cheney）对爱德华兹（John Edwards）副总统候选人辩论的主持。我有许多问题：机智的，尖锐的。就与我在华盛顿作为一个记者日常的一天无异，在那次节目里我没有获得太多答案。当受访者拒绝回答时，我的工作就是让人们知道他们答非所问。毕竟，我只是一个媒介。因为好奇，我发问；也因为我对一个任务严肃以待，那就是能代普通大众提问。但新闻消费者也必须有批判的头脑，再优秀的记者也无法让每个人都回答他的问题，受访者总是回避问题，但那不意味着我们就此放弃提问。我在早年已觉得任何事都是政治，无论事情大或小，在工作地方或是在家中。事实上，我喜欢政治家。我报道过学校校董会、市议会、省议会，以至白宫；大部分我所遇见的政治家都是值得尊敬的人，他们选择投身公共事业。巧合地，那些我最欣赏的人也是擅长政治的人。

在华盛顿有太多东西值得学习了，但你也必须保持清醒和谨慎。作为“第四权”之一员，我常常要解释究竟我们在做什么——为什么我们报道这些新闻而非其他？我们如何选择新闻题材？等等。

我以前认为每个人每天都应该读报，每晚都要看电视新闻；第二天早晨起床再重复这些动作，周而复始。但现在许多东西都改变了。我相信现在一般美国人可以接触到的信息比从前要多得多。他们不再像我一样，保持传统读报的习惯。晚间的网络新闻主播也不再像以前那样报道新闻，但好处是获取信息的渠道多了。

虽然我日复一日做着报道的工作，但我仍然是一个理想主义者，存疑过于愤世，乐观大于绝望。我相信，最好的可能性唾手可得，尤其当你日夜报道你认为不可能当选的候选人最终当上了总统。1992年，我从头到尾跟进克林顿（Bill Clinton）的竞选运动，他当上了总统，令我非常诧异。有时，有些题材是早晚用得上的，例如似乎永无休止的战争。

但公共广播最好的地方是，在这些机构服务有很多好处。例如我不须要采访OJ Simpson、Lindsay Lohan和Britney Spears等名人新闻。这些新闻由别的记者报道好了，因为有其他重要的事情令我关注，有难于解答的问题要提问；当问题愈繁复，便表示我们愈要继续发问。寻求这些答案不是为了我们自己，而是为了我们的下一代，为了那些希望了解更多的人。

答问环节

问 请你介绍一下你的成长背景，以及如何加入新闻行业？

艾菲 我在纽约市出生，父母是移民。可以说是我父母选择了美国，选择做美国公民。一般来说，比起你无法选择的出身，第二次选择会更富责任感。在我家我们经常接触到时事、公共事务。我在1955年出生，今年52岁。在20世纪60至70年代，民权运动发展迅速，我们从报纸以及电视获得这些消息，让我们与南方有更直接的联系，知道当地有人示威游行争取选举权，以及有人滥用私刑等一些被美国历史引以为耻的事件等。这些事都发生在我们周围，也对我造成影响。当时我从没想过这些事与我日后的发展有关。

我父母令我们坚信，我们可以做到我们想要做的。不要因为有人说我们不行，便相信这是事实。我家有六兄弟姐妹，全部受过大学教育，却从事不同行业。但相同的是，我们都相信能够成就自己的梦想。

我想做记者，因为我热爱写作，而且我知道自己是个没纪律的人，没有截稿时间便不能交货。每当我拿起报纸，我知道这是我所能做的。我喜欢说“总统先生，为什么不？”的感觉。就像在座各位，我开始为校刊撰稿，为任何能写作的地方撰稿。但我知道我不能写小说，因为我想象力不够；我知道我不能写长篇，因为我需要有人催促。因此，我选择报纸。我以Mary McGrory为榜样，她在新闻界建立了自己的事业，并且成为专栏作家。在我上大学的时候，我是属于那些较为异类的：就是我完全知道自己想主修什么。我上的是女子大学，当时以为自己疯了，但现在回想起来，那是一个我一生之中最好的选择，那里的教育和环境不会给你任何限制——他们认为女人也能做事。我在学期间实习公关工作，我不怎么喜欢；广告，也不怎么喜欢；在电视台实习，简直讨厌极了。

人生难以预料。

我最后一次实习是在波士顿一家报社。我喜欢那里的一切：油墨的味道，出外采访和报道新闻。当时波士顿正发生种族融合危机，白人学童被送往黑人区，黑人学童被送往白人区，以示学校系统对不同种族一视同仁，但这个政策并不为人接受，遂引起动乱，局势非常紧张。

我第一份在波士顿的工作，给了我难得的机会。我在波士顿一家报社实习时，有人给我留了充满种族歧视的字条。我第一个反应是这究竟是给谁的，我从没想到这竟然是给我的——这就是我。第二个反应是，噢！这是针对我的。我就把字条拿给上司看，他很惊恐；他再给上一级看，同样被吓倒。后来他们问我是否需要一份工，但我告诉自己不会为他们工作，他们是一群种族歧视者！我一年后毕业，由于找不到其他工作，我回到报社叩门，问他们是否愿意雇用我，然后他们就录取了我。这就是如何利用机会的最佳例子，纵使这并不是最理想的机遇。但我得说明，机会可以让你踏入门坎，但你得有所表现。我在那里工作了三年，报道了波士顿"校车危机"，以及一些我以前认为不是新闻的事件。我得到了不少教训，知道要处处留心，并体验到新闻工作是怎么一回事。

我第一份写作任务不是报道政治，而是食物，但其实我不会做菜！而那是第一份写作差事，当他们问我能否胜任，我一口答应，其实我甚至不会烧水。可我从这份工作里学到很多重要的事。一、你可以学习任何东西，现在我是很好的厨师。二、你可以从任何角度叙述故事。如果你能凭经验作出猜测，是不会铸成大错的。举个例子说，有读者问我如何弄火鸡，我见过我妈妈做火鸡，于是根据记忆告诉他，他也没再打来投诉，要不他就是死了，要不就是我所说的方法是正确的。

对我来说，在波士顿工作是非常棒的经历。我首次尝试政治报道，学习新的事情，写新的事物。之后我搬去了离波士顿不远的另一个城市巴尔的摩，在那里有完全不同的经历。我开始报道市政府、第一次采访选举情况，以及市长选举等等。我将这些事件串联在一起，不仅仅为了报道政治，不仅仅着重市政府和市长看为重要的事，同时也关注政治对个人的影响。其后我在《华盛顿邮报》工作，继续累积经验。我开始报道郊区政治，在我将要离开时，报道国家政治事务——从一个全新的角度看政治，看它如何应用在全国各个范畴上。

在1988年，我报道总统选举，走遍40个州，访问不同的候选人，了解到选民们想听到什么、什么是重要的，以及美国人的共通点较差异为多。虽然我们的职业令我们较多关注选民的差异，但我发觉美国选民的共通点其实非常多。

其后我在全球最好的报纸之一《纽约时报》工作，在那里，我获益匪浅。我报道过白宫和国会，这些对我而言是全新以及高度的挑战。我乐意在那儿工作，直到有一天我被邀请到电视台工作。在《纽约时报》期间，我也曾兼职在电视上讲述自己报道的故事，但我从没有想过把它作长工。这实在是一个大胆的尝试，虽然我对此一无所知，但为什么不呢？我相信这个挑战可让我学到更多全新的事物。

在NBC，他们教我如何具体操作：我学习到如何把报纸里学到的报道和写作技巧应用于电视，使文字变成图像；我也学习到如何放慢说话的速度；我学习到如何在电视上讲故事，使之更具影响力。我热爱这份工作。

美国的商业电视台会花许多时间讨论娱乐明星，或其他一些无足轻重的东西。要知道晚间的新闻节目只有22分钟，他们无法讨论我为之振奋并视为重要的议题。所以当有机会到PBS工作时，我丝毫没有考虑便答应了。每周一到周三，我们在PBS有一个长达一小时的深度访谈节目，其间没有广告插播，让我们能更好地解释事件。在周五的“圆桌会议”，我邀请许多聪明的朋友共同探讨一周以来的新闻。

问 就比尔·莫耶斯（Bill Moyers）事件，请问PBS的编辑自主有没有受到企业资助的左右？

艾菲 让我先解释一下Bill Moyers事件。这个颇具争议的话题大约发生在一年多前，当事人是在美国家喻户晓的主播Bill Moyers。Bill多年来主持个人节目以及出色的纪录片，在成为全职记者前更曾出任Lyndon Johnson（美国第三十六任总统）的幕僚，可以说是新闻界以及政治界的典范。他在PBS主持每周一次的清谈节目《现在》（*Now*），邀请一些嘉宾出席讨论一些他认为没有人深入探讨过的问题。我曾提及企业资助为我们提供资源，但没有影响我们的节目。当时有人指出Bill的节目过于左倾，于是尝试施压以影响节目内容。但事实上，节目并未因此作出任何改变，他们曾为此热烈讨论，但Bill没有退让，公司亦没有任何人退让，而资助亦一如既往。这件事却引起公众关注，担心PBS节目会受到不恰当的影响。我只可以代表自己说话，从来没有人叫我不要报道这事或要报道那事，或者声称如果你持有某种观点，就撤销赞助。我想Bill Moyers事件可能被过分渲染，人们到现在仍以为我们的工作受到干预，但事实上我从没有经历这些事。但我很高兴看到社会上不乏这样的讨论，因此我可以清楚说出实情，我们的节目亦因而没有任何原则性的转变。

问 在你的职业生涯中，曾经从教人煮火鸡到主持总统选举论坛，这是两种截然不同的事情。请问你的上司如何发现你有这方面的潜能？

艾菲 我想他们并没有这样考虑过，我自己可能也没有这样想过。重要的是，永远不要因为别人对你的期望而限制自己。当别人第一次遇见我时，他们对我一无所知，可能设想我所知不多。但我拥有旺盛的好奇心，这对于新闻记者至关重要。如果你对周围的世界不感好奇，例如如何烹饪火鸡，那你便不能胜任记者这份工作了。你必须时刻思考，提出问题，否则你很容易便没有话题，没有写作材料。我想除了我父母之外，没有什么人对我有特别期望，他们或许对我期望甚低，但我自己可不这么认为。这是关键。我认为自己的聪明智慧能让我克服一切障碍，也能取得成功。只有这样，我才可以予人惊喜。别人对你期望不多并非坏事，因为这样你便容易超越他们对你的期望。

问 你曾说："每一件事都是政治。"我有很多同学害怕作政治报道。他们觉得政治很复杂，加上现时的香港记者做的全都是"政治八卦新闻"，倾向于避重就轻；另一方面，编辑也认为读者不喜欢太沉重的题材。你是如何克服这种恐惧的？或者如何才不觉枯燥？

艾菲 的确，政治报道很复杂。但我个人对于"政治"的定义很简单：政治意味着有人做代表公众的工作。如何做那份工作？如何具体执行？就是我所关注的。例如在选举报道中，我会关注候选人的政治论点，这些论点有什么重要性，他们在进行什么，他们认为什么议题是重要的，以及最重要的，就是这些东西会如何影响你的生活。报道政府以及党派的工作也是一样，谁人主政，谁处于高位，这些并不重要；重要的是，他们代表了谁的利益？他们的施政如何影响你的生活？如果你把政治看为"影响人们生活"的事情，那么我们须要探究那是如何发生的。有时候，政治可能牵涉金钱交易，有人能从推行某些计划中得益。在华盛顿不时出现的问题是某些事情受到不适当的影响。雇用某人来发表我的意见、雇用人来游说别人，谁人决定蔬菜的价格、谁人决定我交多少税，这些都是政治。政治是复杂的，超越了谁处于高位，谁处于下风这些问题，我们还得问为什么这是重要的。"为什么"较"谁"更重要。现在美国竞选运动正进行得很炽热，但谁当选并非最重要的，重要的是他们代表什么，他们当选对你的生活有什么影响。

问 对于学生来说，一不小心就很容易犯错误，并为此耿耿于怀。你能与我们分享工作中所犯的最严重的一次错误吗？以及你是如何弥补和改善的？

艾菲 我认为能为错误懊悔是一件好事。首先，你必须承认错误，并尽可能弥补。最严重的错误就是你想设法逃避和开脱。我所犯的错误是对某人或某事有错误的假设，因此没有彻底地提问。这远比你的拼写错误要严重得多，因为这些小错误可以作出改正。我们可能犯的最根本和最严重的错误就是我们没有细心聆听，尤其是聆听某一问题的正反两面，甚至更多其他意见。人们常诟病记者的报道偏颇，我们的偏见在于我们没有报道故事的另一面，而非我们所报道的那一面。譬如我们会认为我们没有经历过的东西无关痛痒，例如底下阶层被剥夺了话语权，他们的故事就不为人所知。我们不知道的就是不知道，所以我们要保持好奇心，穷尽所有可能发掘更多信息。飓风卡特里娜（Katrina）是一个很好的例子，美国人包括记者都惊讶于美国原来有这么贫困的地方，也惊讶于美国政府未能好好应付这场风灾。归根结底，这是我们对这些事没有加以关注，或我们忽略了发掘这些事的责任。

问 在国内新闻广播中，有很多限制与审查。例如，电视画面的传送会被延误8—10秒，甚至更久，为的是以防万一。我想请问，在美国有类似的限制吗？希望你可以谈一下你与同事在做公共广播的一些经历。

艾菲 这可分开两类节目来看：一类是新闻，还有一类是娱乐节目。事实上，新闻广播没有类似审查的延误，我们更多的是自我审查——我们决定要做什么，要说什么，我们自己必须设立一些报道的标准。娱乐节目则可能会有大约五秒的延误。在一些直播中，延误可以防止孩子看到或者听到不宜的内容。政府对于我们的节目基本没有管束，当然不可避免会存在一些争论，比如你所使用的语言，有时可能会冒犯人。举个例子，众所周知，PBS经常会制作纪录片。曾经有个描述士兵生活的纪录片要在电视台播放。要知道，士兵讲话可不比老师，当时他们的语言被认为是没有分寸的。很多电视台都不敢播放，因为他们不确定有关的传播协会是否允许。最终我们的解决办法是制作两个版本，让各地电视台自行挑选。

问 你如何对那些你所知不多，或你不感兴趣的题材写出好的报道?

艾菲 我每天上班都会被分派要报道的故事。我不知道这会是什么，可能是我极感兴趣的，或许是完全不感兴趣的。但在晚上6时直播前，我必须让自己看似对它着迷，至少我必须让自己清楚知道要讲什么内容，我要看似一个专家。举个例子，上星期我收到一个任务，就是要采访荣获诺贝尔医学奖的三名科学家的其中一位。他们是基因学家，在老鼠身上作实验。我对此题目毫无兴趣。在直播前，我们考虑到那位科学家的语言可能晦涩难懂，于是打算邀请他亲自讲解，或请其他科学家以容易明白的说话解释。为防万一，我们事先为他们作预访。结果他不仅把他的研究解释得很好，同时还饶有兴味地谈起了自己怎样从一个街童变成一个杰出科学家的成长经历。至于那些老鼠基因实验，我也愈读愈感兴趣。所以你须要对事物有好奇心，否则你就不可能做得好。我的建议是尽量发展多方面的兴趣，有些东西即使你不感兴趣，或许别人会在乎。

问 我们一直在谈“政治”。我认为政治或许包含一定的意见和立场，甚至偏见，这对于公共广播有损无益。你有否遇见过类似的嘉宾在电视上发表不恰当的言论?你会如何预防或阻止他们?

艾菲 作为主持人，我不会发表自己的意见，但其他人发表意见是无妨的，只要我们尽量让各方意见、各种声音得以呈现。美国现在有20个总统候选人，我们在节目中给他们每人20分钟的独立专访。这样做是希望让观众尽可能全面地认识他们每一位，因为竞选辩论、竞选评分等报道对认识候选人没有什么帮助，这就是我们尽力提供广泛的政治信息的方法之一。至于我的另一个节目，也就是每周一次的“记者圆桌会议”，我邀请的是报道记者而不是评论记者。我的节目是让报道记者说出他们外出采访的见闻，希望能为观众带来额外的信息而非意见，这是我周五晚上节目的宗旨。在伊拉克战争报道中，我们就曾经邀请战地记者告诉我们他的见闻和战地情况。这些记者不作价值判断，记者们也认为这样的谈话与交流十分轻松，这是我的栏目秉持的原则。

问 在报道中何谓“真相”？

艾菲 我相信世上有许多事情值得报道，有许多故事值得述说，但我不认为只有一种真实的报道方法。如何报道关乎你如何演绎，谁是你的观众等问题。例如我为《南华早报》撰写头条，肯定跟我为《纽约时报》写的头条不同。又例如在洛杉矶，电影业是当地的重要产业，因此电影新闻会放在头版，但在华盛顿，则政治新闻较为重要，因为这些新闻对较多人有影响。所以没有所谓真实报道的定律，但主要的原则是那些关乎最大多数人最大利益的事件，并且报道手法要超越小群的兴趣。例如我对于区内的罪案事件有兴趣，并不等如我的街坊也有兴趣，因此记者的责任是将这些信息写得超越小众的兴趣，电视广播于此的责任更大，因为他们的观众层面更广泛。例如我们会报道关于息率、房屋等较多人关注的问题。

问 你提到只要有信念，就可以达成梦想。但有时做公共广播的时候，你也会遇到某些限制、阻力和困难。你是如何克服的?

艾菲 我们应该相信自己的能力，当然并非所有事我们总能做到，但你应该把焦点放在可能性上。在新闻行业，特别在公共广播中，我们有一定的限制。最主要的一个问题是时间——你如何讲述故事？你有足够的时间去讲这个故事吗？电视须要借助影像，而广播则侧重文字。不同的媒体有各自的特色和局限。

当我说你相信自己可以做到的时候，并不代表你能够轻易达成——

那可能相当困难与复杂。有时你必须向上司争取你想要报道的内容，有时你要与报道的人抗争。但你必须清楚什么是值得抗争的，什么故事是值得报道的，以及代价是什么。作为记者，你还可能面临入狱的威胁。你必须决定是否值得你去冒险。

问 自从我想做记者以来，就一直问自己是否足够坚强。作为一个记者，你不能轻易哭泣。当你面临感人时刻，如何自我调节？

艾菲 作为记者，我们的确要坚强，但这不代表我们不能有普通人的情感。我很少哭，但遇到不少让我感动的故事。例如有对夫妇，他们为了纪念儿子在“9·11”事件中逝世，因此成立一个基金；又例如我曾访问年届六十的黑人老翁，问他们在强迫种族融合政策时，军警开路护送他们进白人学校的事情，他们的疮疤仍在。在报道中，你不可能不被感动，但这不意味着你的感情主导这个报道。观众的反应远重于我的个人感受，你的职责是报道其他人的故事，若它成为你的故事，那你便是没有做好你的工作。

问 很多人认为政治是肮脏的，因为政治家大都是阴谋家。当你在作政治报道时，你失望过吗？你会参与政治活动吗？

艾菲 我对人抱有希望。我总是希望我所接触和报道的人都是善良之辈，均诚心为公众服务。但我不排除有些人是狡猾的，以权谋私，违背公众利益。这令我更想报道他们，我有责任去揭露这些丑行，让公众知晓。但这不会因此令我对所有政治家产生偏见。我不会因为有一部分人破坏了体制就对整个国家的体制产生怀疑。毕竟有许多例子可以说明大多数人还是诚实的。

问 现在有很多报道援引匿名资料。就我而言，我不太相信此类报道。我想知道你的看法。

艾菲 毫无疑问，我倾向于相信那些附上真实姓名资料的故事，我们会希望知道谁人以及为何他们提出指控，他们在当中有没有利益关系等等。但如果披露人物的真实身份，有许多重要的资料便无法得知。若须为此付出代价，一些线人将不愿意透露这些线索，因此记者有时须要保护数据来源以获取新闻。

问 自“9·11”以来，抓捕恐怖分子已经成为关注的焦点。我非常好奇，以美国的高科技手段，为何追捕须要耗时几年，费尽周章？是否有其他因素在起作用，例如布什总统须要寻找合理的借口？美国在等待捉获他们的最佳时机？

艾菲 说实话，我也不知道，我对此也非常好奇，究竟拉登现在在哪里？究竟现在要抓到他是否重要？还是他的下属现在掌有更大的权力？有趣的是，有关后“9·11”的美国的报道都是基于政治原因。你们或许会留意到，无论我们如何追问，政府总是回避问题，开始提及其他危机。我们的职责是不时提出原本的问题，但无论我们问多少次，也不一定会得到答案。但我们仍须不停提问，希望有一天会得到答案。

问 采访时，被访者当然会告诉我们他所要说的东西，但有时候，我们希望他说另外一些题目。请问你应怎样平衡这两种情况？

艾菲 我会希望我想知道的是他们想说的，因为在采访中，我会尽量保持开放的态度。很多人会带着既定观点和意见，我的责任是让他们知道来自另一方的声音，尽我所能整合成一个真实全面的报道。在我的节目中，有些政要表现得十分主观，我会以尊重的姿态，提醒他们须要对自己的言论负责。有时这很困难，但我会尽力去平衡。

问 当你在报道政府丑闻时，如何保持与政府的关系？另外，你如何变枯燥的行政议题为有趣的新闻故事？

艾菲 不可否认，记者会写政府不喜欢的报道。政府可能因此拒绝接听你的电话，回避你的问题。但不管怎样，我们都会坚持，不轻易放弃。至于写有趣的故事，我认为有些题材可以轻松诙谐地讲，有些则必须认真对待，还有一些更适合印刷媒体进行报道。

问 随着科技的日新月异，现在出现了更多随军记者作战地报道，但同时也有争论说媒体客观中立的角色因此变成了政府的“帮凶”。你有何看法?

艾菲 是的，政府会审查随军记者的报道。新闻界对此也有争论。但不可否认，我们没有别的方法获知战况。我认为这是值得的。读者永远也不可能与坦克和战场日夜相伴。那些地方你去不了，不得不依赖记者的报道。

问 在香港，很多商业电台制作优秀的资讯和娱乐节目以抢夺市场占有率。在竞争如此激烈的情况下，公共广播如何生存? 美国观众认为公共广播是新闻与电视的完美结合吗?

艾菲 我希望他们是这么认为的。当下人们有多重选择——电视、报纸、广播或上网。我们允许多种选择，并鼓励受众自行决定如何获得资讯。公共广播存在的理由不是强逼大众必须选择我们，而是提供另一种接触资讯的新模式。我们认为公共广播是独特的，希望大多数人也认同。

解释性报道和调查性报道

米高·维特士（Michael Vitez）
艾美·高斯坦（Amy Goldstein）
方凤美（Mei Fong）

如何作好解释性和调查性报道？维特士认为，最好的报道是讲述“一个”感动和激励读者的故事。他提供了一些写作原则，包括多花时间、不设议程、注意细节及尽快把事情和感觉写出来。擅长调查性报道的Goldstein则讲述了如何用“数据”梳理“多个”个案，以找出真相。方凤美的秘诀则是找到合适而有趣的受访者和采访地。

讲座发言

维特士 让世界变得更美好，努力做好每一件事情，是我作为一个新闻记者的简单目标。我们生活在一个充满干扰的世界，身边有成千上万的网站，无数的公关人员、政治家和商界领袖试图透过各种渠道接触你，以达到他们的目的。世界信息泛滥，我们被过多的信息所掩盖，许多人对连珠炮发的信息、干扰和事实应付不来，一是选择逃避，一是变得没那么果断。

我从时间的历练中意识到，要接近人、感动人和激励人的最好方式就是讲故事。我非常钟情于此。我可能是个说故事的人，乔装成新闻记者。我尝试将努力做好每一件事情的目标，与说故事所得的喜悦结合。我亦尝试写一些我认为重要和有价值的故事。当我写我那普利策得奖作品时，我将一个极好而且重要的主题与一个精彩的故事结合起来。

我的写作哲学是“一个总比多个好”，所以我讲述的故事只关于一个人，并从这一个人的故事发展成一个更大的故事。有时候我会写两三个人物的故事，或写三四个实例，但我感觉故事的感染力降低了。我觉得最好的方法是找一个最佳的实例，然后讲述它的故事。

我有几项工作守则。第一是你得花时间。写故事很花时间；好的新闻写作是需要时间的，虽然我明白在现今社会里我们常难以挤出时间。不过，我仍然花很多时间与人建立关系，使我和受访者都感到自在。第二，要作一个好的解释性新闻报道，叙述一个好的故事，我不会定下议程。我许多故事都是关于受访人正值生命中关键的时刻，例如他们面临死亡或感到脆弱的时候。我的挑战是获得他们的信任，乐意向我直抒胸臆。我成功访问他们的方法之一，是使他们确信我不会有既定议程和政治考虑。我相信大多数人都想分享自己的故事。如果他们信任你，认为你可靠，你写的东西能真实反映他们的故事，他们便会乐意跟你倾谈。如果他们觉得你并非真诚地对他们的生活感兴趣，又或者你没有诚意又傲慢，从你提出的问题或肢体语言中，他们是会感觉到的，他们便会拒绝与你接触。

写人情趣味和叙述性故事多采用实景描述。我会尝试营造一个场景，把读者带入其中。我常常想象不同的情景，就好像制作电影一样。我的写作非常简单，只是很基本和很简单的散文。极少人会因为我的词藻而留下深刻的印象，他们甚至不会注意到我的遣词造句，他们记得的是故事本身。我的文章的影响力在于故事的细节和引语。在我的故事中，最好的引语不一定取材于我的访问内容，最发人深省、出乎意料、有感染力的引语，是受访者之间的对话。

Amy和我最先在北弗吉尼亚州一间中型报社工作，那时我们都是22岁。以当时的年纪，那是份不错的工作。Amy负责采访学校，我则被分配采访警察和法院，那是我们第一份工作。在那间报社，我吸取了一些终身受用的经验，那就是：“你应该先用手指将故事告诉你的‘键盘’。”当你写有人情趣味的故事时，或是写充满情感、感染力和情景的故事，你不可以耽误时间，先别告诉其他人才开始写作，因为这样你会失去故事中的某些感染力。

我在报社工作的时候很年轻和天真。我到法院和警局采访时，会看到许多不可思议的事情。当我回到新闻编辑室，编辑问我有什么消息时，我就会一五一十地把我觉得难以相信的事告诉他。然后，编辑会打电话去商业中心区的总新闻编辑室，告诉他们有个极好的故事，我便着手把它写下来。编辑看了看说："什么来的？"我回答说："这就是我刚才给你说的故事啊。"他说："你两小时前给我说的故事可比这个精彩得多。"经过多次同样情况后，当我一走进编辑室，他就会说："不要说！着手写吧！"我最后学懂了：当你看到一些感人的事情，不要耽搁，要写下来。很多我写的故事都要花多个月才完成。当我一从访问现场回来后，或甚至我仍在现场时，只要有一刻感觉强烈，我就会把这感觉写在纸上。纵然五天后才交稿，但我会立刻把它写好。对我来说，这是非常重要的。当然，若你们写的是复杂的新闻报道，这就不适用，你应该告诉编辑有什么数据。但当你写的是有关现场、描述性或情感的东西，最好先写下来或录下来。

高斯坦 刚才Michael一开始时说过"一个总比多个好"，这是非常有效的报道方法。现在我说的是另一种新闻报道的挑战：要写"多个"时，你应该怎样做？其中一个方法就是从数字入手。

在美国，有传闻说从事新闻工作是为了避开数字。不过，我希望能令你们相信数字可以有助你的报道。其中一个运用数字的方法，就是收集数据，然后利用计算机进行分析。让我先谈一谈几项要点，以解释为什么有时候运用数字是一个报道新闻的好方法，然后我会利用几个例子向大家说明这种方法内容所及的范围很广。

如果你想深入了解某件事情、找出某种模式，或者有系统地以"多个"而不是"一个"去进行研究，那么分析数据的方法非常有效，因为它让你少依赖别人的说话。这方法可以助你克服在美国所称的"政治欺骗"，让你可以了解到当中的真相。对于政府官员可能不愿意谈及的社会问题，这个方法可以助你引起公众对问题的关注。因此，有时候你可以利用数据找出真相，作用非常大。

稍后我会用一个例子讲述我如何采用这个方法，但我想先跟大家说几件事，希望你们紧记。第一点是我写以下第一篇报道时，我的编辑对我所说的话。跟米高一样，有时候我会花很长时间进行报道，我共花去13个月完成这篇以统计数字为根据的报道。我的编辑对我说，数字并不是报道本身，而是告诉你应该怎样报道。这句话的意思是，报道不可只由统计资料堆砌而成，这样会太乏味。资料可以给你提供一个框架，让你了解最根本的真相，赋予你一种能力。

第二点是关于资料的来源，有时候你可以直接从外界搜集一些数据，然后输入计算机进行分析，但是有时候你无法找到这些数据，你必须自己创造，这是非常困难和耗时废力的。从我以下的例子里可以看出从现成的数据入手与自己创造资料的对比。

第三点，在你开始作这类报道前，最好先初步探究一下，看看是否已经有人作过类似的分析，可能一些教授或公共政策制定者已经做过类似的工作。有时你要在众多不同的分析中，翻查出同一类例子。这个步骤非常重要，因为这样证明了这项分析已经被多人验证，并不是你凭空想出来的，这使你的报道更加可信。此外，在发布你的报道前，你要先厘清所采用的分析方法是否公正。有时候你可以借助其他数据，使你的报道更容易理解。如果你要分析有关本地的数据，你可以看看有没有类似的全国研究，再两者并置对比；你也可以借用其他研究员的数据分析。

接下来我让大家看看我们主要的数据库。我自1994年花了13个月时间去写一个报道，这个数据库就是为此而建立的。那几年我一直写有关华盛顿市区医疗保健服务的报道，有一件事开始引起我注意，一件我发现没有人谈及的事，一件使我感到极绝望的事，那就是美国首都华盛顿纵然有众多见多识广的人以及先进的药物，但同时有人没有机会得到好的医疗保健服务。有时人们会讨论如何改善穷人的医疗问题，但从没提及穷人和富人之间的药物差异问题。于是我运用统计资料写这篇报道。我对这个问题的兴趣源于政治，当时的总统克林顿正制定一项国内政策，游说国会建立一个更好的制度，使更多人得到医疗保健服务。最后该政策没有实行，但国会讨论了很多有关医疗保险的事宜。这不只是一个重要的问题，还是一个被忽视的问题，即使每个人都有医疗保障，但他们是否都能够在附近找到合适的医生为他们进行诊治呢？这就是我想指出的问题，一个在政治讨论中被忽视的问题。

那么我们从哪里找到这个报道所需的资料呢？美国有一个主要由医生组

成的美国医学协会（American Medical Association），协会有一套庞大的数据，记录了华盛顿地区所有医生的名字，可以准确知道医生的邮政编码、他们的专业（例如普通科、心脏科或肝脏科等等），以及他们的工作地点是诊所还是医院。华盛顿区有大约14000名已列入数据库的医生在联邦政府以外的地方工作，但问题是美国医学协会不愿意让我得到这些资料。我请求他们，恳求他们，与他们争辩，但他们就是不愿意把数据给我。于是我向联邦政府的一些医疗机构查询，结果有人说他有相关数据。于是我再联络美国医学协会，对他们说："我已经找到这些数据了。如果你们不给我，我在报道中会说因为美国医学协会拒绝提供资料，我只好从联邦政府获取。"你们猜结果怎么样？他们把资料给我了。虽然我们得到了数据，但是问题仍然非常复杂，因为13年前不像现在一样有电子记录，我们得到的是印在纸上的14000名医生的资料。于是我们雇用了一批年轻人，把这些数据输入计算机，以便让我们进行分析。

我们从这些数据中探讨不同区份的医生比例、专科医生和普通科医生的分布，以及各区健康人口与病人人口的比例。结果显示，第一，有一个区份的医生比例绝对是最少的，该区有大量非常穷困的非洲裔美国人居住。这个数据分析显示了哪个地方有较多医生，哪个地方缺乏医生。第二，我们都知道美国医生的分布并不协调，有太多人从事专科，但只有少数人从事普通科。数据证明了这一点。最后，我们想看看哪区的人较健康，哪区较多人生病。这次我学聪明了，借鉴了一个纽约学者的研究。他以生病入院的人数作分析，如果该地区的医生比例高，他们就很少入院，他们的病症包括糖尿病和哮喘等等。最后，那纽约学者答应为《华盛顿邮报》作这项分析。结果显示，那些只有很少医生的地方恰好就是那些有很多人须要住院的地方。要令统计研究的报道不致沉闷，我们将数字与人联系。我们最后分析了两个地区，一个是最少医生的邮递区，另一个是最多医生的区域。我在这两区分别找了一位医生和一个病人进行初步访问，并尝试写有关他们的故事。

方凤美 我的经历有一些不同，我对中国内地以及香港的报道比较多。Michael一年半前被派到北京工作，我则在香港工作了三年，作关于香港和珠三角的报道。大多数的报道都是很大的议题，比如是贸易和经济，听起来好像很沉闷，但这些经济数据的背后反映了人们的生活，让我对民生问题越来越感兴趣。究竟有什么方法能让读者继续阅读我们的报道呢？

为了引起读者的兴趣，我们须要找到合适的受访者，因为有关中国经济发展的概念已经很沉闷了，说来说去都是那些东西，什么中国庞大的经济，什么迅速增加的中产消费者。除非你能够展示这些数据的意义，不然是没有意思的。

我写了一个有关北京奥林匹克运动会的报道。北京正值庞大的建筑潮，实践一个雄心勃勃的计划。城市里有10000个建筑项目，17亿平方英尺建筑面积，相当于曼哈顿的三倍。如果你只罗列这些数字，读者是不感兴趣的。那么这建筑潮的背后正发生什么事呢？我感兴趣的在于谁去进行这些工程。我的挑战是要找一个愿意跟我说话，并愿意让我看着他工作的建筑工人。我想到建筑工地去看看他们的生活是怎么样的，这对我来说是一个挑战，因为我是个女人，而且他们不喜欢让其他人走进建筑工地。

此外，我还要找到合适的人，不能从路上随便抓一个便算。我想找的人要善于表达，愿意沟通，要有一个能引起读者兴趣的故事。那我是怎么找到这个人的呢？建筑工人面临的一个大问题是雇主不准时发薪金，有些工人会到法院去争取。于是我走访法律援助中心，希望能找到合适人选。我请他们告诉我他们的故事、他们的生活。我访问了大概五个人，然后我遇到我想要找的人——魏忠文。他和他的工友在某工地上干活，但最后没有得到报酬。法律援助中心的人告诉我，有一天，他们一大群人突然出现，由于没有钱乘巴士，他们步行了一个晚上到来，最后他们到达法律援助中心，还向每一个律师鞠躬，请求他们帮忙。中心的人拍了张很好的照片，相中的工人正向着律师鞠躬。我想这是非常有意义的题材，于是就和那个民工交谈，我发现他非常有趣，而且平易近人。这就是找合适人选的其中一个方法。

找到合适人选之后，该怎么报道他的故事呢？我尝试在某些日子跟随着那些民工。我当然不是每天都跟着他们，因为这是不容易的；其他人不会让我每天进入建筑工地，而且我也要写其他报道。因此，我选择了一些特别的日子：例如当他们需要钱的时候，当他们要在春节回家的时候，当他们要寄钱回家的时候。任何了解中国和春节的人都知道这是大家一年里最忙碌的时候，你可以看到火车站都挤满了人。这段特别的时间就是民工一年中唯一可以与家人团聚的时候，亦是看到自己劳动所得的成果——寄钱回家的时候。平时他们的生活非常艰苦，他们得不到好的报酬与待遇，但回到家里成了家乡的英雄，这个对比是非常大的，所以我的报道包括了这部分内容。

另外一个故事是比较难报道的，因为我们已经听到太多关于污染问题的报道。那当中有什么新的消息呢？中国的污染问题很严重，水质污染尤甚。由于正值大规模工业化时期，工厂和城市排放400亿—600亿吨的污水，30%的中国河流是非常肮脏的，河水甚至不能作工业或农业用途。近3亿的中国人不能饮用到干净的水，比美国的全国人口还要多。以上都是很有意思的数字，但不能够构成一个报道，我的意思是一个令人瞩目的报道。

那怎样才能令这篇报道变得有趣呢？我又开始找人来讲述他的故事。这次我觉得比较容易，我着手查阅了很多当地的报纸，寻找一些环境保护的活跃分子。我最后找到两位受访的候选人，一个在福建，一个在重庆。他俩眼看自己城镇的用水都被污染，于是努力反抗。重庆的那位本来是愿意接受访问的，但是后来他担心采访可能会给他带来很多的麻烦。在福建南平的受访者也有些麻烦，因为他的镇里有一间化工厂，当地法院发现工厂把六价铬倾倒到河流里。电影《伊人当自强》（*Erin Brockovich*）中的茱莉亚罗拔丝饰演一个环保活跃分子，她发现某个城镇的人都陆续患上癌症，而其中一个令他们致癌的原因就是一种跟六价铬很相像的化学成分，他们进行重大的集体诉讼，最后得到一大笔赔偿。这个男人像电影中的主角一样，召集了镇内的人提出集体诉讼，并赢了官司。我就是在法院的案卷里找到这个案，我觉得很有趣，打算作这个报道。

不过，在中国采访有几件要特别注意的事，其中一样是保护消息来源。采访会给他带来一些麻烦，甚至我在那儿出现也会为自己带来麻烦。2006年我在采访这件事时，中国对传媒仍然有一些管制。如果你是驻京的外国传媒，而你要到福建采访某人，你必须得到当地有关部门的许可。不过很多时候我们不会这样做，因为我们要么是得不到许可，要么就是要等非常久，或遭严重警告，要我们不要采访那些人。

艾美的一个同事（《华盛顿邮报》一个非常好的新闻工作者）告诉我：当你作这一类的报道，要采访得快，离开得快，这就是你在中国和其他不能逗留的地方要记住的规则。采访之前要作好充分的准备，采访后要马上离开。因为如果你不这样做，你逗留得越久，你就越容易被发现。幸而我没有常常被发现，因为我有着中国人的长相。很多之前的采访者都是白人，如果他要到一个小村落，很容易会被人知道他是记者或是什么的，那就很快会被赶走。所以，去采访之前要准备好，采访后尽可能在一天之内离开。

有时候，地方是一个很理想的故事题材，你怎么讲述关于一个地方的故事？2005年，那时我正在香港，贸易局势非常紧张。中国加入WTO，拥有自由进入国际市场的权利。在旧系统，比如你要进口衣服到美国，你须要有配额，亚洲只可进口某个百分比的纺织品，其他国家也有所规限。这个制度促成了香港一段长久的繁荣贸易历史，因为大部分中国内地制造的产品会途经香港加工，从而成为香港产品。2005年，这个旧系统应该结束，中国将不会受到配额限制，可以自由进口美国。但当很多中国产品都卖到美国的时候，美国纺织商到他们的议员那里抗议："这不是开玩笑嘛？我们会失去很多工作，实在是太疯狂了，我们的城镇会崩溃，我们国家的经济会消失。"他们叫这个情况做胸围战争（Bra war），当中很多论点都是关于贸易，我想很多人觉得很沉闷，例如配额、统计。那怎么令这些变得有趣呢？我想把内衣战写得有趣一点，抓住大家的注意力，于是引用了胸围城（Bra Town）。

中国是最大的内衣制造基地，都是香港公司所拥有的。南海市和广东其他一些城镇制造所有与胸围有关的东西：胸围带、胸垫和扣子等等。他们雇用了很多人，我觉得读者会感兴趣，其中一个非常重要的论点就是中国怎样把这些平价产品变成有质量的产品。胸围城里有胸围研究室，用以研究胸围技术，我觉得这些都是有趣的地方。

总而言之，你须要告诉大家有趣的事，找个有趣的人。如果你对他感兴趣，其他人也会感兴趣。此外，要找个有趣的地方，除了这个胸围城外，也有一个圣诞树城，中国是世界最大的圣诞树的生产商之一。这是一个形容中国生产奇迹的好方式，这代表什么，他们做什么、怎么做，到底有什么有趣的地方。这些事都是较为独特的，都能给人一个深刻的印象。

答问环节

问　你到底如何保护那些受访者的真实身份？你会否给他们一个假的名字？我知道一个纽约时报长期驻北京分社的记者回国后写了一本书，但他因此令到一群中国朋友很麻烦。

方凤美　我们不用假名，因为这好比对读者说谎。我们会说数据来自接近事件的源头，或是来自一些了解事情的人。不过有时我们会用受访者的名字，因为当事人本身要求讲述这个故事，当然我们也尽量保护他的身份。例如我报道建筑工人魏先生时，他并不介意我提到他的名字，但是我没有说明他在哪个建筑工地工作。因为我想在成千上万的工人中提到他的名字应该不会有问题，但是如果我透露了他的工作地点，那就比较麻烦了，因此我只是说他当时在某建筑工地工作。在故事结尾中我提到有一晚我们走到一间在他的建筑工地旁的酒店，我称这间为五星级的欧洲酒店，但是我没有说这间酒店叫什么，因为我想有人可能会猜到。

问　在香港，记者很少有一个月的时间作访问或写故事。我想知道怎样能让受访人在短时间内告诉你全部的数据？

维特士　我开始时和你一样，也是每天都要写报道，但我总是有个后备故事，一个我比较喜欢的故事。只要有空，我就会继续写。我鼓励你也这样做，写一个你自己喜欢的故事。

高斯坦　我想你可以借用一些我们提到的技巧，把写作规模缩少。像Michael所说那样留意细节，像我所说用数字来证明你的故事能代表最大的真相，这样你可以在短时间里写很多短故事。

方凤美　写作有时像一个厨师，你的锅子已经有十样东西要煮，但你只要端那个煮好的。我们今天谈的故事都写了一段时间，但是我们还有不少故事仍在写作中，我们没有说出来是因为有些报道比较沉闷，例如我要写一间公司的收入报告，他们的盈利增长和亏损，但我们还是继续在写，所花的时间也是一样长。我们今天讲述的故事是花了最多努力和时间去完成的。

问 在美国，你们会如何分配调查性报道的工作？

高斯坦 使编辑吃惊是件非常坏的事情，所以我从来不会不问编辑便自行写我的报道。我会花时间去游说他们，让我有更多自由和时间去写我的故事，这代表我要和他们有很好的关系。如Mei所说一样，我也写很多短篇报道来换取一些要花长时间的报道，新闻编辑室采用的是合作模式。

维特士 美国的情况是，有一班新闻工作者只做调查性新闻，他们可能会想到很多不同的题材，以及不同的调查方法；但亦有其他记者负责报道如大会堂、法庭和学校等新闻。在报道日常新闻时，他们可能会发掘到一些调查性新闻的题材，于是他们会被分派进行调查。

问 在决定是否作一个报道的时候，你会问自己什么问题？

高斯坦 第一，这是新的新闻吗？这是原创新闻吗？第二，这是否代表某种改变？第三，人们对这件事是否有不同意见？第四，这件事是否令我感到意外？这些都是一般的问题，但可以帮助你决定要写什么新闻。

问 请问你有没有曾经被人质疑过你所得到的调查结果的可靠性和正确性？如果你的新闻不可靠和真实，也许你的故事会不够准确。

高斯坦 我们作某些报道前会先找美国政府的官员，告诉他们：这是我们的研究结果，这是否跟你们做的事吻合？若他们不想多说，我们会说：“我们不想报道出错，如果我们的研究和你们所做的很不一样的话，请告诉我们，我们会尝试平衡双方的数据。”这是其中一个确保报道可信性的方法，以免我们的报道跟其他人的了解有偏差。尽管如此，有些人常常会因为政治目的而出来反对你的论点。我曾经报道过的最高法院法官的任命便为一例。我们阅读该法官所处理过的200多宗案件，尝试分析他是否一个合适的人选。最后我们发表了一些分析，但自由党和保守党仍是各执一词，双方都不满意我们的报道，因为根据我们的数据分析，他们两派的极端论点都不太正确。我要说的是，纵然你努力去找寻真相，你仍不能阻止人们的争论。

三、作品分析与采写技巧

获奖照片怎么拍——分析得奖新闻图片兼评学生作品

约翰·卡普兰（John Kaplan）

卡普兰指出，摄影者要有自己的意念，
摄影题材要合乎时宜且创新，而最重要的是，
摄影是要透过照片表达一个故事，达到沟通作用，
而不仅是追求艺术和视觉效果。
透过展示自己的作品和评价参赛作品，
卡普兰给予我们一些忠告：多拍一点、久留一点、走近一点，
多看当代摄影佳作，找一位导师，以及认识光线的运用等等。

讲座发言

大家不要为了获奖而去摄影，不要仅仅因为你购买了最新式的镜头或者照相机而去摄影。如果你想拍得好照片，你要从你的内心出发，这是非常重要的。你之所以摄影，是因为你关心你所属的文化，关心你所在的社会。摄影是因为你想要表达一些东西，你心底里想和大家分享的，都会在你拍摄的照片中自然流露出来。

我有一个座右铭，就是看到越多，知道越少。你第一次听这句话，也许会觉得并不合理。我很幸运有机会到过很多地方，我的工作让我踏足20多个国家。正因为见闻广了，才发现世界是那么大，有那么多东西要学、要懂。我四处游历和拍照，是因为我可以向不同的人和文化学习，还可以分享很多东西。

我从摄影和写作中领略到，作为人类，我们都希望得到三样东西。第

一，我们都希望受尊重；第二，我们都希望得到爱；第三，我们都希望找到自己生存的意义。对我而言，摄影和写作是实践上述三点的途径。

我出版了一本书，名为《影视成功秘笈》（*Photo Portfolio Success*）。写这本书的时候，我采访过很多名人，包括知名的摄影师、编辑、博物馆馆长、图片代理商等等，我发现他们反复提到同一个词，那就是“远见”，意思是你要有自己的意念。首先，不要模仿去年获奖照片的风格。第二，作为这个艺术领域的学生，要知道当代摄影的标准，要知道谁是最好的摄影师，要知道什么类型的作品才是专业之作。要认识当代的作品和佳作，就要多看书、杂志、报纸、网站和参观摄影展览。第三，你可以找一位导师。好的导师也许不容易遇见。要突然跑到人家跟前，向人家讨教，你大概会很紧张。但是你必须坚持和有耐心。对我来说，导师很重要，他令我成为更出色的摄影师。第四，早一点到达拍摄地点，在那里尽量待久一点。花多点时间，时间是你的朋友。第五，知道什么是你想要表达的。想想这个世界，想想自己的生活，想想自己的背景，然后问自己：我热衷于什么？爱什么？关心什么？只要你知道那是什么，你便能透过照片表达出来，创作出精彩的作品。第六，要真正喜爱摄影，并享受其中的乐趣，那么伟大的作品就会自然而生。

究竟普利策摄影奖的评审是怎样的？赢了这个奖，我实在感到很幸运。其实我也曾经两度担任比赛的评委，那不是一般人所想的崇高差事，我评审过多个比赛，普利策奖的评审工作大概是最不高尚的一个。评审于纽约哥伦比亚大学的一个房间里进行，那可不是一个舒适的工作间，包围着你的是一叠叠的摄影作品。摄影奖项分两个，一个是新闻摄影奖，另一个是特写摄影奖。普利策奖大概有20个奖项，其中14个属新闻奖项，其余乃艺术奖项。评审团由五个评委组成，当中有三个是文字工作者，他们不是专业摄影师，但可能是知名的报章编辑，还有两个是专门的摄影师。大部分大型的摄影比赛都是由专业摄影家或照片编辑担任评委；普利策奖之所以与众不同，选取了不同职业背景的人担任评审，是因为要权衡作品的质量和意义。比如说，很多得奖作品都是有关全年最重要的新闻故事。

让我们来看看一些我的作品。

图1照片是我获奖系列的其中一张，其余的可以在我的网站johnkaplan.com找到。整个系列由七张照片组成，拍摄对象是七个21岁的年轻人，作品

展现了他们多样化的生活模式。他们都是文化的象征，当中包括这张照片的主角——摇滚巨星菲尔·安素牧（Phil Anselmo）、名模特儿、美式足球员，还有一些被社会遗弃的人，包括一名偷渡到美国的墨西哥裔母亲、一名男妓和一名失业汉，还有一名哈佛大学的学生。

图1

到底怎样的作品才能得奖？我认为题材一定要合时且创新。我当过两次评委，发觉新闻摄影奖的获奖作品通常是有关全球性危机，而特写摄影奖则通常是全球关注的社会问题，例如疾病，但偶然也有些较温和但又不落俗套的作品胜出，譬如说我的摄影项目。我参赛时也曾想过可能会赢得奖项，因为我的主题也算特别和创新。但当有重大事情发生的年头，社会事件的重要性往往高于其他主题。

记着，不要为了夺奖而拍摄，你拍摄是因为你觉得有意义，也因为你有什么意念要表达。虽然这世界上有很多伟大的摄影家，但伟大的想法很少。如果你有好的意念，你的工作会带给你更大乐趣，因为你所做的是你真正关心的事，你也一定会取得成功。

我当过很多摄影比赛的评审，最近一个是白宫新闻摄影师协会（The White House News Photographers' Association）的比赛。协会更邀请我和几位知名摄影师在它的通讯上发表我们对获奖条件的意见，让我念一些给你们听：

美国《时代杂志》（*Time Magazine*）著名编辑亚努特·达普建（Arnold Drapkin）说："得奖作品应该能及时捕捉到特别的时刻，唤起特定的情绪，让人有所领悟。此外，我还会留意作品的技巧和美学水平，但关键始终是照片的内容。"

另一位评委玛西·奈斯云迪（Marcy Nighswander）说："得奖作品必须有引人入胜的主题，更要体现在美观的构图上。"

另一位评委说："我追求的作品能在几个层面上产生共鸣：第一，充实的内容；第二，好的构图；第三，把观赏者带到另一个境界。"

知名摄影家亚瑟·格斯（Arthur Grace）说："吸引我注目的照片通常都能在几方面打动我：第一，内容；第二，构图和设计；第三，独特或创新的拍摄手法。"

正如我提到的"远见"，大家要求的都是独特的意念，但请勿过分执著于创新。很多摄影学生就是因为过于执著，忘记了拍照的基本层面是要透过照片表达一个故事。我在通讯上有这么一段评论："追寻不可捕捉的东西：要超越实时的视觉效果，以及现今常见的次要意义，一幅令人难忘的照片是有感情的。"感情是很重要的，要把你的感情注入你的照片。但"次要意义"又是什么呢？这有点难说明。现今有很多摄影师，尤其是年轻的摄影师，追求在作品里体现艺术和微妙的意义，这就是次等意义，即他们个人的思考。他们往往忘记了照片的基本作用是要达到沟通，因此你拍摄时最好直接一点。想体现艺术和微妙意义是一件好事，但你必须用更好的方法表达出来，你不能先考虑这些次要意义，才再考虑内容。因此，不要太理智，不要分析得太多，只要想着拍好照片，佳作便会不断涌现。

图2

现在我们看看另一个摄影项目，是关于消失中的文化遗产，大部分照片都是摄于中国的。

如果你想拍好照片，以下是我的忠告：（一）了解如何运用光线；（二）早点起床，晚点睡。听过"摄影师之光"吗？那是指日出头两个小时以及日落前两个小时的阳光，那可是最美丽的光。

图2照片是在西藏偏远地区拍摄的，就在全世界最高的淡水湖纳木错湖附近，那时才刚日出。这是祖母和孙子。你可以看到小孩穿着西化的服饰，老人还是穿着传统的兽皮衣服。

图3照片是穿着传统西藏服装的男人。看见他两眼间有一道光吗？那是我打的闪光。如果没有闪光，他那大帽子的阴影会盖过他的脸。打闪光时，不要将光线调校得太亮。不管你用的是什么类型的相机，只要是设有闪光功能的，你都应该尽量把光调暗，这样拍出来的东西才会感觉自然。

图4照片是我在烟雾里等了好几个小时才拍到的。这里是西藏的圣地拉萨。西藏人会花上好几天的时间来这里朝圣。这是一个很有趣的情景，烟雾弥漫，光从后面渗出来，这叫“背光”。我在烟雾中待了两三小时，希望取得最佳的身体语言的配搭。我给你的忠告是，拍、拍、拍，不断拍，在最少的场景里拍最多的照片。年轻摄影师通常犯的错误是，这里拍拍，那里拍拍，然后又拍别的，在一个场景里花的时间总是不够多。只要你待久一点，好事将陆续发生，人们会开始对你生厌，忘记你的存在，那就是拍照的最佳时刻。正如这一个场景，我拍了超过100帧照片，但当中只找到一张好照片。

图5这张备受瞩目的照片是在四川拍的，也是考验耐心之作。右边的老翁81岁，有一把长胡子和一根传统长烟斗，十分漂亮。我一直在拍他，他一直盯着我，我拍了大概100张，他却没有任何自如的举动，所以我想，那就好好地拍一张漂亮的肖像照吧！谁知他84岁的叔叔突然走过来，81岁的侄儿和84岁的叔叔就这样聚在一起开始交谈，形成一幅美丽的图画。大家可能会问，为什么我要用这么低的角度来拍摄？传统的拍摄戒条告诉我们不要从下往上拍。但我的经验是，如果背景很杂乱，你可以从下往上拍。如果你能简化照片的背景，照片就会顿时变得专业。其实这两个老人背后聚集了近50人，他们看见我这个老外觉得很特别，一直跟着我，只是我没有把他们拍进去。

以下几幅照片是在玻利维亚拍摄的。

我觉得图6照片中那堵墙很美，我在那儿待了四天，看看有什么值得拍的。我在这里拍了很多照片，有靠着墙壁的人，也有路过的人。在夕阳的余晖中，我重复拍摄。你可以看出这是黄昏的时候，因为影子都是长长的。终于，我在第四天拍到这张照片。你看投影在墙上的出租车，坐在里面的人就是我，这是我的自拍照。这些男孩正从学校回家。

图7是我另一个备受瞩目的作品。这地方叫Isla del Sol，意思是太阳

图3

图4

图5

图6

图7

图8

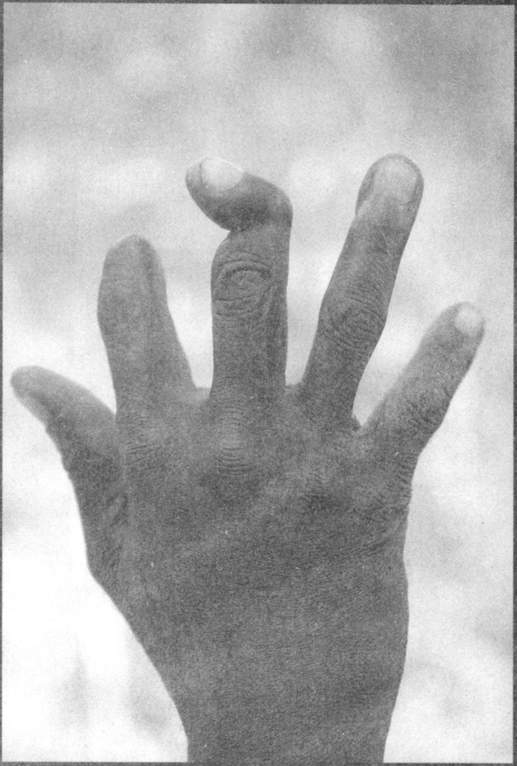
图9

图10

岛，马雅人相信这里是太阳的诞生地。这个地方位于的的喀喀湖附近，在玻利维亚和秘鲁的交界，几个世纪以来均以神秘色彩驰名。我喜欢这幅照片是因为它捕捉了当地人对自己家园的感情。

图8照片在泰国北部拍的，距离中国南面的边境不远。这男的手持一只鸡，这大概是他的午餐吧！

我另一个摄影项目称为“劫后余生”（见图9、10）。这个项目在四年前赢尽多个大型摄影奖项，我听说它在普利策奖的众多参赛作品中排第五，但只有头三名的作品才能进入最后一轮的甄选。评审团会在两个组别中各选出三个作品，然后交由普利策奖委员会选出优胜作品，所以即使是评审也不知道谁会胜出。我也会猜猜谁会胜出，但我的猜测每一次都是错的。即使有消息说你会赢，也可能是传闻而已。直到我得知自己真的赢了普利策奖的那个早晨，还有人跟我说我没有赢。这个摄影项目夺得多个新闻摄影奖项，包括全球新闻俱乐部奖（Overseas Press Club Award），我想普利策奖可能是它唯一赢不了的奖项。优秀的作品配以新颖的主题是最好不过的。这个摄影项目不仅辑录了塞拉利昂（Sierra Leone）和利比里亚（Liberia）内战的受害者照片，还道出了受害者的心声。他们所说的话都是难以置信的，经历过苦难后，他们仍然对人类甚至上帝充满信心。就像“21岁”那个系列，这系列照片要整体看，它的信息才强而有力。

图11这幅在美国匹兹堡拍摄的照片是在获普利策奖七年前拍的。当时我想：能令我赢得普利策奖的，想必是这一张。在左边的警员开枪后15秒，我及时捕捉到这个镜头。伏在地上的男人向自己的妻子开枪，他的妻子立刻逃跑。左边的警员尝试劝阻他，但他举起手上的枪，警员被迫向他开枪。开枪后，他人都吓呆了，因为他从来没有开枪杀人，他身旁的同僚正在安慰他。我紧跟着警员们进入现场，这男人就在我们面前被击毙。这照片在世界各地都有刊登，我的作品首次出现在《生活杂志》（*Life Magazine*）上。照片的时间掌握得这么好，我以

图11

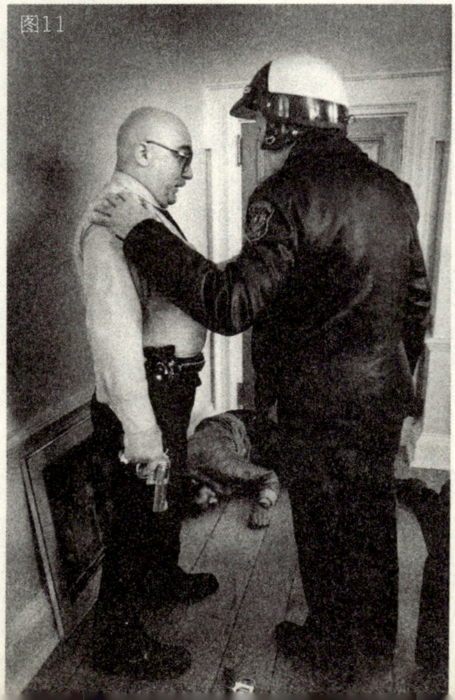

为大有可能赢得普利策奖。但世事难料，无论如何，请大家不要为夺奖而拍摄。我至今还有跟这位警员联络，他是个难以置信的人，一个不寻常的美国警员。他竟然在当天晚上跑去见这个男人的母亲，这需要多么大的勇气！

图12照片来自我另一个摄影项目——“俄罗斯被毁的年轻一代”（Russia's Ruined Youth），是关于俄罗斯的受害儿童的。要拍摄某些比较难接触的对象时，你必须找那个圈子信任的人做你的向导。这张照片摄于圣彼得堡机场，这其实是个颇危险的地方，当时已经是午夜时分。我的向导是俄罗斯一所私人慈善机构的创办人，他从前也是一名流浪街头的孩子。在20世纪90年代中期，俄罗斯经历巨变，社会福利系统崩溃，很多小孩六岁左右便离开家庭，有些是因为父母酗酒，有些是因为家庭生活不稳定。我的向导为这些儿童提供了一个庇护所，在那里他们可以清洁身体和吃饭。他整个晚上都充当我的外交官，好让我拍摄图中这个小男孩瑟基·马沃洛夫（Sergei Mayorov）。这男孩才八岁，但已经在街头流浪了两年。他是个很好的孩子，但他的人生路已经注定是不容易走的了。

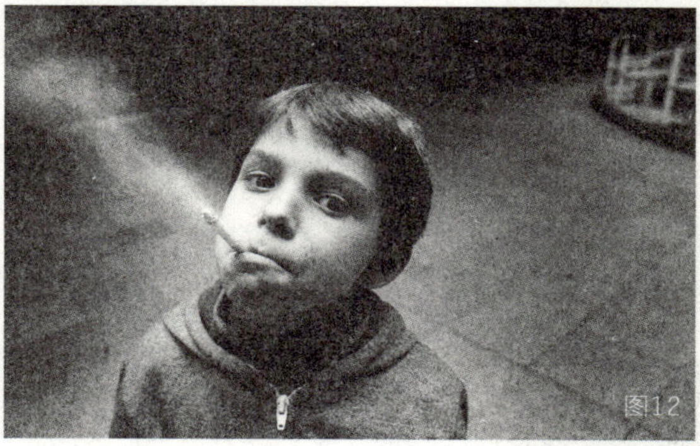
图12

以下是我学生的出色作品。这十年里，我们已两度赢得国际性新闻摄影奖项，四度夺得亚军。美国有一个Hearst摄影比赛，参赛对象为大学生，这个比赛犹如年轻摄影师的普利策奖，我的学生凭照片故事多次夺奖。普利策特写摄影奖的得奖作品通常是一系列的照片，而新闻摄影奖则可能是单一帧照片或一系列的照片。

图13这个摄影项目是国际新闻课学生艾美丽·哈里斯（Emily Harris）拍的。她已经赢得很多奖项，两年前在韩国评审的国际纪实摄影奖中更获得全球排名第十二位，并在刚提到的Hearst摄影比赛中获得亚军。这个摄影项目是关于一个名为贝利斯的女人，她含辛茹苦地养育子女，生活相当坎坷。

图14、15都是艾美丽的作品。我经常告诉我的学生：拍摄时须要从内到外，而非从外到内。你须要多花点时间和你的拍摄对象相处，让他们习惯、厌倦以至忘记你的存在。只要你肯花时间，你便会拍到好照片。

图13

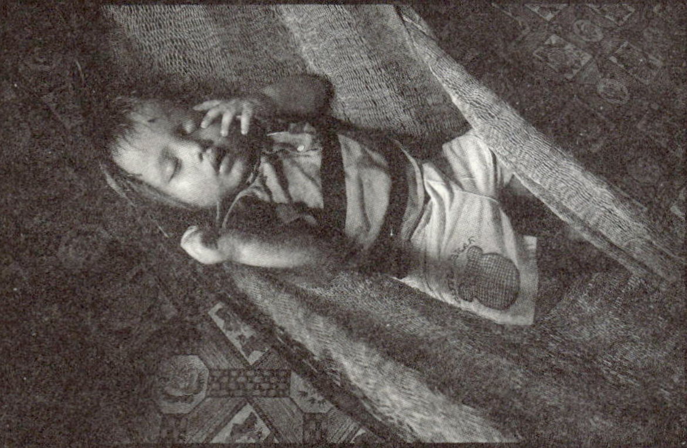

图14

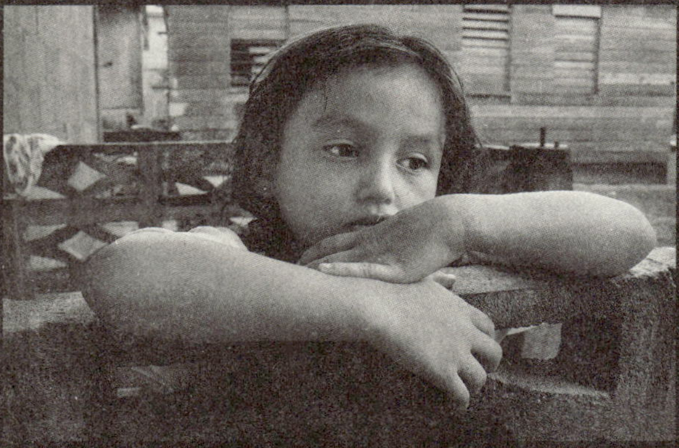

图15

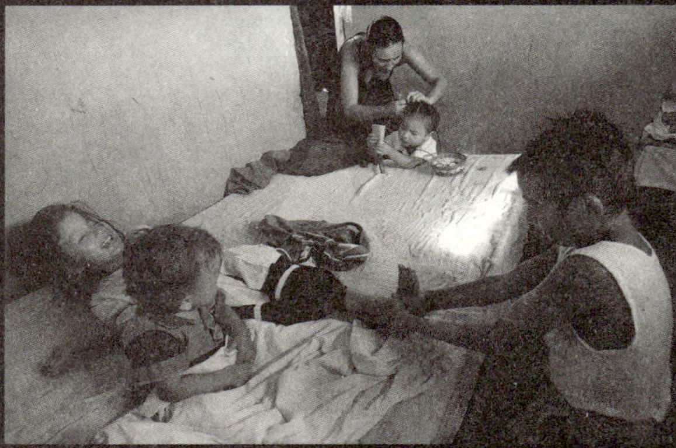

图16

图17

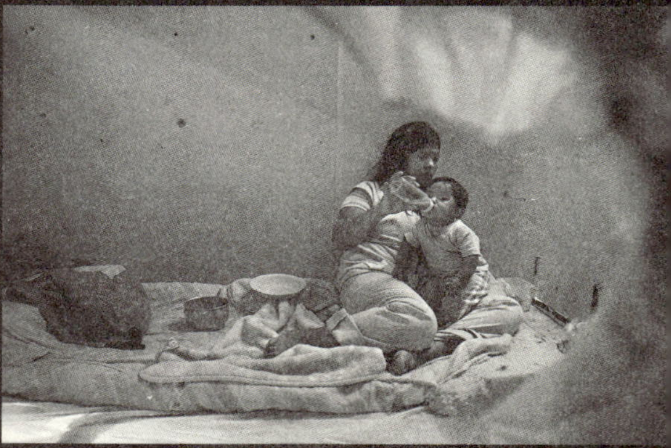

图18

艾美丽出生于佛罗里达州的一个富有家庭，从来没有体验过这么贫穷的生活，她感触得掉下泪来。这一家人虽然天天都过着穷苦的生活，但他们互相爱护（图16）。

我们看看另一个在Hearst摄影比赛中获冠军的作品（图17、18）。这些照片是一年前拍的，摄影师是摩根·毕曹斯基（Morgan Petroski），也是我国际新闻课的学生。这个摄影项目以厄瓜多尔女囚犯在狱中带孩子为题材。如果你想拍更好的照片，你必须不断重返拍摄场地重拍，凭过去的经验把时间掌握得更好。这些照片花了我学生差不多一个星期的时间。

现在来看看你们的作品，我很荣幸能欣赏你们的作品。摄影是很主观的，若把你们的作品交给另一位著名摄影师评审，他选的大概会和我的有出入。我会指出你们的优点，以及提出一些评语和意见。

我喜欢这照片是因为它展现了独特的想法，构图也很创新。（图19）

图19

作者：周子欣

这一幅就很有艺术感，非常精彩，有摩天轮和星光，图画美丽有趣。（图20）

图20

作者：梁志刚

我建议你们把照片说明和照片分开。利用Photoshop等软件，你们可以随意把字加到图上，但我把字移走了，因为我认为着眼点应放在照片本身。像这张照片，还是最好把字移走。这照片的光线可以调暗一点。但用数码相机拍照，每个人用的型号都不同，所以你很难

图21

作者：张佩怡

图22

图23

作者：冯美璇

厘定光暗。我建议你们校准自己的屏幕显示器。我把颜色调暗了，你可以看到微细的分别。我也删除了照片说明，这使照片的效果更突出。我喜欢这张照片，因为它的构图很好，图案很美。新闻摄影有一个门类叫画报，画报着重构图美感多于照片的主题，这可说是一幅画报。（图21、22）

这张照片（图23）中的人有着真诚的脸，尤其是前面的女人。如果后面的人能看着镜头，照片的效果会更好。这个例子告诉我们要在一个场景待久一点，多拍一点照片。如果你找到很好的拍摄对象，不妨靠近一点，虽然这并不一定适合套用在这个例子。很多摄影师都害怕影响自己的拍摄对象，所以他们拍一下便走到别处去，其实很多人都会为成为拍摄对象而感到高兴。如果你能靠近你的照片主角，并且删除照片中的杂乱景象，那么你的照片便近乎专业了。

这张照片（图24）有很好的构图。这摄影师很聪明地把照片垂直了，我的学生往往忘记转动相机来拍垂直照片。光线也调节得很好，或许可以再暗一点。

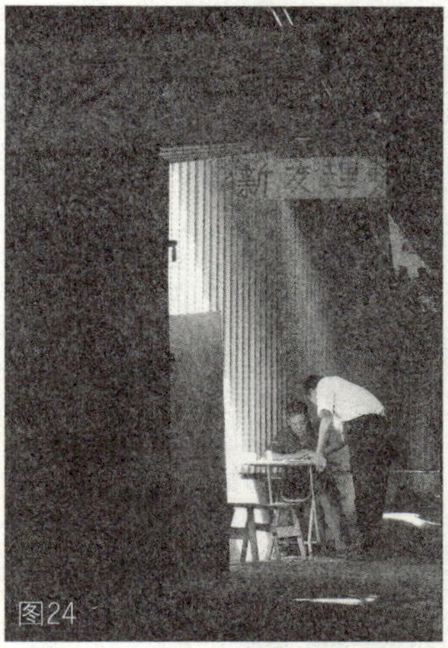
图24
作者：苏民信

图25照片的构图自然且幽雅，采用了“三等分法”，将照片分成三部分，这是摄影师凭自然感官所得的构图法。摄影师拍这类照片时通常都不假思索，让构图变得自然。这摄影师很聪明地与照片中的人物保持距离，走近这些人可能也会拍到很好的照片，但现在这样反而令照片更自然。

我喜欢这照片（图26）的对称美，四朵烟花在地平线绽放，非常夺目。

这张照片（图27）与我们所有人都有关联。这里有些微细的东西须要留

图25
作者：黄乐然

图26 作者：余玮

作者：叶晧麟 图27

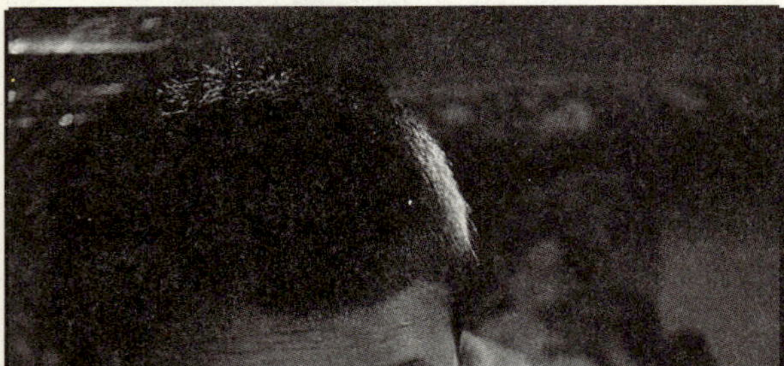

图28 作者：马艺嘉

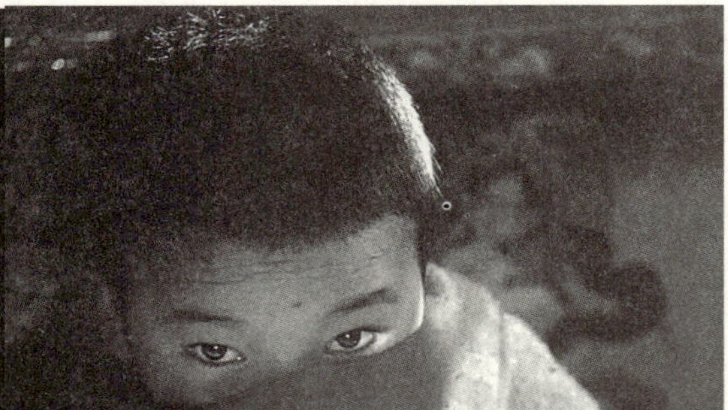

图29

意。我估计这照片是用胶卷相机拍的，我看到猴子身上有少许尘埃，其实这很容易处理，只要用Photoshop的Cloning Stamp Tool便能把它移除。这是一幅温馨的照片。

这幅作品（图28）构图不俗，但稍微修改一下会更好（图29）。当我第一次看这照片时，我觉得它很不错，但照片底部的白色部分分散了我的注意力。虽然男孩头顶的部分没有太过使我分心，但我也把它一并移除，看效果立刻改善了，你的注意力不就立刻落在这僧侣的眼睛上了吗？那片白色分散了你的注意力，使你没有留意背景；移除后，你会立刻察觉到照片的次要意义——后面那面镜子其实象征了西藏佛教。

我喜欢这幅欢欣洋溢的蟹照片（图30）。

最后是宣布得奖作品。我说过摄影是主观的，今天我们有两名冠军，亚、季军各一名。

季军作品是《长城上的父子》（图31）。这幅作品构图优美，你可以感受到父子俩的紧密关系。

亚军作品是《宁静》（图32），照片很有水平，拍得很好，构图也很好，你会觉得自己了解这个老人。若把背景调暗，效果会更好（图33）。你不一定要精于Photoshop，你只须懂得把颜色调暗，便能把照片提升到另一个层次。

我们有双冠军。其中一幅冠军作品是《篮球比赛》（图34），相片人物的身体语言表达得很好，所有细节都配合得天衣无缝。但同样地，若把背景调暗，照片便会更出色（图35）。看看天空增添了橙色和紫色。这照片拍得很美。

第二幅冠军作品《世界贸易组织：决战时刻》（图36）也相当出色。这是一个高峰时刻，这照片给人很多有趣的联想。我稍为修剪了照片的上方，也把颜色调暗了，尤其是照片的顶部，这样才能突显下面的人的表情。我只是作了轻微的修改，效果也稍微加强了（图37）。如果你想加强效果，不妨把照片稍微调暗，把脸调光一点。

图30 作者：邓韵琦

图31 作者：叶芷华

图32 作者：张　琥

图33

图34

作者：湛 媛

图35

图36

作者：许有达

图37

答问环节

问　若我在拍照时距离拍摄对象很近，总觉得对他们是一种侵犯，这令我不敢走近一点。但是如果我不接近他们，就没法拍到好的照片。我应怎样做呢？

卡普兰　很多人都会像你这样想，不想在拍照时打扰他人，自然地害羞起来。我的经验是，别以为靠近他人会对他们造成滋扰，其实刚好相反，邀请人家当你的拍摄对象其实是对他们的一种赞赏。你应该花时间在他们身上，跟他们交谈，让他们放松一点。刚开始的时候，他们或许会很拘谨，所以你得开一些玩笑。拍新闻照片讲求真实可信，绝不能虚构杜撰。现今新闻行业的诚信不断被质疑，这不仅是美国的问题，也是全球的问题。新闻摄影需要记者忠实地把事情拍下来，但拍摄人像照不一样。如果你找到美丽的脸孔，不管老或年轻的，你也可以把那个人带到不同的拍摄背景，譬如说能突显他身份的背景，像刚才那帧西藏僧侣的照片，他的背景有着佛教色彩。再响应你刚才的问题，你最好克服这份羞怯，接近拍摄对象，并且不断地拍摄他。在拍过20张后，他便会放松，那你便能拍得好照片。

问　请问你是如何实践你的构思的呢？透过大学，还是有私人赞助基金？你如何发行你的作品？

卡普兰　在职业生涯的早期，我替杂志社和报社工作，是一个全职新闻摄影记者，所以我总是要游说编辑支持我的摄影计划。我们经常获分派工作，但真正成功的人是受自己的意念推动的。赢了普利策奖后，我向Nikon纪录片休假基金组织申请了1.5万美元，让我展开“21岁”的摄影项目，我也因此获准停工三个月。但我知道自己不能在三个月内完成这个摄影项目，于是我到自己工作了七年的报社请他们配合我的时间。那时我已是个成功的国际摄影师。Nikon的基金令我获得三个月无薪假期，虽然对我的报社没有特别好处，但他们也不须要付出什么，于是我要求编辑多给我三个月假期，他一口拒绝了。于是我做了人生中最可怕的事，我辞掉工作，加入了另一家报社，那家报社的摄影质量在那时还谈不上好。我从来都只替城里摄影质量较佳的报社工作，但这家报社乐意配合我的时间，让我完成我的摄影项目。这件事让我学会了把握生命中的机会，无论过程有多可怕，最终你也会成长。如果不是这个基金，我的摄影项目便不能实现。

自那时起，即20世纪90年代，我成为自由摄影记者。我当全职教授已经十年了，当中分别很大，我觉得自由多了。我很幸运，在获得普利策奖前一个月已当了自由摄影师，这让我有更多时间实现自己的摄影项目。我很幸运能够拍自己所想拍的事物，而不是被迫去拍。身为一个教授，我的首要目标是找杂志社替我们刊登照片。我受自己的理想驱动去实现一些项目。我怎样与人分享自己的作品？我会在世界各地举办作品展。

问 你现在除了教学之外，还有别的兴趣吗？比如，你有否打算记录这个不断变化的世界或什么其他题材？

卡普兰 我希望透过我的中心拓展我的摄影项目，以及我学生的和其他摄影师的项目。我希望探究那些传媒探讨得不够深入的题目，例如“劫后余生”项目，或我两个关于糖尿病的项目，其中一个可能要在寮国和柬埔寨进行。糖尿病这问题越来越严重，尤其在美国，但在中国也越来越多人患糖尿病。我小时候，美国人都不是这么胖的。

问 很多普利策奖的照片都是关于灾难和战争的，那我可以说摄影师的成功都是建筑于他人的痛苦和不幸上吗？摄影师的工作有时会伤害别人的感情，你有何看法？

卡普兰 我认为这个批评很合理。当我拍“劫后余生”时，我也不断问自己，我是在履行社会责任，还是仅仅把它作为一项工作？我想摄影记者应多问自己类似的问题。我们摄影师都知道，拍这些展示别人弱势的照片是不难的，而偏偏获奖作品经常是这类照片。如果拍这些照片的目的是制造混乱，那决不可以接受。但如果你能向人们展示一些社会问题，让这个世界变得更好，那你就不妨去做。记者若能做到平衡，会得到别人的尊重。我也曾为儿童书刊拍照，拍一些孩子和妈妈在一起的快乐照片。我的普利策得奖作品可说是较不寻常，因为它没有展示社会的苦难。当中的确有些较伤感的故事，譬如说那个男妓，但也有一些令人鼓舞的故事，例如那位模特儿和摇滚巨星。我庆幸评委能取得一个平衡，而并非只是选取一些展示人们苦难的照片。杂志报章同时报道好和坏的消息是对读者的尊重，记者不能只报道坏消息，但也不能害怕报道坏消息，因为记者须要履行社会责任。

从股票期权日期回溯到公平交易咖啡：调查性报道背后的故事

史蒂夫·史特劳（Steve Stecklow）

“坚持，坚持，再坚持”是史特劳作好调查性报道的秘诀。
他寻找报道灵感和线索的方法众多，
包括从好奇心开始、质疑人家的答案、阅读他人的报道及“资源再用”，
例如善用从前的报道或人际网络。
史特劳并讲述了赢得普利策公众服务奖之股票期权日期回溯的报道，
以阐释当中的采写技巧和影响。

我14年前加入《华尔街日报》，之前12年一直在《费城问询报》工作。那时是20世纪80年代，他们有一个非常著名的编辑叫做詹·罗伯特（Gene Roberts）。在他的带领下，《费城问询报》在15年内一口气获得了17个普利策奖项，这可能是一个世界纪录了。当时我和其他几个记者一样，大部分时间都在作调查性报道。但詹从不允许我们自称是调查报道记者；如果别人问起来，我们通常只说在做一些特别项目。这并不是因为害怕别人知道后会觉得不自在，虽然有些人确实会紧张起来；真正的原因是，詹认为所有好的新闻报道，本质都应该是调查性报道；调查报道所采用的报道方法也应适用于其他类型的新闻报道。换句话说，詹认为所有好的记者都应该是调查型记者。我完全同意他的观点。

事实上，作调查性报道并没有任何魔法，只不过是多打一个电话，多作

一次采访，多打听一段轶事，让读者更清晰地掌握整个故事。美国人常说投资房地产的秘诀有三个：地点、地点，还是地点。而我要说，调查性报道，或者说所有优秀的报道，也有三个秘诀：坚持，坚持，再坚持。你不可以放弃，你不可以害怕厚着脸皮一遍遍地打电话给别人，你不仅只是提问，同样重要的是，要不断质疑你得到的答案。我在《华尔街日报》工作了14年，我们有一个不成文的规定，就是如果我们的竞争对手，特别是《纽约时报》、《华盛顿邮报》、《金融时报》、《洛杉矶时报》等，已经报道了某则新闻，那么我们就不会再去报道了。这是一个很大的挑战，我们必须找到别人不曾报道的故事，或者至少是新的角度。詹曾用美式足球来比喻：当别的球员都向左转的时候，你应该向右转。说起来容易，但这常常花费记者很多的时间精力，不过最后你会觉得一切都是值得的。我有几个故事就是这样写出来的。

新闻肯定不是和公关部职员谈出来的。我在波士顿大学为新闻系硕士生讲授调查性报道，在第一堂课上问他们有多少人对公共关系感兴趣，当时有一两个人举手，我对他们说，学期结束的时候你不会再有任何兴趣，我希望你们都想成为调查型记者。还有人觉得在《华尔街日报》工作只要开着手机就会有人把好的题材送上门来，但事实上我从来没有遇到过这种事情。那么我是怎么样发掘新闻的呢？让我谈谈公平交易咖啡的那个报道。

“公平交易”这个概念在欧洲十分盛行，在美国也开始流行起来。它的主要精神是，通过购买这些产品（比如咖啡、香蕉），农民可获得的利润较透过大型跨国企业生产的模式为多。这个报道的线索是从我当年9岁的儿子那里获得的。三年前我们在伦敦，他正就读小学五年级，在学习一门叫“公平交易”的课，老师叫他们去超级市场看看公平交易香蕉的价格。我带着笔记本和他一起去，发现所谓公平交易香蕉的价格竟然是普通香蕉价格的16倍。我想，是不是种植香蕉的农民也可以获得16倍的利润？否则为什么会那么贵呢？我还注意到，产品卷标上只是告诉顾客，如果你购买此产品，农民就可以获得更多利润，但并没有说清楚农民可以从中得到多少钱。直觉告诉我这里面一定有故事。于是我和一个报道超级市场的同事一起开始彻底调查公平交易的内幕。

成为一个好记者通常是从好奇心开始，往往只是一个念头：这里好像不对劲，到底是怎么回事？调查报道就是这样开始的。我们从一家非常受欢迎的美国健康食品超市（Whole Foods）开始，里面到处张贴着公平交易的标签，他们声称其中一种咖啡售价的5%将为农民所得。但我们发现这并非实情，事实上要少得多，他们在150多家不同超市售卖这种公平交易咖啡，通过这种所谓5%的计算方式留给农民的那部分总共只有4000美元，换句话说，几乎等于没有。

正如我文章中提及，欧洲的经验告诉我们，在"公平交易"中，最大的赢家往往不是农民，而是零售商。他们在顾客身上索取更高的利润，同时标榜自己是负责任的企业公民。他们之所以能名利双收完全是因为顾客对农民可以获得多少利润毫不知情。比如在上述的例子中，这5%全然不是顾客所想的零售价格的5%，而是另一笔不知什么数字的5%。又如英国连锁超市Sainsbury卖的香蕉，零售价格是普通香蕉的4倍，更是农民所得收入的16倍。另一家超市Tesco的咖啡案例则显示，最终农民获得的收入每磅只高于全球市场平均价格44美分，而零售商因此可以多获得3.46美元。我们还写了另一篇短文，指出顾客要获取相关信息是多么的困难。

这就是从一个九岁小男孩那里得到的新闻。另外我想举一个例子，说明记者不仅只是提问，还要质疑答案。在美国有一个大学排名手册，是由《美国新闻与世界报道》杂志出版的，大部分学生都依靠它来选择学校，但是它以什么标准排名没有人知道。美国的大学却极看重这个排名，若他们的成绩不好，便会说排名不公平等等。有一次我被派去报道位于波士顿的西北大学的工作以及课程，这并不是我喜欢的题材，于是我随便问了一些简单的问题，比如他们学校有多少学生，SAT平均成绩是多少。其实当时还没有想好要不要写在文章里，没想到该校一位高级职员说，这要看情况。我问，要看什么情况？他说要看是他们公布给《美国新闻与世界报道》的分数还是内部使用的分数。我心想，原来他们有两种标准？由于我当时要写的只是一篇特写，所以没打算实时追根究底，就说，哦，那很有趣，随便给我其中一个好了。后来报道写完以后学校也很高兴。我等了两个星期，再打电话给这个职员，说对上次采访中的一些说法仍然很感兴趣。我猜想他当时一定很惊喜，因为堂堂《华尔街日报》竟然还要继续报道他们的学校。我请他解释两套分数的运作情况。他说，他们公布给杂志的那套不包括一些成绩差得离谱的学生，因为他们不认为这些是典型的学生，这样的话平均分大概会高50分。我说，其他学校也这么做吗？他说了一堆名字，包括波士顿大学、波士顿学院等等。随后我用了3个月的时间来调查美国的高校是如何系统性地欺骗《美国新闻与世界报道》，向公众说谎。它们不仅谎报SAT成绩，还有毕业率和其他影响排名的数据。我们最终弄清了52所谎报分数的学校的名字，其中竟然包括哈佛大学。比如说5年以来哈佛一直说自己的SAT平均分是1400分，虽然我不精通算术，但是你想想，5年始终是这样一个整数，那显然是不可能的。我后来拿到了其他机构公布的成绩，其实真实成绩并不是低很多，可能一年是1385，一年是1400，另一年是1390，但他们总是想把成绩弄得更好听些。这个故事是我12年前写的，由于我不满意我听到的回答，所以才有了这个报道。

坦白说，有些故事是通过阅读别家报纸引发的，包括竞争对手的报道。2000年末的欧洲正逢疯牛症盛行，那时候我正在英国，刚巧读了《国际先驱论坛报》的一篇报道，其中一段文章吸引了我的注意。它提到疯牛症是通过受污染的饲料而传播的，也就是农场主人将生病的牛制成饲料喂养其他的牛。虽然英国在1990年左右已经在国内禁止了这种做法，但报道说其后英国仍然连续几年向其他国家输出这种饲料。我心里想，难道喂饲英国牛有问题，喂饲法国牛就没有问题了吗？我准备调查这件事情。我采访了参与制定这项决策的人，发现事实上有很多争议。内阁会议有人认为，如果疯牛症传到了其他国家，英国会很没面子；但生产饲料的农民和公司则争辩说，如果禁止的话会影响他们的生意。现在我们知道，这场瘟疫后来不仅传播到欧洲，还有日本以及亚洲其他国家，甚至加拿大，基本上覆盖了全世界。这都是那个继续出口的决策造成的。

我还有一种发现新闻的特别方法。“9·11”之后，大概2001年10月1日左右，我的编辑约翰·本斯（John Bussy）对我说：“不管你写什么，给我写一点关于伊拉克的报道。”我当时对伊拉克一无所知，完全没有想法。不过之前我用了几年时间来研究联合国，尤其是儿童基金会，所以我决定看看联合国和伊拉克有什么关联，是不是可以作为报道内容。我发现有一个“石油换粮食”项目，按照联合国网站所说，这是一个600亿美元的项目。联合国一年的总预算只有20亿美元，但是竟然没有人报道过这件事情，于是我打电话给另一个跑联合国事务的同事，跟他说我觉得这里面一定有新闻。接下来我们用了整年时间来报道“石油换粮食”项目的问题。

另外，在三年前某一天，我正在阅读《今日美国》寻找报道灵感，忽然看到一篇文章说，有一个美国环保组织发表了一份报告，宣称美国1/3的湖泊和1/4的河流已经被汞严重污染，建议儿童和孕妇最好不要吃这些水域里的鱼。文章继续说，有些科学家认为部分汞来自中国。我心想，这怎么可能？这要么是搞错了，要么就是一个特大的新闻。后来事实证明是后者。我来到北京，和另一个记者会合。经过调查我们发现煤在矿里燃烧的时候，有一个副产品就是汞。最新科学研究也指出废气可以一直跨越海洋传播到其他大洲，比如美国的污染会向欧洲传播，反之亦然。最后我们的文章把这种现象叫做空气污染的“跨洲传输带”。我们都知道中国几乎每个星期都会开掘新的煤矿，燃烧大量煤。我们讨论的问题是，这些煤厂在污染问题上是否有选择？要知道中国政府并非不关心污染，但他们给工厂的选择是，要么改善装备杜绝污染，要么每年上交一笔钱；而前者的花费是1450万美元，后者只是40万美元。你想他们会怎么做？让我觉得最有意思的是，从某种角度上说，美国其实是咎由自取的。我们采访了中方的环保官员，他对我们说，美国有什么资格指责中国？首先，美国对全球暖化现象袖手旁观；其次，是美国将这些制造污染的工厂出口到了中国。美国对廉价的中国煤的大量需求促使中国建立煤矿厂为它供应能源，然后又反过来污染美国。我们在文章里报道了这个观点。我们还指出，这家中国煤厂有25%的所有权是属于一家美国公司的。这让那家美国公司十分恼火，他们说自己只占25%股份，但是我说，你其实可以要求工厂做点什么。这就是我从《今日美国》的一句话里“偷来”的故事。

还有一个非常有用的技巧叫做“资源再用”。你在某次报道中使用的源头有时可以帮助你开展新的报道。许多记者都有固定的报道范畴，比如环保、罪案等等，但我没有。我这一次写疯牛症，下一次写“石油换粮食”，再下一次写汞，不像其他记者那样在某一方面积累了很多的资源。2003年发生了伊拉克美军虐囚事件，由于其他报纸已经进行了报道，所以我们必须采用一些新的角度来报道。我知道红十字会当时正派人视察囚犯和撰写报告，于是希望能够采访那些视察员。但问题是，红十字会能够进行视察，是因为答应了军方不会向媒介透露囚犯的消息。我联络了我们在伊拉克的女记者，她曾经当过红十字会的志愿人员。她说她认识的人在约旦，负责整个地区的事务。于是我建议她约负责人出来吃饭，说服他让我们采访那些视察囚犯的工作人员。结果我们成功了。我跟她一起采访了两三个工作人员，得到了惊人的内幕：他们视察了25个监狱，发现了一些未经揭露的严重虐囚案例。在这个例子里，我的同事很好地使用了以前的人际资源，主动请求帮助，完成了整篇报道。后来日内瓦红十字会知道后非常震怒，召开了记者招待会指责《华尔街日报》的做法。但其中一个视察员则因为对看到虐囚真相感到万分愤怒，在自愿接受了我们的采访以后，离开了红十字会。

现在让我谈谈有关股票期权日期回溯的报道，我和另外三个同事因这个报道幸运地获得了普利策公众服务奖。股票期权是指在未来某一时间按照预设价格购买股票的权利，通常是公司给予高级雇员的鼓励，希望他们努力工作，令公司的股价上升，或是挽留人才的手段。行政总裁的收入在美国一直是一个很大的争议性问题，他们的酬金可以高达普通工人的400倍，而期权在今天的美国又占了行政总裁收入的大部分。通常期权价格的设定应该是在公司董事会发放股权的那天。比如说你今天拿到了1000股期权，今天这只股票在纽约证券交易所的价格是10美元，那么10美元就是你行使股权的价格。假设公司运作良好，一年以后股价上涨到20美元，这个时候如果你行使股权，你将获得一万美元的利润，计算方法是（$20－$10）×1000。大部分美国公司都有这种期权计划，他们必须向美国证券交易所报告。技术上说，公司可以将期权价格定得比当天股价还低，比如今天股价是10美元，但公司定6美元的价格，获期权者便自动获得了每股4美元的溢利。但根据会计规则，这样做会损害公司的利益，因此实际上没有人会告诉证交所他们这样做。

2005年11月，我的同事迈克·马利蒙特（Mark Maremont）报道了爱荷华大学一个知名度不高的挪威教授艾力·李（Erik Lie）的学术研究。那位教授研究了1800个股票期权分配案例，经过统计分析，发现有很多公司的股价在股权分配那天急剧下降，分配之后又上升，就像一个“V”字。这些公司事实上是修改了发放股权的日期，以过去股价最低的某天当作股权发放日期来欺骗证券交易所。这有点像赌马的时候等比赛结束了才下注。然而金融学教授不是记者，他们着重找出统计模型，而不是相关的人，虽然他指出这当中可能有日期回溯的问题，但他的报告中没有提及任何公司的名字。于是Mark说服教授从原始资料中找出公司的名字；同时他还找来另外一个数学系出身、精于计算机率的记者查里斯·科力里（Charles Forelle），以及一个很有办法让别人报料的同事詹姆士·班特拉（James Bandler）。他们开始讨论某些高级官员的案例，决心要向读者证明事有蹊跷。他们最初采访了一些公司，得到的反应都是否认期权回溯的问题，或者说纯粹是运气好。有一位还说，如果某天股价很低他就会立即决定去发放股权。但是，Charles以教授的研究为基础，分析了这种事情自然发生的可能性，发现决不可能有人这样好运气。比如在美国附属计算机服务公司（Affiliated Computer Services）前CEO的案例中，这种可能性只是3000亿分之一。所以他们作了一系列的报道，揭露了一系列著名公司的股权分配丑闻，包括后来我写的国际知名的动画公司皮克斯（PIXAR）的报道：《玩具总动员》导演约翰·拉萨特（John Lasseter） 在影片大获成功之后和公司续约，那时是2001年3月21日，合约包括100万股公司期权，而公布的期权发放日期则是上一年股价最低的那天，即12月5日。这样做约翰的口袋中无形中就多了几百万美元。

这些有关股权日期回溯的报道已经非常震撼，但《华尔街日报》一个高级编辑希望这个系列报道最后能从人性角度来切入一下，所以我就在这个时候加入了报道队伍，所有的贡献也仅限于此。我首先做的是李教授的小传，这促使他成为世界金融学术界的名人。接着我调查了硅谷一家叫做博科（Brocade）的通信系统公司，我用了几个星期的时间找到了公司的前雇员并采访了他们，他们是我最好的消息来源。还有一个案例是Comverse科技公司，它的总裁高比·亚历山大（Kobi Alexander）在我们首次报道后就消失了，后来发现他在纳米比亚出现，我希望说服编辑让我到那里继续调查。说服编辑通常是挺难的一件事，他们会说，其他报纸也在报道这件事。但是我说，你不觉得这是一件很疯狂的事情么？一个公司的总裁因为《华尔街日报》的一篇报道而逃亡纳米比亚！我们要把他找出来！最后我说服了他们，前往纳米比亚。他所住的酒店的经理把他的房间号码、账单、逗留时间等全都告诉了我，并且回答了我所有的问题。我真庆幸住在这家酒店的不是我。

我从未写过这么有影响力的报道。到现在为止80多家美国公司的行政总裁被解雇或者辞职，16个被提出刑事控诉，7个已经认罪；140多家公司正接受联邦调查；还有亚历山大先生，他现在还在纳米比亚逃避引渡回国受审。看看他的股权分配图，多么令人惊讶，毫无例外地，分配股权的时间总是在最低的那一天，如此年复一年。我在报道中写了“亚历山大逃亡日记”，从2006年3月我们在报道中提到他的公司的名字，5月他辞职，6月他和家人前往以色列（他是以国公民），8月美国法庭起诉他诈骗，9月他在纳米比亚被捕入狱，10月他缴纳了140万美元的保释金，11月法庭安排了引渡聆讯，但后来推迟到2007年4月份，并且一直被搁置到现在。

坦白说，我并不认为我这个系列的报道与我以前的报道相比会略胜一筹。我之前说过，我在2002年和同事用了一整年的时间调查联合国“石油换粮食”计划。当时我们被列入普利策新闻奖最终角逐名单中，但问题是没人会对过去一年的事情感兴趣，直到这件事后来成为一个特大丑闻。但可惜的是，那个时候我们已经错过了送评的时间。所以今年能够获奖我很高兴，即使这个奖项没有任何奖金。

上个月我驾车送父母从波士顿到他们所住的新泽西州，路上我那刚满81岁的老父问我，如果我有一天不做新闻了会选择什么职业。他不是突发奇想，而是因为听说现在越来越多年轻人不再读报，整个新闻行业都在走下坡路。我在波士顿大学教新闻硕士的时候，总是在每班的第一堂课问他们有多少人订阅报纸，到目前为止人数最多的一次是两个人。所以我听了父亲的问题后便陷入沉思。我问我自己，除了做记者我还能做什么？一直到驶过新泽西州的收税关卡，我都始终想不出任何一个答案。

答问环节

问 关于股权日期回溯的报道，请问你们是如何获得这些公司股权发放的数据的？你怎么断定他们一定是有意识地欺诈呢？

史特劳 在美国，公司的高层管理人员获得股权分配，是要向美国证券交易委员会通报的，包括分配的日期、股权的价值、股票的价格，这些都可以查得到。问题不在于搜集资料。问题在于有几千家公司、几千种股权，你要从哪里开始。我的同事们首先用李教授的数据库以及其他数据库来缩小范围，然后使用专门的网络服务，在很短的时间内就可以在证券交易委员会网站里找到相关数据。我在报道苹果计算机股权案例的时候学习了使用这种服务。一旦你确定某家公司值得调查，要得到资料还是不难的。但是如果公司发放股权给高层以下的员工，则不用向证券交易委员会通报，那么调查的难度就大了。

在博科案例里，我让前雇员说出公司在进行系统性的日期回溯的诈骗。他们不只把日期推前，还向后推迟。在科网热的时候，这些网络技术公司的股价持续上升，后来网络泡沫爆破，价格又持续下跌。在这个案例里，他们不只在股价一开始上升的时候将日期修改到以往价格最低的那天，而且当后来价格持续下跌的时候，他们把发放股权的日期改到将来更低的某一天，这就须要修改雇员的入职日期。比如雇员已经在公司工作了3个月，但他们要设法让人相信这些雇员那时还没有开始为公司做事，于是他们就要更改很多档案，包括缴税记录。在博科案例里，我正好采访到负责修改这些档案的人，那是非常有力的证据。在其他情况下，我们的方法就是找出那些看上去有问题的股权分配记录，计算出可能性，然后留给读者和证券交易委员会去思考。也许他们的确只是运气好，这就要你自己去判断。但很多时候我们确实找到证据证明相关的文件是被修改过的。

问 你认为《华尔街日报》被梅铎收购以后是否会增加你作此类调查性报道的难度?

史特劳 确实有人因为梅铎先生收购《华尔街日报》而不太高兴，但是到现在为止我们并没有发现什么不好的影响。如果大家还记得，今年6月我和三个同事一起写了4200字的文章，报道梅铎如何管理他所收购的报纸的历史，其中还有一个关于中国的专栏。可以说我当时“拷问”了梅铎整整一个半小时。如果现在有同事要作同样的报道，我也想象不到会遭到什么阻挠。梅铎一直强调他无意干涉编辑事务，而我们也看到他麾下的其他报纸，比如《泰晤士报》，也一直在作很优秀的调查性报道，所以我还是乐观的。

问 你能否和我们谈谈最近你们调查美国次级按揭贷款的过程?在采访银行时会否遇到困难?

史特劳 我们有一个专门的团队就这个问题调查了几个月，在上周写了一篇很棒的报道。文章指出这不是单独个案，而是整个国家的普遍现象。我没有直接参与这个报道，所以不清楚具体的过程，但作调查性报道所有的秘密就在于坚持。我们调查公平交易内幕的时候，那些超市成天不接电话，我们只好不停地打，一遍，一遍，一遍，又一遍，直到最终找到人为止。我可以告诉你，作为报纸记者，其实你可以很方便地说一句“该公司没有任何评论”或者“某某先生拒绝回答”，然后继续写你自己的观点，这很容易；但是作了那么久的调查报道，我觉得，如果能够同时听到矛盾双方的声音，会给你的报道增添许多分量。对我来说，绝大多数的故事都不是黑白分明而是灰色的，即使是在调查性报道当中也是这样。所以为了呈现这个灰色，你必须让人开口，虽然他往往不愿意。

一个我很喜欢的例子是2000年在非洲的报道。在欧美，HIV呈阳性的孕妇会被建议不要用母乳喂养孩子，以免将病毒传染给孩子，但南撒哈拉鼓励继续以母乳喂养婴孩，所以我们决定作一个调查报道。

不用母乳喂养就必须使用乳品代替，所以这里牵涉到联合国儿童基金会（UNICEF）和雀巢等婴儿奶粉公司30年来的斗争。由于儿童基金会极不信任这些公司，因此劝说当地妇女不要使用奶粉。我当时想采访雀巢公司的行政总裁皮特·巴拔克（Peter Brabeck）先生，于是打了电话过去，并被邀访问他们在日内瓦湖畔的公司总部。虽然他们盛情地接待了我，但是只让我见到公关部的人员。

两周后我试图直接找他们的行政总裁，但是再一次被公关部拒之门外。这时我做了一件不太寻常的事情。我写了一封信给巴拔克，说：“你可以不接受我的采访，但是我要告诉你，我已经安排了和你的死敌面谈。另外，我准备把你的公关人员两周前向我发表的那些很有问题的言论写在我的报道里。原本想给你一个机会解释，但如果你打算继续保持沉默，那也没关系，反正一切由你决定。”第二天我接到电话说巴拔克先生想要和我谈谈。这一次没有人接机，我从机场自己坐火车然后走路到他的办公室，但这是我有史以来最震撼的采访之一，因为采访对象的表达欲非常强烈。他说了一堆我从未想到的惊人内幕，包括和儿童基金会的人会晤时双方互拍桌子的情形等，全都是公关部不想让他说的内容，一下子让整个报道增加了许多分量。我问了很多尖锐的问题，但最后他变得非常友善，还让我自由查阅公司的档案，因为他其实有自己很坚定的立场，他认为雀巢公司是想要做好事的，而儿童基金会一直打压他们才是不对的。

所以，不作响应是别人的权利，但是如果你能够设法说服他们，那么对于你的报道来说分量就完全不一样了。又比如在公平交易的报道中，那些公关部的人从来不接我的电话，虽然他们的职责就是接待记者。于是我打了22个电话，最后他们被我烦死了，只好接了电话。他们在我文章中的形象是很可笑的，比如他们说那些香蕉价格贵10倍的原因是因为它是用胶袋包装的。

问 你们追寻真相揭露丑闻，一定树敌众多，你们的权力来自何处？是不是来自你们的读者？但印刷媒体如今的影响力日趋下降，你怎么知道一定有那么大的消费市场？

史特劳 你说的是媒介权力的问题。我相信媒介确实有独立的权力。做别的行业可以赚很多钱，但是我看重的是公众服务的精神。我母亲是公立学校的教师，我觉得我的工作跟她的其实没太大的不同，都是教育民众。我有点理想化，喜欢写一些能确实改变社会的报道。12年前我报道了庞氏骗局（Ponzy Scheme）。他们宣称如果你寄钱过去就可以拿到两倍的钱，用这个方法总共诈骗了5亿美元。我设法采访到这个组织的头目，他后来很害怕，想扼杀这篇报道，但没有成功，于是想自杀，但也失败了。现在他正在坐牢，为这个案件他已经坐了11年牢。报道发表当天，他们宣告破产并受到起诉。难忘的是，我当时收到一个读者的传真说“Steve，你拯救了我！我看到你的报道时，只差一点就把200万美元的支票给他们寄过去了”。哇，我觉得这太不可思议了……当然，不是每篇报道都有那样的效果，报纸也确实正在失去它昔日的影响力，但是新闻并没有失去影响力，调查性报道并没有失去影响力，这个世界上还有人在做坏事，必须被揭露和得到惩罚。做一名这样的记者永远是有意义的。

“9·11”袭击与余波：建构新闻从零碎开始

艾美·高斯坦（Amy Goldstein）

高斯坦以美国“9·11”袭击事件为例，
分享了她与《华盛顿邮报》的同事在没有内幕消息的情况下，
如何将新闻碎片整合成有价值的独家报道。
他们凭一份政府的公开名单，从各种渠道搜集数据，
制作流程表，建立事件发展模式，
将劫机者划分为“智能型”和“行动型”两类，
并指出美国政府的扣押运动志不在搜捕恐怖分子的党羽，
而是拘留可疑人士，以防恐怖袭击再次发生。

“9·11”当天我因事迟了一点出门，驾车上班时大概是早上10时，街道被汽车挤得水泄不通。当时华盛顿的繁忙时间已过，故事情显得有点不寻常。我把收音机转到新闻台，听到报道员慌张地报道世贸中心被飞机撞击的新闻，不久再传来五角大楼被撞的消息。然后，另一架飞机跌落在宾夕法尼亚州的旷野上。没有人知道这些事件是否有关联。其后再有传言说其他飞机正飞往华盛顿。我立即赶回公司，想找出发生了什么事。当时联邦政府大楼停止运作，人们从大厦涌出来。街道被封锁，汽车停滞不前。我于是把汽车驶入横街，央求保安员放行，终于到达了停车场。进入停车场的只有我一人，人人都从大厦走出来。对我来说，尽快赶到事发现场，是记者的使命。

新闻编辑室内的电视被记者团团围住，画面重复播映两架飞机撞落世贸中心的片段，以及五角大楼被撞后的景象。每逢有大事发生，编辑便会聚集

在偌大的新闻编辑室开会计划工作。不久，我被指派统领第一天的报道，要找出飞机上受害人的身份。这差事听来容易，其实困难重重。当时航空公司或政府还没有公布乘客名单，我跟一些同事整天留意八家主要有线电视的新闻，看看有没有相关消息，例如谁的公司设于世贸中心，飞机上是否有乘客打电话向亲人报信，等等。当天死亡人数接近3000人，在晚上离开报社前，我们找出了11名死者的身份。

由于所知有限，因此我们计划采取最忠实的报道手法，把已知的和未知的事情同样报道出来。我一直工作到第二天1时，其间不断修改有关报道。离开时，华盛顿的街道没有一辆房车，警车、国民警卫军却奉命到场镇守。很明显，华盛顿的市容改变了，整个美国的外貌也改变了。华盛顿的情况尚且如此，纽约会是怎么样的光景呢？这是第一天。

往后的报道排山倒海，内容广泛。单在事发翌日，即9月12日，我们报章就有59篇报道提及“世贸中心”，内容包括机场关闭、布什总统的反应、国际反应等等。事件把我们新闻编辑室的文化改变了。本来各自独立运作的部门，开始紧密合作、互相协调。

“9·11”事件在往后数月成为美国大型编辑室的重点报道。从2001年9月11日至12月30日期间，单是《华盛顿邮报》就有509篇报道提及“劫机者”，2146篇提及“世贸中心”，当中有10篇报道竞逐普利策新闻奖。该系列报道主要由8个人撰写，我负责其中两篇。我们的报道主要探讨两个议题。第一，恐怖分子究竟是谁？他们如何策动袭击？第二，美国政府如何应对？总统布什新官上任，反应快速，表示决不会让事件重演。袭击事件成为布什施政的考验，也成了政治事件。在这10篇报道中，有很多篇是独家报道，消息来自政府官员，我的同事Bob Woodward负责其中四篇。Bob在美国享负盛名，在20世纪70年代大肆报道了尼克松总统的水门事件，因而与他的团队共同赢得当年的普利策新闻奖。他历年累积而来的消息源头在“9·11”系列报道中大派用场，除了从政府高级要员那里获得可靠消息外，更访问了不大喜欢跟记者谈话的美国副总统切尼，谈到他对这次反恐战争的预测。

我写的两篇报道则全然跟内幕消息无关，而是“化零为整”的。我们一众记者深入社群，四出访问，所依赖的文件，只是一些公开让人查阅的政府档案。没有内幕消息的新闻报道，特点是依靠外部资料。我同事的足迹遍及美国各州，有时甚至要到欧洲搜集资料，所需的人力甚大。大型新闻编辑室可以组成一支支记者队伍，分工合作。我和编辑须要综合从不同地方搜集所得的大量资料，并加以分析。

其中一篇报道的主题环绕“劫机者如何策动阴谋”。美国自珍珠港遇袭以来，从没有发生过类似事件。然而，这次袭击并非源于战争，而是恐怖主义。因此，我们希望查出劫机者如何策动阴谋。

事件发生后不久，《华盛顿邮报》和别的报章都争相报道劫机者的计划，这班人到过哪些地方，在美国做过什么等等。然而，报道只能看出事件的一鳞半爪，而且很多数据错误失实，包括我们的某些报道。其中《纽约时报》指出，有些劫机者互相认识，有些与妻儿一同来到美国，把子女送到当地学校念书。偶尔，劫机者在当地的酒吧喝得醉昏昏。劫机者家人众多，生活和谐。他们的邻居表示，虽然劫机者大多沉默寡言，但都平易近人。我们起初也不知道这些事是否真确。

我的团队有23名记者、5名数据搜集员和善用信息科技搜集数据的图书馆人员。他们帮忙搜集地址和电话号码，以及查核人名。记者们大多来自华盛顿、佛罗里达州、加州、阿利桑那州、新泽西州、波士顿及德国等欧洲国家。换句话说，我们把线眼派驻各地，希望查探出这群劫机者的一举一动。我们报道的基础乃律政署在事发三天后，即9月14日发布的新闻稿，这是当时政府发表的首份名单。政府把相信为劫机者的19人的名字列出来，按航空公司的名字，把数据列得井井有条，包括航机属什么型号、在哪儿起飞、哪儿降落、坠落五角大楼的情况，以及劫机者是谁。我们于是根据这份名单开始着手调查，但遗憾的是这些人已全部身亡。我们无法跟这些人谈话，只能尽力查出他们的底蕴。我按照地点和航班等分配人手，一方面指派身处华盛顿的同事找出该航班的数据，以及机上乘客的身份；另一方面派员查找劫机者的身份，以奠定报道的基础。

我们搜集资料的渠道众多，包括联邦调查局的监察名单、机票数据、信用卡数据、驾驶执照纪录，以及入境数据等等。我们并查核联邦航空局的记录，看看这19个人当中，谁持有有效飞机驾驶执照，从而得悉谁把飞机撞落在建筑物上，谁撞落在宾夕法尼亚州的旷野上。我们得悉飞行员是谁，便立即联络各地航机训练学校，希望联络劫机者的同学以了解劫机者的课堂点滴，例如他们是否正常、成绩是否出众、是否操英语、有没有宗教信仰、穿什么衣服，以及驾驶技术如何等，巨细无遗。

其后，我们找到了劫机者的地址，于是便叩他们邻居的门，到附近的7—11便利店、油站、出租车公司等地方调查，又到公共图书馆查问有关人士有否上网、是否可以追查上网记录、这批人有否在网上购买机票等等。这些工作确实枯燥乏味，我们找到的资料极为琐碎。人们记得的都是一些零碎的片段，例如“我记得这个人搬到新泽西的住所去”或“那人不懂如何把灯泡旋下来，要请房东帮忙”。我们手上只有一块块色彩斑斓的拼图小块，尚未知道全貌，因此把各小块凑合起来，至为重要。

为此，我的同事给我写便笺，我将便笺上的消息综合起来，看看谁跟谁有关联，谁人住在一起，谁人何时身处何方，谁在新泽西，谁有驾驶执照，谁用哪张信用卡购买机票等。此外，我们在编辑办公室的墙上挂了一个大型流程表。一旦发现某人何日何时在何地，便把资料写在表上。我们就是这样把数据凑合起来，从而得悉很多详情。例如我们发现“9·11”初期的一些报道是失实错误的：劫机者既没有带妻子，也没有带子女。因为可疑人物的名字太多太相近，人们把他们的身份混淆了。劫机者既没有与家人一同前来，也没有过中产阶级的生活。

根据这些凑合得来的资料，我们将劫机者划分为两类人，即“智能型劫机者”和“行动型劫机者”。“智能型劫机者”担当飞行员，跟“行动型劫机者”截然不同，分别在于前者较早来到美国，比较年长，英语不错，通常受过教育。他们常常两人共同行事，例如佛罗里达州跟西岸各有两个“智能型劫机者”同时间接受飞行训练。“行动型劫机者”年纪较轻，较迟抵达美国，几乎全部来自沙特阿拉伯，家境清贫。他们到达美国后，会投靠“智能型劫机者”，从而认识美国，学懂如何租车、找屋等，非常依赖“智能型劫机者”。我们称他们为“行动型劫机者”，是因为他们花了很长时间健身，以便在2001年9月11日早上制服乘客。

我们从中明白，劫持不同航机的人，源于同一群人，而劫持同一航机的人更曾经同住，并一同考取驾驶执照。劫机者在航机起飞前数天，才搬到航机起飞的城市，有些搬到波士顿，有些搬到华盛顿。这群劫机者的办事效率甚高。2001年8月2日，距袭击事件一个多月前，其中六名劫机者到弗吉尼亚市郊的办公室拿取驾驶执照。这六名劫机者最终登上了三架飞机，包括在华盛顿机场登机，把飞机撞向五角大楼的飞行员。他们分工清晰，各有岗位。这是我们第一篇“化零为整”的报道。

第二篇报道有关美国政府的对策。美国司法部长约翰·艾斯卡夫特（John Ashcroft）在事件发生多个月后，指出美国政府会到大街小巷，把怀疑是恐怖分子的人揪出来，一个不漏。10月下旬，艾斯卡夫特向美国的州长发表演说，表示美国会用上各种法律手段捉拿恐怖分子。因此，我们希望知道反恐运动如何推行？有什么人被捕？被捕人士来自哪个国家？年纪多大？在美国逗留了多久？被捕人士什么时候才获释？艾斯卡夫特所谓的法律手段，究竟是什么？被捕人士究竟是否恐怖分子？他们跟策划“9·11”袭击事件的人是否认识？像其他记者一样，我们试图用最简单的方法找出答案，即直接问联邦政府。在美国，记者可提交“索取资料申请表”，要求州政府披露资料。我们认为，按法例要求，政府须要披露被捕人士姓甚名谁、为何被捕等资料。但政府不认同，他们推说文件高度机密，不能披露。

简单的方法不可行，我们就得用上复杂的方法。于是我们凭一己之力，把被捕人士找出来，但工作量甚为庞大。我们的小组有六名记者，其中两三名全心投入这项调查，两三名从旁协助，另有两名研究员。跟上次报道一样，我负责部分报道工作，把搜集得来的资料分析凑合，然后报道出来。任何想得出的线索，我们都不会放过，务求找出被捕人士的身份。研究员每天阅读多份本地报章，看看是否刊登谁人被捕的消息。我们希望尽力找出所有相关报道，这些都是很好的资料来源。

此外，我们尽力致电专责处理出入境事务的律师，问他们是否知道被捕人士当中，有谁因为遭当局怀疑是恐怖分子而被捕。但律师往往欲言又止，因为一方面他们不相信当事人是恐怖分子，故希望让我们知道实际情况，但另一方面政府正大力推行反恐活动，他们害怕透露消息会触怒政府，令当事人遭长期扣押。

我们也联络了很多民权组织。民权组织专责处理移民事宜，如移民人士权利。但许多时候他们反而希望获得我们手上的被捕者名单，我们只得说待我们把事情报道出来后，才把名单交给他们。总之，我们想尽一切办法，把被捕人士的身份找出来。同样，我们分了两个小组来报道。一组尝试找出谁给当局扣押了。另一组则尽一切办法查出被扣押人士的底子，例如被扣押人士曾在哪处居住？当局有什么法律依据，把被捕人士扣押起来？我们会联络被捕人士的亲友、雇主、同事，以了解他们的背景。

结果显示，当局扣押了近1100人。我们要找出当中数百人的资料作统计分析，以了解这个扣押运动的情况。我们的报道刊登于2001年11月4日，即“9·11”事件发生后约两个月。我们共查出429名被扣留人士的身份，当中采用了235人的数据。我们把数据整理好，储存在计算机数据库里。这些数据包括被扣押人士的名字、年龄、被捕时身处哪个州哪个城市、开始扣押日期、获释日期、被扣押原因、国籍，以及当局的法律理据，例如“违反入境规例”或“触犯轻微刑事罪行”等。

我们在报道中加上附表，刊登了被扣留人士的被捕日期，以反映事态发展。看过日期后，我们渐渐明白到当局志不在搜捕党羽，而是锐意把有可能是恐怖分子的人拘留，以防类似事件再次发生。为什么这样说呢？因为每次联邦政府发出恐怖袭击预警级别前后，总会大举搜捕有可能是恐怖分子的人。其他列表显示了被捕人士的国籍、被捕地点等。被捕人士大多来自沙特阿拉伯、埃及、巴基斯坦，在少数民族聚居之地被捕，如得克萨斯州、新泽西州、加州等。这些独家新闻并非依靠内幕消息，而是我们把零碎的数据凑合而成的成果。

至于当局所采取的法律手段，我们发现，当中六成人是因为违反入境规例而被捕的。美国有很多人违反了入境规例，有些人用学生身份合法入境，逾期居留。美国政府当然并不乐于见到这个情况，但把犯人长期监禁则属罕见。然而，在“9·11”事件之后，这些违反入境规例的人首次不获保释，还要押监房看管。我们从中发现，当局采取了合法措施来配合反恐运动。

我们从专责处理入境事务的律师口中得悉，联邦调查局人员所签署的誓章内容荒诞无稽：“我们集齐所有资料后，才能断定这个人是否涉及战争或恐怖主义。因此，把这个人关进牢房里，至为必要。”美国的司法秉承“假定无罪”的传统。然而，誓章的司法理念却是：“我们把你关进牢房一段时间，直到我们证明你是清白的，才会把你释放出来。”

我们也有兴趣知道这批被扣押人士跟恐怖分子的关系。我们把被扣押人士分为三个不同层次。第一个小组称为“核心成员”，成员跟恐怖分子有较密切的关系。例如在恐怖分子的出租车里，有某人的名字以及电话号码。核心成员中，萨卡里亚士·穆苏尔（Zacarias Moussaoui）是唯一因策划“9·11”袭击事件而被法庭定罪的人。大部分遭扣押的人，不是那些跟恐怖分子过从甚密的人。第二层成员是那些透过朋友关系而认识恐怖分子的人，跟恐怖分子关系其实甚为疏离。第三个组别成员最多，大多是中东人，我们称他们为“外围人士”。对于这班人为何被捕，我们一无所知，因为没有证据显示他们有份策划袭击事件。我们从中明白，反恐运动并非旨在搜捕党羽，而是旨在分裂恐怖主义的力量。

新闻报道最引人入胜之处，在于新闻报道引发别的新闻报道。要从事新闻报道，好奇心要无穷无尽，如此可推动记者不停工作。完成这两篇报道后，唤起我心中多个疑问，因此我和同事们进行了一些跟进报道，例如有关穆苏尔被法庭定罪前所发生的事，以及将客机撞落五角大楼的劫机者汉尼·汉祖尔（Hani Hanjour）的生平。写新闻报道就像寻幽探秘一样，你永远不知道将会遇到什么事情。

答问环节

问 “9·11”事件是敏感的话题，因为当地有很多居民信奉伊斯兰教。若你的报道有偏差，便很容易被批评为宗教或种族歧视。请问你如何处理呢?

高斯坦 这是关乎如何深入报道，又能不偏不倚的问题。我无意跟任何人结交或结怨，只是想把发生的事报道出来。这些恐怖分子刚巧有某种宗教信仰，又刚巧是某些国家的人。但我的报道不会因而有所忌讳，亦不会以偏概全，不会因个别行为而指责个别国家或宗教。我既不会否定谁人牵涉在内，也不会夸张失实，只会实话实说。

问 你的报道动用了这么大的人力，但如何确保你所搜集的消息都是准确真实的呢?

高斯坦 一队人工作时，你就得信任同事。所幸我的同事都是好记者。我写报道时，不会全盘依赖别人给我的数据。若收到一些我感到怀疑的数据，我会提醒自己警惕，与其他数据对证，但很多时我所收到的数据都能互相联系在一起。我的组员甚多，有的处理事情较快，有的较慢，但他们都全心全意工作。试想想，当时新闻编辑室内的气氛有多紧张。“9·11”是非常轰动的大新闻，因此报道“9·11”事件是一件大事，人人都会自动自觉工作，如实报道。

问 若你并非任职大报社，你会依靠内部消息，还是依靠外部消息来报道“9·11”事件? 你认为应选取什么观点来报道以吸引人阅读呢?

高斯坦 最重要的事是如实报道。若我在一间规模较小的报社工作，我会选取的题材可能是某人的兄弟在世贸中心去世等等。视乎情况，我会选择当地小区最关心的题材来报道。

问 你刚才提及，报道重点有二：一是谁策动这次袭击以及袭击原因，二是政府如何应对。那么，为什么你没有报道“9·11”事件之所以发生的原因？我认为，这个议题教育意义既深远，又有助将来回顾历史。

高斯坦 我同意，“9·11”事件发生的原因的确很重要，袭击的动机也很重要。我有同事报道了这些议题，而我则负责另外两个议题，各人分工有别。其实，早在布什总统入主白宫前几年，前总统克林顿在任时，已有恐怖袭击预警，试图减低美国受袭的可能性。

问 身为美国人，你应该对事件感到愤怒。请问你如何平衡情绪和使命，让你的报道不偏不倚？

高斯坦 我们也是普通人，也有人的情绪。但在工作的时候，你不可让你的情绪影响工作。“9·11”那天，我工作了一整天，晚上驾车回家时看见街道驻满国民警卫军。那时我的感觉才第一次真真正正排山倒海而来。我彻夜难眠，即使第二天要早起继续工作，但我仍不断思考，不断感受，用常人的身份感受整件事。但这已是我完成报道后的事了。

问 你们公布了劫机者的资料，但假若最后证实这些人并非恐怖分子，这将严重地影响他们的生活。你有什么看法？

高斯坦 我们在处理这些事情的时候非常小心谨慎，因为我们不希望意外地影响了别人的生活。就此个案，我们十分肯定数据正确才加以报道。我们知道这些信用卡和其他资料都与那19个劫机者有关。本报、《纽约时报》、其他报章都刊登了他们的名字。往后数年，有些名字相近的人在登机时或与政府机关接触时，都会发生问题，但这并非出于报道的问题，而是联邦政府在名单上把他们的身份混淆了。

问 为什么你会写那篇有关恐怖分子如何策划“9·11”事件的报道？是因为你认为市民有兴趣知道详情，还是你想让市民知道恐怖分子的生活方式，让市民有所警惕？

高斯坦 我们报道什么题材，通常是由编辑指派的。我们对劫机者这个题目感兴趣，是因为美国人当时感到很脆弱，很疑惑这件事是怎么发生的。他们不明白为何这班人可以如此聪明，又这么坚决要对付我们的国家。他们很想知道个中原委，因此我们想找出原因。美国是一个开放的社会，人人都可以轻易凭签证来到美国，租借车辆，取得驾驶执照。我们想知道，这19名劫机者究竟如何利用我们的系统策划整个行动。

问 若发生如“9·11”事件这样的大事，你会如何决定用什么方式、角度来报道？你们拣选这些题目是出于好奇心，还是要对社会负责或其他原因？

高斯坦 报章一向是由编辑决定方向的。大报社的做法通常是针对某些题目重复报道。例如我们为劫机者写了很多人物素描，我们得知部分劫机者曾在加州圣地亚哥居住后，我特意去到加州圣地亚哥，跟驻于加州的同事一同研究劫机者居住过的小区。我们会从不同角度研究和报道事件，让大众尽快了解事件发生的缘由。

问 这些报道都是你写的，却是你的同事采访的。我想知道谁负责分工？至于写的部分，是你还是编辑负责的呢？

高斯坦 不同的同事负责写不同的部分。我收到同事的报道时会进行重写，好让报道看起来一致，因为众记者的风格各异。此外，我与一个很出色的调查组编辑合作，那个流程表便是他的意念，而“智能型劫机者”和“行动型劫机者”则是我们共同商讨出来的。我们一起讨论搜集得来的资料，一起进行分析，可以说是互相合作。总的说来，记者将他们采访所得的资料给我，我负责撰写，调查组的编辑进行修饰，我们经讨论后才定稿。我就是这样跟记者、负责该报道的编辑合作的。

问 请问从搜集资料到撰稿到刊登需时多久？

高斯坦 每篇报道都需要几个星期。第一篇关于劫机者的报道是在9月11日之后那个星期才开始进行的。我们本希望能于早一个星期日刊登，因担心别的报章会捷足先登。但我们未完全准备好，因此决定花多一点时间写一些更有力的报道。这是个困难的抉择，我们较预期花多了一个星期来写这篇报道。

问 记者的功能包括改变社会上一些事情。你的报道揭示了政府不公平对待被扣押人士的内情。请问这对政府的政策有没有影响？对于那些无辜的人，政府有什么表示吗？

高斯坦 首先让我纠正你的前提。我写报道时志不在解决问题，而是要让人了解美国政府的制度，知道政府在做什么、怎样做。即使我们从外界收到不同信息，我们也会向联邦政府问个究竟，确保政府有机会解释事件，避免误解。我并非要挑起社会争论。举例说，早前一篇有关一个非洲籍男子被扣押的报道，揭露了政府想向大众隐瞒的事。但其实当那个男人致电给我的时候，我初时并不乐意写他的故事。我问了他两个问题，首先我要知道他的律师以及认识他的人的名字，让我清楚了解他的背景。另外，我要他想清楚他希望刊登他的故事的目的。因为报道刊登后可能令他的处境更严峻，而不能让他提早获释。但如果他旨在让人了解这个国家、这个政府在做什么，那是可以接受的。

问 你会否留意别的媒体所用的新闻资源？在跟进事态发展的时候，你会否因此而受影响？此外，在报道政府政策或政治事件时，你如何跟政府公共关系部交手？

高斯坦 不同报社会采用不同的报道观点。有的记者认为看别人的报道会影响自己的报道，故不会阅读别人的报道。但我会留意别人的报道，以了解自己的报道有多少是新信息。但这只属个人选择，不能一概而论。公共关系部是联邦政府的喉舌，但我会尽量与人建立良好的关系，他们所说的是事实的一部分，重要的是不要把他们的话当作事实的全部。

洛奇的故事

米高·维特士（Michael Vitez）

记者需要好奇心、胆量和信念。

维特士在采写《洛奇的故事》时，便充分发挥了这些特质。

《洛奇的故事》讲述了52个故事，

故事的主人翁模仿电影人物洛奇登上费城艺术馆的72级台阶，

为各种原因而欢呼。进行人物特写时，

维特士秉承一贯的新闻守则，不介入其中。

他尽量用眼睛观察，用耳朵倾听，

然后在最短的时间内进行采访，搜集数据。

我的讲话将关注如何说故事和人物特写，我将引用我的书《洛奇的故事》为例。这是一类较为软性的新闻，但若要做得出色，是需要热诚的。

让我先介绍一下《洛奇》这套电影。1976年，史泰龙编剧并主演了《洛奇》这部低成本电影。当它上映时，没有人对它抱有任何期望，但它最终赢得了艾美奖，以及全国人民的欢心。主角洛奇是个来自费城的拳击手，费城位于华盛顿与纽约之间。洛奇穷困潦倒，生活一塌糊涂，对自己完全没有信心，但他拥有一颗善良的心。偶然一次机会，他被选中与世界重量级拳手对垒，从此洛奇经历了令人难以置信的转变，他重拾自尊，并赢得了爱情、与经理人的友谊和成就。与对手交手过16回后，洛奇意识到比赛的成败其实并不重要，他所经历的自我改进才是无价的。他重获新生，如果没有爱、友情与自信，胜利对他根本毫无意义。

《洛奇的故事》这本书是关于电影和影院的力量的，影片中有一个经典的场景，事隔多年，仍令人记忆犹新。那是在破晓时分，洛奇独自登上费城艺术馆72级台阶，高举双手，欢呼雀跃。他并非为比赛获胜而庆祝，而是庆贺自己的蜕变。时至今日，来自世界各地的人们每天仍不断登上72级台阶的顶端，手舞足蹈。我在费城当记者多年，从事的都是严肃的工作。我每天都看到这样的情景发生，费城人也同样看到这个场景，但他们从不感到好奇。我则觉得很奇怪：这些人是谁？他们为什么这么做？令我疑惑的是，他们在登上台阶时，都会欣喜异常。

《洛奇》成功推出后，史泰龙在1979、1982、1985和1990年分别拍摄了一共五集的《洛奇》系列。我的书刚在几个月前出版，洛奇世界在15年以来都没有新事物，没有新电影，但每天仍然有人在模仿他。我从前想只有美国人会模仿洛奇，但现在每天都有来自世界各地，包括来自中国的人跑上这台阶。我真的很好奇他们为何这样做。

我要在此感谢我在《费城问询报》的同事摄影师Tom Gralish，我们共同报道了这些故事。其实当我决定写这些故事的时候，不知道会获得什么，我

费城艺术馆和洛奇台阶

甚至未找出版商，有的只是好奇、胆量和信念。无论你写的题材是严肃的还是软性的，你必须对自己有信心，因为你在没有尝试之前永远不会知道你会发掘到什么东西。

我们决定花一年时间写这些故事。我的报社离此不远，所以在365天中，我们几乎有220天待在那儿，发掘有意义的故事。

她是好莱坞演员LeShay Tomlinson。她有一个来自费城的男友，当时他们结伴往费城去见男友的家长。他们在清晨一下机，第一件事并非去男友家，而是把行李搁在车上，跑上台阶。这个女孩想在演艺事业上有所突破，于是踏着洛奇的足迹，给自己信心。

好莱坞小演员

无家可归的道友

这是一个染上毒瘾多年、无家可归的人。他以往只懂向人讨钱，后来参加了一个戒毒疗程，疗程的一部分是清扫台阶的积雪和落叶。有一天，我们看见他放下雪铲，跑上台阶，手舞足蹈。这个人对自己的工作非常自豪，他已经清理积雪5个月了。染上毒瘾多年，这5个月的工作令他首次觉得自己洁净无比。此刻，他手握雪铲，见证自己的成就。

每天跑上台阶10次的人

这个人在每天清晨5时30分跑上台阶10次。在他年幼的时候，他的爸爸离开了他，所以他决心成为一个好爸爸。他每天登上台阶，给自己信心和鼓励。我和Tom无论刮风下雨，都会在台阶上等候，去验证我们的假设，那就是总有人来洛奇台阶获取力量。我们从未失望，的确，我们每天最少都会遇到一个洛奇，有时还会遇到许许多多洛奇。

这个青年从法国远道而来就只是为了登上洛奇台阶。他有一个信奉天主教的白人母亲，以及一个深肤色的穆斯林父亲。他住在法国西南部，白人孩子不与他为伍，穆斯林孩子也不愿和他一起。他没有朋友，父母离异，是一个问题青年。有一次，他在电视上偶然看了《洛奇》，自此洛奇成为他的偶像。他念大学时决定到此一游，就像来朝圣一样。

法国青年

这个年轻人来自距费城很远的得克萨斯州。他在空军服役，每周驾驶喷射机来回伊拉克。在一个周末，他在费城遇见了一个女孩，并与她共坠爱河。因为他的工作很危险，可能会随时丧命，所以希望早日和她厮守。但除了洛奇台阶，他对费城一无所知，所以他准备在此求婚。那天是情人节，我和汤姆（Tom）待在那儿，看有谁会在严冬的情人节在洛奇台阶出现。然后，我们就看见了这个年轻人驾着马车而来。

求婚

新心与新生

庆祝攀越高峰

这个人刚刚完成心脏移植手术。他拥有了一颗全新的心，来此庆贺新生。

他在七兄弟姐妹中排行第一，也是家中第一个接受高等教育的人。他获父亲供养他念大学，还加入了学校足球队，一切原是多么美好。不幸地，他父亲在他还未毕业时就去世了，他不得不离开球队，打三份工以支付昂贵的大学费用。后来他终于顺利毕业，觉得自己攀越了人生的一个高峰，因此跑上洛奇台阶来庆祝自己的成就。

我们感到惊奇的是，我们从未想象到一个电影中的真实场景能把人们凝聚到此，庆贺他们的生活，成就自己的梦想。我们领略到，事件背后的故事通常是我们始料未及的，除非通过报道才能知道真相，这也是这本书精彩之处，故事的多元化也令我无法想象。

小狗洛奇

这只小狗也叫“洛奇”。这群人从“动物收容中心”领养了它，因为热爱《洛奇》这部电影的关系，他们给小狗取名“洛奇”。虽然他们住在费城几百里以外的地方，但仍千里迢迢到来，让小狗“洛奇”登上洛奇台阶。有时候，现实比小说情节更疯狂。

结婚的男人

这些穿着礼服的男人来自纽约，自高中开始便是好朋友。他们相约如果其中一人结婚，就一起登上洛奇台阶。后来其中一人娶了费城的女孩为妻，这些男士便兴致勃勃登上台阶。新娘与她的伴娘们在台阶下等候着，心里一定在想：这些男人真傻瓜！

韩国人

又如这个来自韩国的男人，他不会说英语，因此我无从知道他为什么要摆出这奇怪的姿势。

这是一位残疾妇人。她的故事让人啧啧称奇。她不能说话，也无法走动，当然更不能与人交谈。她希望能踏上洛奇台阶，因此她的朋友抬着她上了台阶顶端。

这位男士看了《洛奇系列之四》，在片中洛奇与俄国人决斗。

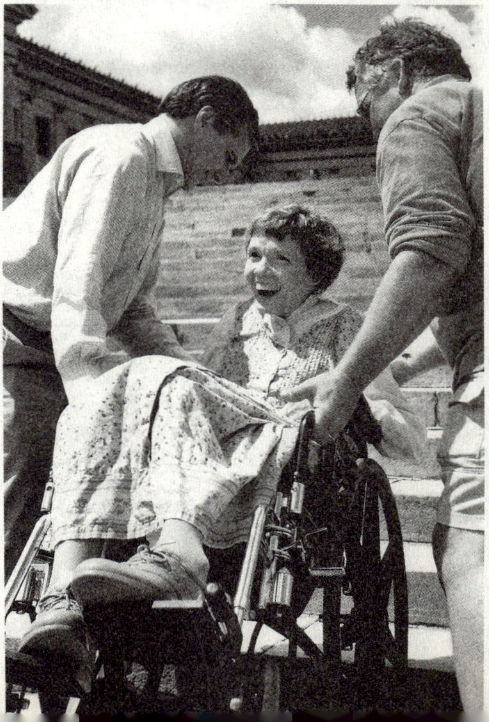
残疾妇人

洛奇与冷战

看棒球赛的澳洲女士

镜头运用

维特士

这位男士深信洛奇真的结束了冷战。他上了洛奇台阶，十分激动，他的女友正在安慰他。这些都是真实的事，是没有可能捏造出来的。

这个男人希望《洛奇》的主题曲可以在他的葬礼上播放。他来过三次，这次带着自己的孩子前来，为他们拍照。我的摄影师Tom在选取镜头角度时，总有无限的创意。要知道，对于一个摄影师来说，在同一地点选取不同的角度，着实是一大挑战！

这位女士来自澳洲。她是一个单身母亲，热衷于棒球，还打算培育儿子对这项运动的兴趣。她在航空公司工作，每十年有三个月的带薪假期。她储起钱来，希望利用这三个月到美国去，观看途经各个城市的棒球比赛。从夏天起，她已到过洛杉矶、旧金山、丹佛、达拉斯、芝加哥……每到一处就去看棒球比赛。她旅途的终点就是费城。她热爱《洛奇》，感到自己终于成就了梦想，所以在观赛前，她登上洛奇台阶，哼着主题曲，手拿着摄像机拍下自己登上台阶的过程。

我也对着镜头摆出洛奇的胜利姿势！

虽然这些是人物特写，但我们还是遵循新闻守则。首先，我们不介入其中，从旁观察他们。我看起来是一个普通游客，Tom则是一个带着相机的游客。我们待在那儿，等人们欢呼雀跃之后，才告诉他们我是谁，我正在写一本有关来跑洛奇台阶的人的书。他们的反应总是：“什么？你在写一本有关什么的书？”感觉我是疯了，但他们都很乐意跟我分享他们的故事。

像其他优秀记者一样，我的困难在于如何在最短的时间内尽量采访这些人，并写出600字的精彩短篇。因为到此一游的游客不是把车非法停在台阶下，就是乘坐出租车或旅游巴士来，他们得尽快离开。所以我得不断地进行访问、收集信息，去芜存菁，将精粹呈现出来。在自我介绍后，我会送上我的名片，并留下他们的电话或电邮地址。在他们回到南非、澳洲或日本后，再与他们联系，进一步了解他们的情况以及他们来洛奇台阶的原因。但最重要的是，我亲自在洛奇台阶，用眼睛观察，用耳朵倾听，要知道最好的写作材料通常都是观察所得。人们往往对自己感情的满溢颇感惊讶，这些游客原来只是随便来体验一下洛奇台阶，但他们往往会激动异常。我会问他们为什么如此激动。他们总是回答：“我也不知道。”但之后他们会思索其中的原因，可能是因为家庭的缘故，或者因为成就了某个理想，他们自己也始料未及。

这本书讲述了我最钟爱的52个故事，我在那儿待了一年，精挑细选了这些故事，我把它们按春、夏、秋、冬四季进行排列。你们可以上网*读到其中一些。

我每天为《费城问询报》工作，利用业余时间写了这些故事。我想说的是，在洛奇的台阶，我也成就了自己的梦想。我希望你们将来无论从事什么类型的新闻工作，都能找到自己的目标，为梦想奋斗，并从中获得乐趣，就像我采写《洛奇的故事》那样。

---

*编者按：该网址为http：//www.michaelvitez.com/.

答问环节

问 你在写《洛奇的故事》前，到过洛奇台阶吗？那时你有什么感觉？

维特士 我从前到过那儿很多次，但并没有像洛奇那样跑上台阶，然后手舞足蹈。当我决定采写这些故事后，我无数次登上台阶，追访我所要采访的对象。在我与出版社签订合同那天，我跑上台阶，像洛奇那样庆祝自己的成功！

问 现在的报社要求记者每天作报道，虽然有些记者也会发现一些有趣的故事，但苦于没有时间，他们在工作后往往筋疲力尽。你是如何能用一年时间写故事的？是因为你很有名气的缘故吗？

维特士 首先，我想强调写这些故事是我自己的兴趣，而非报社的要求。我利用清晨、傍晚、周末，以及其他一切闲暇时间写这些故事。我觉得，如果你真的心怀热忱，你就会不顾一切地完成它。我有个谅解我的家庭，尽管他们也可能认为我很疯狂。每个记者每天都面对巨大的压力，可能有时一天要写两个短篇故事，这的确很辛苦。但如果我们只是作编辑指派的日常报道，可能并不能激动人心。如果你有好奇心，喜欢观察周围的世界，多聆听以及与人交流，你将会发掘到令你感兴趣的故事。可能你只能利用不多的赋闲时间去作你喜欢的报道，但你还是会坚持。我的经验是，当你还是个新手时，你的时间并不全部属于自己，编辑会对你有所要求。但当你逐渐资深以及有所成就的时候，你可以较多地掌握自己的生活。现在我所作的报道大都是我喜欢的。普利策奖带给我的最大益处是：它赋予我更多的自由去报道，而不总是在编辑的要求之下去报道。

问 我想知道，如何能写到引人入胜的特写故事？有哪些关键因素？

维特士 我认为好的写作取决于好的报道。作为特写故事，你必须致力于倾听、着重细节，花费相当长的时间。当你把所有资料搜集好，你才能完成研究。首先你得观察人们的热情与激动的表现，然后对他们进行访问——通过电话或者邮件。只有做完了以上所有的工作，你才会有信心驾驭这些资料，写出精彩的故事，只有不停地练习，你才会真正有所精进。

问 这么多精彩的故事，你是同时编写它们，还是一个一个单独地完成的？在写作之前，你会先把框架建构好吗？

维特士 为了完成这本书，我采访了逾千人，有些在我采访后就决定放弃了，有些在通过电邮交流后发现更值得报道。这本书包含我最喜欢的52个故事。我在写作的时候不断调整，有时会同时写两至三个故事，这虽占去我所有的闲余时间，但我乐在其中。

从网上发掘新闻资料的窍门与秘诀

史蒂夫·史特劳 （Steve Stecklow）

史特劳认为好的报道均属调查性报道。
在寻找合适采访对象时，史特劳许多时候会用上网上资源。
他介绍了谷歌（Google）搜寻器的布尔逻辑（Boolean logic）
搜寻工具和进阶搜寻，以及查找人物的Who is、
储存全球网页的archive.org和交友网站usenet及其群组等网上资源，
并附以实例解释使用方法。

所有好的报道都可以说是调查性报道，网上有甚多资源可以帮助我们搜寻信息，例如谷歌搜寻器等。

用谷歌搜寻器寻找数据的问题是，你会搜查到数以百万计的条目。因此你须要输入适当的指令以缩少搜寻范围，让得出来的结果更精确。

在19世纪，英国有位知名数学家和逻辑学家乔治·布尔（George Boole），他从来没有入读高等学府，但他的研究是计算机和搜索引擎的基础。简单来说，和搜索引擎有关的词语，都以布尔逻辑统称。以下是其中一些谷歌的指令。

（一）“and”：当你搜寻两个字，你可以把and放在这两个字中间。但其实你无须这样做，因为当你输入多于一个字时，谷歌会自动假设你正在使用and的功能。

（二）“or”：假设你正在作一个和猫有关的报告，你输入“猫”or“猫科”，然后按搜寻。网页会出现和“猫”、“猫科”或两者均有的有关链接。

（三）“-”：这个指令对限制数据搜寻非常有帮助。假如你要搜查低音乐器乐手（bass player），但由于“bass”有另一个与“鱼”有关的意思，所以你须要设置一些限制：“Bass -fishing”。这样，一些与“鱼”有关的标题便不会出现了。但Bass也是一个啤酒品牌，若你想删掉它，你可以在“Bass -fishing”后再加上“-beer”，即“Bass -fishing -beer”。在删减符号和要删减的词之间请勿输入空格，否则以上的功能就不能运作了。

（四）“*”：这是一个运算符号，是加减乘除的“乘”。若你输入38*47，便会得出1786。

此外，谷歌还有一个进阶搜寻功能，它提供了自动化的布尔逻辑搜寻接口，例如普通的谷歌搜寻功能每页只会显示十项结果。在进阶搜寻，你可以把搜寻结果设定为50个，甚至100个。这样，你便不必频频翻页了。此外，在查询一栏，你可以设定搜寻范围为“包含全部的字词”、“包含完整的字句”、“包含任何一个字”及“不包括指定字词”。你亦可以设定只显示中文网页、根据日期来搜寻或只搜寻特定的网页。

不少网站都内置本身的网站搜寻功能，但这些搜寻器的质量好坏参半，较差的网站，半点有用的资料也找不着。采用谷歌搜寻器，你可以指定搜寻某个网站的数据。若该网站并没有自己的搜寻器，谷歌搜寻器便显得更为有用。

若你输入的数据是一个词组或一个复合词，紧记把它放在引号内，否则谷歌搜寻器会把它们看作是用加号连起来一样，凡与任何单词有关的网页都会显示在搜寻结果当中。若你想寻找政府档，而这些档案类型通常是pdf类型，你也可以作出有关限制。

谷歌搜寻器还有很多其他功能，你可以在谷歌的首页点击进阶搜寻，之后再点击进阶搜寻说明，便会找到有关如何使用谷歌搜寻器的功能这一页。

在网络世界里要找资料并不难。当你要建立网站时，有两样基本的事情必须处理。第一，你要为网域注册。如果你决定网址为hkbu. edu. hk的话，你必须先注册，缴付一笔为数不多的款项，在互联网里预留一个网址。注册时，你要回答你是谁、你的住址等问题，这有助监管互联网的运作，也有助我们寻找数据。第二，你要将你的网页寄存。

记者的工作不外乎寻人，找寻合适的人作访问。放眼历史，最伟大的寻人工具是互联网。我用一个例子就能说明我们是怎样寻人的。数年前，我在伦敦工作，当时一间名叫美国食品服务（US Food Service）的公司牵涉在丑闻中。这间由美国管理的公司属荷兰一间大型超市Ahold所有。我尝试找寻美国食品服务的前雇员，希望邀请他们接受访问，以了解事情的真相。

我写的大部分故事，最好的资料均来自有关机构的前雇员，原因之一是他们已经离职，比较能够畅所欲言。现任职员则可能会担心言论会否影响他们的饭碗。有些前雇员离开公司多年，对公司的认识可能会停留在以往的阶段。但别忘记，他们还是会有朋友继续留在公司，你永远有法子接触他们。

另外，这些前雇员通常都会保存一些有用的文件。20年前，我在美国调查一家核电厂，该厂的前雇员告诉我所谓CYA（Cover your ass files）档案。他在职期间，把上司写给他的一些便笺和电邮储存起来，以便将来要对付上司时用得着。尽管这有违道德，但他们认为这是必须的，通常在辞职后会把这些档案一并带走。多年来，我联络前雇员均取得成功。我常常会问他们离职时有没有一并把一些文件带走。令人惊异的是通常他们的答案都是肯定的。

再说美国食品服务公司。互联网的奇妙之处，在于网站包罗万象。我抱着尽管一试的心态，在谷歌搜寻“食品服务的传闻”（food service rumours）　。结果，真的被我找到了一个食品服务传闻的网站。人们都担心自己的饭碗，因此唯有靠互联网来吐心声。明显地，美国食品服务公司的员工正利用这个网站来交换消息，因此我希望可以和有关人士对话。我首先到谷歌，输入Who is，这是一个注册网站的数据库。如前所述，当你为一个网站注册时，有些数据你是必须填写的。我搜寻Who is，然后继续追查网站的注册记录，借此得悉foodservicerumours.com是在网络解决方案（Network Solutions）注册的，网主是史提芬·贺士拉（Stephen Hoschler）。三年前当我首次使用这个功能时，网站把贺士拉的家居电话和住址也一概列出来，因此我可以轻易地联络上他。现在，人们对于隐私比较关注，加深了我们寻人的困难度。

那么我们可以怎样找着贺士拉呢？贺士拉既然保留了他的名字，我们可以回到谷歌，输入他的名字。但记着要用引号。从搜寻结果当中，找到一个档案，知道贺士拉和加州校区有联系。我们再看看这个校区的通讯，我们用“control F”来开启寻找该网页的对话框，然后输入贺士拉的名字，发现他与加州一所大学有关。我们可以用infospace.com来搜寻他，从而知道他的电话号码。用谷歌搜寻器查电话号码是很糟糕的，因此我喜欢采用infospace.com。但用infospace.com寻人，你须要知道这人居于哪个州。

网络世界的另一个特点是所有在网上发表过的东西都会被永久保存在网络上。你别以为可以把它清理掉，网站时光倒流机（archive.org）收录以及永久保存了全球网站的信息，从不间断。现在，它的记录已达850亿页。我曾经搜集麦当劳汉堡包每日销售情况的数据，发觉网站时光倒流机把资料完全准确地记录下来。我们在网站时光倒流机输入“食品服务传闻”，结果出现了一些图表，记录了由2000年至2007年食品服务传闻的网页。雅虎搜寻会显示网站的建立日期，在网站时光倒流机，若你看见日期旁边有“*”这个符号，便表示网站曾经更新。在食品服务传闻的网页中，2000年10月11日和8月19日的网站是相同的，所以在日期旁没有“*”号，但在10月19日旁出现了，表示网站曾经更新。

现在美国食品服务公司的网站上显示了贺士拉的名字；三年前，这并不存在。我们可以对比新旧网页找出一些有用的数据。我曾致电贺士拉，表明自己是《华尔街日报》的记者，希望他以电邮的方式，联络到一些在网站上发表传闻的员工进行访问。我告诉他不要在网上发布这个消息，以免张扬此事，一来员工未必希望公司知道他们受访，二来我也不想我的竞争对手知道我在追查什么。结果，事情真如我所预期般发展，这再次证明前雇员是最可靠的帮手。

我们不但可以在时光倒流机寻找美国网站的旧网页，香港的也有，例如我们可以寻找香港浸会大学的旧网页（hkbu.edu.hk），尝试找前雇员的名单。又例如我曾经报道过一个居于巴基斯坦，名叫Dr.Khan的人有组织地贩卖核武器到世界各地。他在杜拜开设了一家公司，事件败露以后，Dr.Khan的名字立刻被从网站内剔除了。但我只须使用网站时光倒流机，追溯两星期前的记录，便成功追寻到他的名字。

“usenet”也是记者的好帮手。在一些交友网站如facebook和myspace等出现之前，usenet已经以文本形式出现。网友可以在网站里设立群组，如披头士同盟等。群组成千上万计，网友们互传短信，互贴信息。这些群组都以

alt起头，例如alt.music。后来，实力雄厚的谷歌收购了usenet的数据库，并改名为谷歌群组。我们现在去谷歌的主页，便可以谷歌群组进行搜寻。

利用群组来进行搜寻非常方便。例如若我们想搜寻一支叫Coldplay的英国乐队。在输入名称后，点击搜寻群组，便出现了一条又一条有关Coldplay的信息。假设Coldplay将会来港演出，你要完成一个和Coldplay有关的特辑，你可以输入“Coldplay乐迷”，然后进行访问。你只须点击其中一个信息，然后再点击“回复”，便可以直接联络他，或找到他的电邮地址。谷歌群组的用户多以个人电邮示人，对我们撰写调查报告的帮助很大。

几年前有一宗案件，一个犯人从网上认识了一个女孩后把她杀掉。后来，犯人现身台湾，承认杀了人。《纽约时报》写了一个相关的专题，报道计算机专家成功判断犯人是否曾在互联网留下信息给小朋友。你不须要成为计算机专家，只要善用谷歌群组及其进阶群组搜寻来搜集资料，定有益处。另外，你可以在谷歌搜寻中输入想寻找的人的名字，在名字后边再加上“电邮”来寻找他的电邮地址。

你也许曾经阅读过一些文章，内容引用了一些互联网网站的数据，证明网站非常有名，像一天之内有5万人次点击该网站等等。事实上，点击次数不代表什么。当你登入一个网站，分别浏览了五个网页，这已经可算为五次点击了。要证明该网站有多受欢迎，应该计算有多少个访客，这些访客中又分为什么类型等。大多数网站都有这些统计。撰写报道的时候，若用得着网站浏览数据的话，我一定会把它列出来，以增加文章的可信性以及加深别人的印象。

答问环节

问 你怎样看Dogpile.com呢?

史特劳 坊间有不少搜寻器，Dogpile.com可谓是一个总搜索引擎。当你进行搜索时，它会将多个搜寻器的结果集合列出来，包括谷歌、雅虎、Windows Live和ask.com等。谷歌或其他搜寻器得出来的结果未必次次如你所愿，因此总搜索引擎有它的独到之处。你应该考虑在适当时候选用这类搜索引擎。

问 你怎样看谷歌desktop?

史特劳 谷歌desktop可以快速搜寻储存在你计算机里的档案，包括文件以及邮件，windows也有类似的搜寻器。但前者的效果相对较好，而且供人免费使用。

四、经验分享

与香港新闻教育基金会与会者对谈

史蒂夫·史特劳（Steve Stecklow）
艾美·高斯坦（Amy Goldstein） 米高·维特士（Michael Vitez）
约翰·卡普兰（John Kaplan） 彼得·阿奈特（Peter Arnett）
主持：邱诚武*

五位普利策奖得主畅谈他们对记者素质、媒体发展方向
及科技对媒体的影响等的看法。他们认为，
记者需要好的意念和良好记录，才容易获编辑的信任，
被给予更多时间去写一些更有深度的报道。
面对资源紧缩，媒体可应不同的议题，组织配搭恰当的报道团队。
好的报道不一定是严肃的大事，
一个本地的、人性化的故事也可以是很好的素材。
此外，科技的发展可以为大众提供更快、更深入的信息，
但同时也带来信息质量低下的担忧。
媒体须确保网站的质量，以保持可信度。

讲座发言

史特劳 我在大学时开始写作。我经常作调查性报道，到现时为止已超过30年。我曾于《费城问询报》工作，时任编辑詹·罗伯特（Gene Roberts）曾经说，虽然我们作的是调查性报道，但我们不应自称为调查记者，跟别人说我们在做特别项目好了，原因是所有记者都应该是调查记者。其实无论你报道什么故事，都可以利用调查记者所用的工具。即是说，你要经常多打电话，多找出人们的逸事，多访问一些人去丰富你的故事，以及多发掘一些消息源头等等。无论你报道的是什么故事，搜寻数据的时间或长或短，以上的方法都适用。我曾经在不同的报馆工作，有的会组成

*邱诚武，前为《香港经济日报》执行总编辑，现任香港特区运输以及房屋局副局长。

调查记者的特别小组，但其中5间报馆是完全没有任何小组的。据我的经验，我认为好的故事是最完全、最深入的。调查记者的特点是有所坚持，永不言弃。如果你致电给别人而得不到回复，你应再次致电；若有需要，要不断地致电给他。当我预先知道我须要作一则很长的报道时，通常我会跟受访者说，在这个故事完成时，你会觉得我很厌烦。这是经常会发生的事，但最后当然希望人们会满意我的报道。

高斯坦　我30岁时开始在《华盛顿邮报》工作，至今已工作了20年。在这之前，我曾经任职于两间报馆。在这20年里，我作过本地新闻报道，亦作过国内新闻报道。与史蒂夫不同的是，我从未被分配到调查性报道小组。但我非常幸运，因为自从我在这间报馆工作开始，在我仍然负责本地新闻报道的时候，我的编辑愿意让我花长时间去报道我在日常新闻中发掘出来的故事。举例说，我第一份报道是有关华盛顿郊区马利兰州的教育事宜。我花了数个月的时间去调查州内大学奖学金计划的贪污问题。透过数据分析，我得出的结论是有些学生并非因为骄人成绩或经济需要而获得奖学金，而是由于他们与国会议员有特殊关系的缘故。后来，我至少两次休假，以采访华盛顿的医疗制度。我大概花了6至8个月的时间完成了一群患有乳癌的女士的系列报道。另外，我又花了13个月时间完成另一个项目。透过计算机分析，我探讨了在华盛顿不同地区医生短缺的问题。这实在需要编辑极大的信任和耐性，因为当时是20世纪90年代初，时任总统克林顿正努力推动美国医疗制度的重大改革。我相信编辑希望我多写有关议会的辩论对民生的影响，而非报道医疗制度的改革。但我不停游说他说这会是个非常有新闻价值的报道。最后我终于完成了一个系列报道。我再次重申，这是因为编辑对我有极大的信任，给予我很多自由。我之后继续做相关的工作，在过去十年我一直采访国内新闻。我明白对于编辑来说，给记者这么多时间写报道是个非常困难的决定。

维特士 无论是什么题目的故事，好的报道就是好的报道，不论那是商业报道、专题报道或调查报道。我们的作品内容虽大相径庭，但有着一些共同的元素。我认为解释性新闻是阐明社会的改变和趋势的故事。我的报道主要探讨美国人民生活的重要改变，了解他们的生活模式以及他们如何作出抉择。我尝试用故事形式，探讨一个具代表性的人物的生活，以一个小故事阐明一个大故事。我会采用不同形式去报道、报道、再报道，直到我觉得我的灵感如泉涌。如果我对一些事感到很好奇，那写作是一件很开心的事，这样把东西写出来是一件容易的事。我的故事表达了人民的意见，是一些震撼人心的故事。人们总是说我是一个好作家，但其实好的写作差不多完全取决于好的报道，而好的报道是需要时间的。我写的故事类别或许与史蒂夫他们不同，但很多写作技巧是相同的。

卡普兰 我曾当过记者，也当过摄影师，因此非常赞同记者和摄影师在一起工作。我现在佛罗里达大学教书，非常热衷于促进记者和摄影师之间的良好关系。我发起了一项名为“佛罗里达飞人计划”的国际新闻课程，参与者包括学生记者和摄影师，比例各占一半。众所周知，美国的摄影记者和其他视像记者经过几十年的努力，已在新闻界取得了跟文字记者相同的地位。其实，要取得成功，光靠一张纸和只有思想是不够的，我们还需要好的主意。我要求学生在第一个学期初做好资料搜集工夫，以便当我们到美国中部或南部进行实地采访的时候，他们已有具体的想法、清晰的角度。我又要求学生了解报道背后的故事，例如社会问题的根源，为什么这些事会成为新闻焦点等等。

过往一次经历让我对写作和摄影产生浓厚的兴趣。我曾在匹兹堡报社工作，该报的素质非常高。有一次报社要从司法制度的角度报道一个年轻人如何变成一个传奇的杀人犯的故事，我被派往拍照。那个黑人杀人犯来自城里贫民区，他同意与警方合作，告诉他们藏枪地点。当警察挖掘手枪的时候，他戴着手铐站在旁边，我当时也在场。但是负责采访的记者对这些事并不感兴趣，他认为这只是众多谋杀案之一而已。这让我非常苦恼，我不明白为何一个富裕的白人少年成为计算机黑客，比一个黑人谋杀犯更有报道价值。这对我有很大的冲击，因为我认为不管什么肤色和什么背景的人，我们的生命都有相同的价值。由于那个负责的记者对这个题目不感兴趣，所以编辑叫我尝试。从大学开始我就对专题报道很感兴趣，因此我乐于接受这项挑战。当我写这篇报道时，我已经收集了大量图片，便着手写了70至80个故事。我对我的报道非常着迷，当我完成写作时，我对编辑说，你可以把这些图片裁剪一下，但是你不能删减我的报道。从此以后，我就一直是新闻业（包括摄影和写作）的支持者。

阿奈特　很多人问我为什么会去战场，而且还逗留了这么久。我想指出一点，人类的历史很大程度上是与战争有关的。例如中国3000年关于斗争、侵占的故事。当你想起这些故事的时候，你会想到不同的朝代、政权，以至防御外敌入侵国家的长城。战地记者是撰写人类历史草稿的人。亲历战争的人，以及有关录像和相片，都是历史的原始资料的一部分。40年前在越南，我遇到了一队年轻的记者，他们大部分是美国人，甘愿冒着生命危险见证战场上发生的事情。这让我认识到政府决定参与战争这个极端的决策必须接受公众的审查，因为公众不断地为战争付出，他们的儿女要冒生命危险，他们要交税支付战争的费用。美国在过去50年的战争都存在争议，他们须要接受公众的质询。我认为审查和质询政府的战争决策，以及发掘真相是记者的责任，甚至牺牲生命也在所不惜。

答问环节

邱诚武 在这个急速变化的世界，时间是珍贵的资源，特别对于每天不间断的新闻报道来说，有13个月的时间来作一个报道是非常奢侈的。你是怎么说服你的编辑给予你如此大的自由度，让你花那么多时间去写一个报道？你又如何取得编辑的信任呢？此外，能有机会写系列报道也是非常奢侈的。香港的新闻业规模很小，也没有资金。你们的来头大，在大规模的报社工作，有充足的经济资源和时间去做这些事情。情况是不是这样呢？

高斯坦 关于如何说服编辑分配资源给你。第一，我不会常常要求编辑给我时间。我的工作节奏很紧密，例如有三年半的时间，我每天都要写很多关于白宫的报道，我也曾试过每天为一个网页和报章写两篇报道。所以我会策略性以及选择性地提出有关要求。第二，你必须选择那些让你的编辑相信是很有价值的题目，比如它能揭示趋势，提供新的观点，或能引发人们对事情有更深刻的理解等等。所以我认为一个题材的质量起着很大的作用。第三，你不可能一下子就取得编辑的信任。如果编辑不接受你的某个提议，那你必须有胆量继续提出新的建议。以我为例，我做了十年本地新闻后，才被调到国内新闻部，这须要通过多年的经验积累才能建立起信任。

史特劳 我非常同意高斯坦的观点。在新闻界丢掉工作最快的方法就是和你的编辑说你需要三个月时间作一篇报道。所以我从来不告诉我的编辑我的报道将要花多少时间，但是我会非常谨慎地向他报告我的进展。虽然好的题材可能会花费比较长的时间，但我从来没有遇过不喜欢好题材的编辑。

很奇怪，《华尔街日报》刚开始雇用我的时候，是因为他们认为我能在头版写一些有趣的故事。我之前曾任职于《费城问询报》，被派驻波士顿报道新英格兰的事情，写一些比较软性的专题报道。我曾经作过一个大型的报道，介绍麦当劳当时的汉堡包秘方。《华尔街日报》喜欢这些故事，因此我做了一年左右。然后，报社任命史蒂夫•艾格勒（Steve Adler，现为《商业周刊》的编辑）为调查部编辑，我写了一封信给他，说我有能力，也希望可以作调查性报道。令我难忘的是，他只简单地说："那证明给我们看。"于是我就证明给他们看。事实上你只要做过一次，并努力不懈地坚持下去，你的编辑便有可能给你更多时间。我也是编辑，如果你花了好几个月却毫无贡献的话，我会重新考虑你的要求。你需要一个良好记录。另外，如果你想要报道一件事，不要走进死胡同，花了几个月最后一无所获。通常若我花了两三个星期，大概知道不能继续做下去的话，我会马上转作其他报道。

维特士　我很年轻时已受聘于《费城问询报》，我被指派去报道一个郊区的事情，这个角色就像是被埋在食物链的底端。那时我去拜会一位名叫约翰尼夫•纽曼（Jonathan Newman）的项目编辑，他也是普利策奖得主，专门作调查报道。他说，如果他们派你去报道这个小区，那么他们实际上是希望你作一些你希望作的报道，希望你能发掘一些大事，但他们不会直接跟你这样说。做第一份报社工作的时候，我每天都在写故事。如果你对这个世界好奇的话，你总会发现新鲜事物，你会感觉良好。若你没有发现任何大事，那你可能选错职业了。我的意思是你应该能够发现重大的新闻事件，并且应该有能力做这些事情。你需要足够的论点，告诉你的编辑"这件新闻值得花更多时间"。

另外，当我在做普利策系列的时候，我每天都在写一些关于生命护理的短篇报道。我的编辑有一次参加他阿姨的葬礼，他对葬礼上所看到的事情感到很震惊，然后他想起我曾经写过的故事，于是跟我说"是我们做大事的时候了"。我不是一个超级巨星，只是一个优秀记者，具有很多一个好记者具备的优点。他把这个挑战交给了我，给我时间和空间，我不能马虎了事。但我觉得这是双向的，编辑们也需要胆量接受挑战，承担风险。

卡普兰 我做过一些报社的咨询工作，在20世纪90年代并且曾经营一家小规模的咨询公司。我的专长是专题项目，但我们也有不同类型的记者。我们都知道一个好的报道要花很多时间以及金钱，所以我常问报社的记者或摄影师说："你知道在刊物里卖一整页的广告需要多少钱吗？"他们一般都不清楚。但我们通常不仅仅要求两页，有时候一个特别专题需要16页或更多。所以我们要让编辑知道这个报道将会对读者有多大的影响。时间和金钱通常密不可分，如果你为你的项目要求更多时间，你必须参加预算会议，确定能够有足够的预算，要阐明你的项目是如何出色和重要。特别在美国，你必须说明你的报道对于你的小区和读者有何重要，与他们有什么关系。因为有些故事可能在国际层面上很重要，但不一定与自己的小区有关。

阿奈特 做电视新闻其实在与你的同事竞争。我在美国有线新闻网络（CNN）工作了20年，这个网络24小时运作，但基本上只是将一小时的新闻每天重复播放24次。所以问题是如何能在节目表上取得一席之地。我认识一位有名的哥伦比亚广播公司（CBS）记者，他1971年到1973年在莫斯科生活，他作过很多报道，但没有任何一个能获播送，原因是广播空间很紧张。但如果你在巴格达或者莫斯科，你先要提出一个有人情趣味的故事，如果你做得好，就可以获得广播时段。有些记者很有才华，他们经常可以作一些好报道。要成为这样的记者需要努力和技巧。

现今美国的电视越来越国际化，很多报章记者要在电视上评论新闻。多年来，《纽约时报》不允许自己的记者上公共电视或网上评论新闻，但现在这是他们的日常工作。我在CNN的时候，曾经有一次遇到重大事件，我用了2/3时间来评论我花了1/3时间报道的消息。这是新闻业的变化。现代的媒体可以在很多地方发表你的报道和观点。

邱诚武 你是《南华早报》的编辑。你是不是常常压榨记者?

香港媒体 没有报社是有无限经费的。你们都在美国的大报社工作，与香港的情况有所不同。我们是一个城市，我们的报道大多是有关本地的。我们当然也有国际新闻和中国大陆新闻，但由于资源有限，我们必须依赖其他新闻网络。大多数本港的报社并没有赚到很高的利润，所以他们花在每个报道的资源是有限的。无疑香港也有十分出色的记者。回顾过去十多年，有些高级政府官员也由于调查报道而辞职。几年前，一位立法会议员将透过公职获得的机密资料传给他的客户。这是严重的利益冲突个案。他既是立法者，也是公共关系顾问。事情被报章揭发出来后，他被起诉并被判入狱。就我个人而言，我很希望记者跟我说需要时间报道一些事件。当然我们会有一定的限制，但我会尽力作出最好的安排。

史特劳 我不能理解为何香港的报纸不能像《纽约时报》一样，以8到10个全职调查记者为一组，每组有自己的范围。但这不是唯一的方式。我工作过的地方，包括《华尔街日报》，大多没有这样的团队。我认为一份有素质的报纸，就像一个大帐篷，里面有各种各样的人才，就像一个马戏团一样。以我今年获得的普利策公众服务奖为例，我们4个人一同作这个报道，但我们并不是同一时间开始的。其中一人先有这个主意，但他自己没有作该报道需要的数学和统计研究的底子。刚巧我们办公室里有一个26岁的年轻小伙子，他在耶鲁大学的专业是数学，并精于统计。所以他加入了报道团队。然后，报道开始扩大，他们又引入了第三个人，他是一个很好的协调者，善于让人向他透露事情。大概在项目开始三个月后，他们报道了两三个故事，我最后亦加入了。他们的报道开始取得成果，但这些报道的统计成分非常强，缺少了人的元素。我的加入是让报道注入更多人的元素。我先作了一些人物素描的报道。后来，一家公司的行政总裁在我们撰写了关于他的报道后，恐怕事情泄露而逃到了非洲纳米比亚。我花了两个月才能说服编辑让我到纳米比亚跟进这件事。最初几次被拒绝了，但我一直坚持。最后我在一个星期二晚上抵达非洲，准备了65英寸的故事资料，报道在星期五早上刊登。报道重大的事不一定须要耗时三个月，从抵达那个我从未到过的地点的那一刻，直至我发布整个报道，只花了37个小时。你们已经有很多具天赋的人才作调查，关键是必须让人们互相配合起来。

香港媒体 除了资源和时间的限制外，还有一点是香港不同于美国的。近年来，人们不太关注严肃的题材，只喜欢听政治闲谈。我们是否能承受给记者几个月，甚至只是几天或几个星期的时间来报道某件事，到时人们可能已经忘记发生了什么事了？最近，有几个政治人物说了一些错误的评论或做了一些不适当的行为，例如政务司前司长陈方安生，她正参加香港区的补选，但因她在一次游行中没有完成整个行程，而去了理发，结果受到公众严厉的批评。到了第二天，另一位立法会议员田北俊批评一些事，人们转而专注此事；不旋踵我们的行政长官将民主比作“文化大革命”，人们又忘记了他施政报告的实际内容。大众好像对确实影响我们的事情关注得越来越少。从前在政权交接的时候，我们撰写了许多关于基本法起草的报道。虽然这的确是很枯燥，但是我们仍然有机会去报道，但已今非昔比了。

维特士 这个现象实际上是全球性的，现今人们获得的信息太多，难以腾出时间来消化一些严肃的议题。但只要是精彩的故事，并透过合适的方法讲述出来，还是能够吸引读者的。读者人数无疑是在下降，关注度在下降，优秀的报道不太好找，但真正优秀的报道仍然会触动读者的神经，对他们产生影响。世界上绝大多数优秀的报道都是本地报道；国际以及国内新闻的确很精彩，但大多数报章杂志都是本地运作的，你可以在所属城市里好好地开展调查工作。我也作过大城市的报道，报道关于郊区的事。所以尽管报社规模小，覆盖范围小，但仍然有很多事情是值得作调查性报道的，你仍然可以写出很好的报道。

高斯坦 虽然我花了几个月的时间去报道莫妮卡•莱温斯基（Monica Lewinsky）事件，三年半报道白宫新闻，其实我打从心底认为自己是新闻业的政策呆子。我可能是《华尔街日报》历史上唯一不喜欢政治却报道白宫新闻的人。我认为政治是有趣的，但是我并不特别对政治活动着迷，我真正感兴趣的是政治和政策之间的关系，以及它们相互之间反映出来的事实真相。我认为将复杂、枯燥的话题与生活串联起来是重要的，这关系到你提出什么问题。我倾向于研究政策对市民的现实生活的影响，谁会得到利益，谁会有所损失。这完全是一个怎么去诠释的问题。举例说，我花了几个月报道几年前医疗保险计划的变化以及处方药等事宜。这些内容都是很枯燥的，但我写了一个相关的报道刊登在《华尔街日报》的头版。我的着眼点是有关法例鲜为人知的、巨大利益输送的故事。法案建议拨给皇家医院大量资金，我花了一点时间证明皇家医院绝对没有必要得到更多资金，因为它们已较其他医院多获经费。这纯粹是一份政治礼物，因为上议院的人希望赢得来自各州参议员的选票。另外，在“9·11”事件之后，我们对美国政府拘留涉嫌参与恐怖活动的疑犯非常有兴趣。我阅读了大量报道，其后花了一年时间跟踪报道一个被拘留者，他曾先后被辗转送到多个不同的美国监狱。这是一个很人性化的报道，我借此诠释政府政策对个人的影响。

阿奈特　小机构遇到的挫折，其实往往也在主流新闻机构发生。许多时候，他们作了一些调查性报道，但没有产生任何效应。有多少《纽约时报》的调查报告是关于全球变暖以及伊拉克的？你没有长期跟踪这类信息的基础。史特劳的个案涉以及司法程序，有关社会的犯罪元素能让人因而坐牢。但如果他是研究国际冲突和社会事务，或全球变暖等问题，他将搜集所得的资料带回美国，国会议员或政治组织会并不一定关注你的项目，那就彻底失败了，你当然就没法获得普利策奖。我们正在经历低水平的媒体报道工作。

对于小规模新闻刊物，如果你能够提供优秀的新闻报道吸引读者注意的话，可以让你声名远播。美国许多网站非常有名，是因主流媒体对它们的报道非常感兴趣。其实有很多方式可以打响你们的报刊的名声。

史特劳 我说过所有的报道都是调查性报道，其实并非政府部门的重大腐败事件才有调查价值。不少人都喜欢从报章或电台的故事中了解其他人。很多优秀的报道都与人有关。这星期我刚读过香港的报纸，知道目前香港有87000名美籍百万富翁。究竟香港有什么人？这些百万富翁是谁？最顶层1%的人和底层98%的人有什么分别？只是这些报道就得花三个月时间。香港虽然只是一个小小的城市，却是世界领先的金融之都，发展快速。我有三年没有来过这里了，这次回来，发觉香港的建筑物数量是我上次来这里的两倍。这些都可以成为新闻报道的素材，比如谁是这些建筑物的建造者。方凤美的普利策得奖系列关注的就是建筑工人和他们的生活，他们正在为2008年北京奥运会而辛勤工作。她谈到了这些工人艰苦的生活。我相信，你也可以每星期作类似的报道。我想强调的是，有很多有趣的、与你的听众和读者有关的报道并不须要花很多时间。

邱诚武 我知道很多报社都在亏钱，或不能赚到足够的盈利，我知道这个现象也发生在美国。每一间报馆都面对预算不足的问题，你们怎样处理资源紧绌的情况？

卡普兰 我之前提及关于特别项目的经费问题，这的确须要花一点钱，但我相信，无论你是否有充足的经费，都能做出好新闻。事实证明，很多好的报道都是出自一些小报社，他们也可以夺得普利策新闻奖。我不认为每条新闻都必须是严肃的，有时候我们须要向读者提供一些轻松的、有趣的题材。我们的报道需要一个好的平衡，有轻松有趣的报道，也有严肃的好题材。我们要报道大众想知道的、感兴趣的新闻，也要报道他们须要知道的事。我们要选择一些题材，想想如何将之人性化，让读者能够进入其中。例如，若我要做父亲节这个题材，我会介绍一个特别的父亲，而不只是报道五个有趣的爸爸和他们的儿子，这样我们便可以多了解那位特别的父亲，让读者进入他的生活。又例如，香港每年都举办教师节，很多报章都会刊登获奖教师与人握手的照片。但为什么我们要刊登这些照片，而不是让记者、摄影师花时间与这位特别的教师相处，从而发掘他杰出、独特、伟大的一面呢？

史特劳 由于互联网和科技的发展，现今作较深入的报道的成本已经降低。从香港打长途电话到世界各地并不便宜，但你只须要花费很少或完全不用花钱就可以使用网络电话（Skype）。如果记者在这方面接受过训练，那么做新闻甚至不需成本。可以作面对面的采访固然好，但事实上我多数花时间作电话访问。现在其实有更多机会，可以不用花钱来追踪受访对象，把报道做得更好。

高斯坦 让我提出一些在报社看到的现象。首先，我的编辑们对于选题更有选择性。我们在政治性报道、国家安全报道，以及各种深度报道上投放了大量资源，对于另一些报道，例如美国国内事务，则少了关注。其次，我们工作的平台已不只是报章，而是一个多元的平台。我们为报社的网站washingtonpost.com做了很多工作；我们越来越频繁地出现在电视上；去年我们与一个电台合作，但今年终止了合约，因为我们未能从中赚取足够的金钱。《华盛顿邮报》正在努力扩展它的业务。由于要为网站提供内容，现在我们每个部门的办公室都有一个编辑，他的工作是鼓励记者尽快把他们的报道归档，然后发布到网站。我们试图增加发布平台以扩张我们的业务，超越地域限制，吸引更多读者。

阿奈特 我注意到电视媒体的新闻采集文化已经改变了，只往利益方面看。在20世纪70年代，当我刚开始对美国新闻业有所了解的时候，CBS、NBC、ABC这三大网络的晚间新闻报道中，有一半内容都是有关国外新闻的。这些媒体会简单地报道国际事件，提及一些外国的知名政治家的名字，不管美国的观众是否喜欢，他们都会接收国外的新闻。电视新闻网络被视为输家，这三大电视媒体每年都要亏损好几亿美元。但CBS的创办人威廉士·比利（William Paley）认为新闻节目的经费可以由娱乐节目补给，他很乐意花钱投资在新闻上，因为他们有责任为公众服务。其后CNN加入这个行业，并花大量金钱提供24小时新闻节目。但他们认为没有必要报道这些额外的国际新闻，他们应该做更多国内新闻，以及软性及有趣的新闻，于是国际新闻的播放时间缩短了，除了伊拉克以及阿富汗的消息外，每天只有两分钟不到的新闻是有关世界上其他地方的。CNN为创办人德·屯纳（Ted Turner）赚取了巨额利润。互联网在20世纪90年代开始迅速发展，CNN认为从此不须要制作那么多新闻节目，改为大量报道软性新闻和娱乐新闻，鲜有重要的新闻。希望互联网不会开始只提供娱乐新闻以及哗众取宠的报道，否则我们难以看到重要的新闻了。

香港媒体 我认为一个好的调查记者能在一家资源丰富的新闻机构工作当然非常好，但一个好的调查记者必须具备好的素质，例如他必须是一个好的研究员，坚韧不拔、有进取心、乐于奉献、有好奇心、勤力和具敏感度等。但最重要的是，他渴望了解真相，愿意服务公众和社会。所以，一个记者是否有心做好工作较一家机构有没有经费更为重要。

维特士 我无法控制，甚至无法解释或理解刚才阿奈特提到的媒介的一些全球性转变。但人可以改变现实，例如史特劳，他有好奇心，在一份本地报纸看到一小段有关百万富翁的故事，便有了报道这些百万富翁的念头。我同意好的报道全取决于个人。我的报社由于缩减了人手，因此工作程序也改变了，记者们再没有特定的范畴。但一个好的记者无论你要求他报道什么故事，他都可以做得很好。虽资源很有限，但我们仍然可以把故事做得更好。

史特劳 我同意。这个星期我了解到香港记者的薪水有多么低。对我来说，这表示从事这一行的人，比如在香港浸会大学修读这科的学生，已经意识到这是公众服务，他们不是要成为百万富翁。所以我认为你们已经是具备优秀素质、充满进取心的人了。

香港媒体 当我收看CBS和ABC电视新闻时，我觉得最有趣的部分是最后关于软性新闻的那个部分。请你谈谈对有关这些信息的看法。

阿奈特 ABC会作一些有趣人物的专访，例如一个严重受伤后、正在康复中的社工。这些软性新闻渗透整个新闻广播，重要的硬性新闻却往往只有十多分钟。我明白维特士所说的那些关于人的报道十分重要，但是我们仍旧须要看硬性新闻，例如政府的决策。CNN在20世纪80年代初曾报道美国中部和苏联犹太人的小区问题的新闻，美洲观众和美国的犹太人对此甚为喜爱。《华尔街日报》的情况也类似，大部分美国人不会看这份报纸，真正的读者却是那些作决策的人和舆论制造者。这只是新闻的一个方面，事实上我们可以从多方面接触社会上不同类型的人。

香港媒体 阿奈特刚才提到有一些记者在新闻节目里作评论。但从前我们的老师告诫我们，做记者必须客观，你们不是评论家。为什么现在有这样的趋势？这是一个好的趋势吗？

阿奈特 我认为这是一种不正确的变化。在新闻里作现场评论就好比说话不经大脑思考。2002年视像电话开始出现，在阿富汗战争的报道中，世界各地的电视媒体都设有像公文箱大小的摄录机。你可以把它带到任何地方，只消打开箱子，对着天空，拨个电话，便可以在任何地方作现场直播，提供无数的垃圾信息，以及愚蠢的评论。主流的新闻网络也不断地做这样的事。但作为电视媒体，你似乎不得不这样做，你没有任何选择。作为记者，你总是被要求这样做。当我在CNN的时候，他们要求我们每小时甚至每半小时作现场直播。那些有线新闻的管理层喜欢看到记者的面孔出现在镜头上，甚于新闻故事本身。许多还相当年轻的记者，经验欠丰，却在谈论几百公里以外的空袭在战争策略上有什么重要性。这实在是不好的事。

高斯坦 很不幸，现今的新闻采集跟专家评论的界线似乎模糊了。记者出现在电视或其他媒体中似乎是一种潮流，但他们通常评论过于分析。我认为这是很不好的趋势。有一些非常好的电视节目，例如《华盛顿一周》邀请优秀的记者参加，他们都很小心地谈论他们所知道的事情，而不是他们的意见。我很少参加电视节目，因为我对于有人不断要我谈论我报道的故事感到很不自在。但是当我非要参加电视节目不可时，我会要求节目制作人事先告诉我他们会问什么问题。如果他们需要我给予意见或作预测，我会告诉他们我不回答这样的问题。如果在录像时我被问到这些问题，我会回避他们。

史特劳 《华尔街日报》和商业频道CNBC有合作项目。有一段日子，记者没有受到任何训练便在频道上做节目。后来他们聘请了一个顾问，教我们怎样做电视节目。她说，你要知道你最主要的目标，是让那些在厨房里冲咖啡或是熨衣服的人会停下手中工作，抬头看电视。这真让人愤怒。

维特士 无论在香港或在世界各地，记者最神圣的使命是作为“看门狗”的角色，为那些没有机会表达意见的人发言。这样做越来越不容易，但因此也越来越重要。虽然我们是以专家的身份来这里与大家见面，但能够与香港浸会大学的年轻中国学生交流，感受到他们当中不少人渴望将来回到中国各省市从事新闻工作的热诚，让我感到鼓舞。他们将来须面对新闻审查等各种问题，但当他们成长后，在我这个年纪，应该有着比现在更自由的新闻环境，他们定能做出更好的新闻来。这是我的感觉。

邱诚武 不知你们是否同意，你们是属于传统的新闻人，与新一代的观众和记者有所不同？你们觉得是否应该为评论以及报道提供一个清晰的界线，而不是做一个节目去娱乐观众？

阿奈特 不幸地，就某种意义来说，新闻可能是一种娱乐，因为当中混合很多元素。举例说，战争的相片最具戏剧性，亦最富娱乐性。我还在美联社工作的时候，他们每天发送10至12张照片给16000份美国日报用户。第二天早上，人们便会讨论那些相片。一幅相片能捕捉好的镜头、有好的素质、具戏剧性，都是娱乐大众的东西。普利策奖得主爱迪·阿当斯（Eddie Adams）有关一个西贡警长在街道旁处决一个被怀疑是越共首领的照片非常震撼以及具戏剧性，我认为这也是一种娱乐。事实上，我一些关于越南的好故事就像话剧一样，你可以将它诠释成电影。有些记者以及作家真的把这些故事写成电影，所以很难有一条清晰的界线。

邱诚武 我希望你们能谈一谈你们是怎样看网络新闻的。很多编辑会告诉记者整合从博客上获得的信息，组织成故事。你们怎么看这种新一代的信息处理技术?

史特劳 虽然某种程度上科技的发展扼杀了平面媒体，但它让新闻报道变得更好更容易，能让你找到从前接触不到的人。有时候我只需要20秒就可以找到一个我要找的人，以前根本做不到。在网上有很多你从未听说过的事，有些博客是某门子的专家，他们作出很好的分析评论。这些内容比公关人员介绍客户给我们采访的信息要有用得多。我认为这是一种很伟大的新兴资源，当然它也有危险的一面，因为有时候它的内容并不是真实的。与在我的课堂上，我告诉学生们不可以引用维基百科（Wikipedia）作为脚注一样，你也不能用Google去查核某人姓名的拼法。但总体上，我还是认为这是一个好东西，就像世界上任何东西一样，总是有好的一面又有不好的一面。在让人们接触到更多信息这一点来说，我认为它是好的。

高斯坦 我认为这东西好坏参半。一方面从我们悠久的民主历史观点看来，社会上有各种各样的声音是一个好现象，博客提供了一个好的平台。另一方面，我们要紧记，那些表达自己观点和意识形态的人，与那些技巧高超、能平衡各方意见，保持中立的记者是有分别的。但博客很容易将这个界线变得模糊。从实际的角度看，我发现博客对于主流媒体总是严厉批评的，但他们经常把我们的故事链接到他们的博客上，为我们衍生第二手读者，这是好的。我的报社也采用了一些政策，选择性地使用博客。我们有非常优秀的年轻记者专门写关于政治的报道。网站和博客是报章发布信息的另一种形式。

维特士 你想撰写一个好故事，但同时须要尽快为网站提供信息，这实在有点冲突。网站需要故事、图片以及视像，因此记者许多时候要三者兼顾。虽然这对我来说是件有趣的事情，但除了写作，我在其他方面没有受过训练，素质没有保障。让我担心的是，现今的信息源头众多，人们难以知道这些信息是否可靠，是否有质量。

福民 互联网可以拓宽我们的接触点，没有时间和空间的限制，可以提供实时的报道。但令人忧虑的是，人们将网上新闻看作是次等的。报章的报道通常经多重编审，但网上新闻则欠缺编辑去审核报道是否准确、公平、不偏不倚。我们的网站须要保持高水平，以维护我们的可信度，以及与一般博客及其他不可靠的网站分别开来。

阿奈特 公众给了我们话语权，但现在我们也面对和经历许多挑战。这不单是说报社，还有记者。大约18个月前，一位女记者宣布放弃新闻工作，因为她无法忍受网上读者对她的评论的严厉批评。自从新闻网站邀请读者写他们的评论以来，你们可以看到很多评论都是不文明以及粗暴的。我的朋友最近出版了一本书，谈到网上言论的质量。现在更多社会大众开始介入网络，他们有自己的议程，并试图主导网络的方向，这种变化令人很震惊。

缅怀殉职记者

丹尼·珀尔（Danny Pearl）

米高·维特士（Michael Vitez）

丹尼·珀尔是新闻界的传奇人物。
他生前任职于《华尔街日报》，2002年被盖达恐怖组织绑架并杀害。
史特劳分享了丹尼的一些轶事，以及他们曾经共事7个月的故事，
包括合作调查和报道印度药房售卖处方药，
以及塔利班政府操控走私活动的事件。
这些故事展示了丹尼作为一个新闻记者的道德操守、坚持执著和专业精神。

丹尼是《华尔街日报》的记者，在2002年初遭盖达组织绑架并残杀。在他被绑架前，我有幸跟他共事七个月，几乎每天都在一起。他出生于1963年10月10日。近年，世界各地都有他的追悼会。他不仅是一个好记者，还会拉奏小提琴，并曾于美国、英国等地举办音乐会。他的家人成立了一个特别的基金，希望这些演奏会得以延续。他太太（Mariane Pearl）的一本有关丹尼的著作《坚强的心》（*A Mighty Heart*）最近被搬上大银幕。Mariane的角色由安祖莲娜·祖莉（Angelina Jolie）主演。现在推出了DVD，是一部很有力量的电影。另一套纪录片由CNN出版，名为《记者与圣战：丹尼·珀尔谋杀案纪实》（*The Journalist and the Jihadi*: *The Murder of Danny Pearl*: *Documentary*），由Christiane Amanpour作旁述。

很奇怪的是，丹尼去世后成了新闻界的偶像。他是一个幽默的人，但他不是神一般伟大，他就像其他记者一样。我在这儿想强调的是，他也是个平凡的人。听他的朋友谈论这位传奇人物，才知道他是那种去听音乐会，到了

会场才发现自己忘记带票的人。我还记得有一件很特别的事，他有一个大得像砖头一样的手机，而且是黑白屏幕的。当时《华尔街日报》记者的手机厚度只有他的一半，我问他："你的手机这么旧，怎么不买一部新的呢？"他笑着说："我的手机掉进马桶里了。"他又是我所知唯一在学校学习过速记的记者。他采访的时候也会用速记，这技能对新闻工作者十分有用，对此我经常赞叹不已。

我认识丹尼的时候是1998年，那时我刚调任到《华尔街日报》伦敦分局，而他已经在那里工作了好几年。我并不是一开始就认识他，我最先看到的是他的工作间。我总是抱怨在《费城问询报》时的工作环境像杂技团和动物园，而《华尔街日报》就像保险公司和银行，因为大大的办公室被分隔成很多小格间。丹尼的工作间有各种装饰，有些是从中东带回来、色彩斑斓的小摆设，还有各种各样的纪念品，给我留下了非常深刻的印象。我和他接触不多，只跟他合作过一次。和Mariane结婚后，他搬到了巴黎，在那里居住了几年。

我当时的工作是作全球的调查报告，包括印度。印度的孟买是一个非常贫穷、满是灰尘的城市，虽也有迷人之处，但很难想象在那里居住会是怎么一回事。丹尼住在巴黎，由于我们在新德里的一个同事要搬到巴西，所以丹尼替代了他，但其后他的办公室又从新德里搬到孟买。我给丹尼打了电话，问他是否真的要从巴黎搬到孟买。他回答说："有什么问题呢？"我想这就是一个好记者的标志，他想去那些充满有趣故事的地方。

他在孟买写了很多很有趣的报道。在《华尔街日报》，你有机会写很多这样的故事，而这些故事会刊登在头版。Danny多年来写了很多严肃的题材，例如有关电信的报道。在迁往伦敦后，他写了一些中东的故事。有一个故事是有关伊朗的一个小村落，村民想创造世界上最大的石头，以打入健力士世界纪录大全。此外，又有84名妇女，花了两年时间，要编织一张全世界最大的地毯，但这张价值百万美元的地毯苦无买家等等。这些都是非常有趣的故事。

当丹尼在孟买工作时，正如普通的记者一样，也遇到了选材的困难。在《华尔街日报》工作有时候是相当不容易的，编辑不会接受曾被报道过的故事，因此我们的题材必须新颖，这诚然是一个挑战。丹尼曾经有很多提议，但都不获接纳。有一次，他的编辑问我是否愿意和丹尼一起创作头版故事。

丹尼同意了，并将一份大概有十个计划的清单给我看，其中一个是关于印度人如何治疗孩子腹泻的故事。当地医院处方昂贵的抗生素，人们根本负担不起，于是，他们多采用一个大约只需一美元的简单而便宜的土方。结果，很多孩子因此而死去。

我作了些资料搜集，发现这个故事已经被一位记者同事报道过，她当时任职于《国际先驱论坛报》，并且她的故事写得蛮不错，所以我认为报社大概对这个题材没有兴趣。我把我的想法告诉丹尼，他非常不同意，他认为我不想报道这个故事是因为我对“腹泻”这个词感到不舒服，所以他像孩子般对我反复读“腹泻”这个词。我说不是这个原因，只是这个题目已被人捷足先登了。当时引起我兴趣的，是美国和西欧国家的商业机构在发展中国家的运作，例如他们在中国和印度等地的运作跟在美国或欧洲本土的运作截然不同，有些甚至是他们不敢在自己的国家尝试的。比如Nike，他们在东南亚雇用非常廉价的劳工。另外，有一个推销啤酒的柬埔寨女孩，每天的工资只有两美元，因此她会跟顾客过夜以赚取金钱。她因此感染了艾滋病，后来更被解雇了。

我在印度有一个发现，就是如果你需要如抗生素一类的处方药，你不需要医生的处方便可以直接去药房购买。我不知道为什么可以这样做，唯一合理的解释大概是在贫穷的国家，人们看不起医生，因此药房可自行为病人配药。但这并非事情的全部。我告诉丹尼我对这个问题很感兴趣；他打了一些电话，问过一些人，最后也认为内里可能另有蹊跷。

我从来没有上过新闻学课程，我在大学修读人文学科，学到了许多事情的皮毛，最后成了“一无所知”的专家。我喜欢学习不同的事物，我喜欢当记者的原因，是因为这让我像在大学一样，可以了解各样事情。2001年夏天，我飞到孟买和丹尼见面，在那里逗留了一周。我对药业一无所知，于是对丹尼说，我希望了解药业的所有运作，说不定到了我们可以报道事情的来龙去脉时，我们两人已可以开一家药房。我们的策略是跟进供应链，我们建立了一个流水表，在一端写上药店的名字，另一端则写上药品生产商的名字，我们要追查两者之间有哪些人牵涉其中。我们发现，在过程中有药品销售代表、批发商、分销商等大概六至八个中介人。于是我们逐一采访，了解这个行业的运营模式，追查为什么处方药可以不需医生处方便可以在药房买到。后来我们发现，若药房自行配售处方药，那么不论是印度本地的，还是英国或美国的药厂便会送他们礼物。我们的报道是这样开始的：“一个药房老板微笑着说，有一天他把一台29英寸彩电搬回家，让太太有意外惊喜。他是怎么得到的呢？原来他订购了大量抗生素和100箱治疗膀胱疾病的药物，这超出了正常的存货十倍，这样做他就可以得到一台免费的电视机。”

我认为自己有很好的职业操守，我永远不会因为一部免费彩电而作出某种报道。丹尼的职业操守更达到极致。在作这个报道的时候，我得了胃病，于是走到对面街上的药房买抗生素。丹尼看着我，对我说，你不能这样做，我们在报道这个故事，你不能在没有处方的情况下买这些抗生素。结果我还是买了。当然，我完全明白为什么丹尼这样说。

我们花了整整一个星期，确信我们已经掌握了故事的内容。在我们访问一个批发商的时候，丹尼让我看墙上的一张清单，上面写着不同药物的不同价格，譬如买五送十，或可获抽奖券等。我问批发商这些数据是从哪儿来的，他说药厂会每月传真最新的优惠计划给他们。我们要求一份副本，这样厂商便不能抵赖了。一星期后，我觉得资料已经充足，打算返回伦敦，但丹尼认为印度是一个大地方，我们的故事不应该局限在孟买，应该看看乡郊是否有新发现。我不以为然，但表示他可以那样做，但这要多花几天的时间。

几天后，丹尼带着Mariane到城乡地区住了三天。他回来的时候，带回了我认为的故事中最精彩的部分。他在那里找到一家药房，他们坦承卖什么药物取决于能够从中得到多少额外的收入。那是在一个繁忙的周日下午，丹尼在印度西部一个农村市镇看见一家药房公然售卖处方药物，包括消炎丸、溃疡药及医治肺痨之药物等。他们并且记下相熟顾客所买的药，以免他们日后忘记药名，或只记得药丸的颜色。药房老板毫不隐瞒他们推介药物的目的，在于尽量赚取利润。若有病人发烧，该药房通常会推界一种普通抗生素，但最近有一家印度药厂给予他们高达两倍半的利润，以及赢取一部电单车的机会，以吸引药房推介他们的产品。该药房老板说，他们试图赚取更丰厚的利润，是因为来购药的穷人多是赊账的，很多时候没钱偿还。他还揭露了更多事情，包括他们出售一些注射式药物给农村大夫，药房接受人们退还未经使用的药物，以及虽然政府规定药房必须有注册药剂师，但许多时，负责配药的都是没有受过专业培训的药房助理。这些都是非常有用的数据，我们在孟买的采访对象都不会承认这些事实。这个报道在2001年8月16日刊登。

其后“9·11”事件发生，我正在伦敦看美国有线新闻网络（CNN），并马上打电话给在印度的丹尼，因为巴基斯坦以及印度是他的工作范畴。我想让他作好准备，因为我相信公司很快会调派他前往巴基斯坦。他在那边待了几个月，有一天，他致电给我说找到一个我会感兴趣的故事，那是关于由塔利班政府操控的走私事件，这些从阿富汗出境的走私货物包括新力牌电视机、万宝路香烟和吉列须刨等。他们走私的原因是，巴基斯坦对电子商品和其他产品征税甚重，这些美国及欧洲其他地区的厂商于是便从阿富汗走私入境。塔利班政府会从中获得回佣。

我觉得这个题材很有新闻价值。所以在接下来的一个月，我到了杜拜，因为这些货物会途经杜拜；丹尼则到巴基斯坦边境采访。我们很快便决定把焦点集中在SONY上，因为很多SONY电视机是通过这条走私渠道销售的。丹尼发现，在边境的黑市有大型的SONY灯箱、产品目录等，就像在香港的电器店一样。这些营运十分专业，完全没有半点走私的迹象。我在杜拜的时候，获知塔利班政府对每一台从阿富汗出境的电视机征收款项，方法是以重量计算。因此，SONY其实是长年累月在间接资助塔利班政权。奇怪的是，塔利班政府虽不允许居民看电视，但不认为透过走私电视机征收款项有何问题。

丹尼听说在阿富汗的仓库里，SONY电视机堆叠至天花板。他希望越过边境，到阿富汗其中一个仓库看看，跟那里的人谈谈，或许可以拍几张照片。但之后，他再也没有提过这件事。在杜拜，SONY声称对此事毫不知情，他们没有在巴基斯坦售卖电视机。于是，丹尼在巴基斯坦查探那些SONY标志和目录是从何而来的。当地人说，SONY的代表每个星期都会过来，告诉他们SONY的新产品。丹尼终于等那人到来，那营业代表在某种程度上承认了所发生的事情。我打电话给SONY，告诉他我们找到那营业代表。SONY只得承认那人的身份，其后那人因为我们的报道被开除。

在着手写这个报道之前，我曾问丹尼为何不按他的提议到仓库去看看。他说曾查探过，认为太危险了，所以不打算去。丹尼失踪后，有人认为他因为过于冒险和鲁莽才会被绑架。但从我跟他相处几个星期的经验看来，我觉得他处事小心，绝不是以身犯险的人。他所遭遇的，我们任何一个好的记者都有可能遭遇到。只是我们很幸运，没有遇上类似事件。

一个我认识的人其后成为一个传奇人物，这种感觉很奇妙。丹尼的确是一名伟大的记者。*At home in the world* 这本书收集了许多他的报道。丹尼确实能激励人心。

答问环节

问 你常常在国外报道，在到达一个地方时，你会首先收集什么信息来为报道作准备，以及如何了解那个城市呢？

史特劳 我经常到外国采访，而且要在短时间内写好一个报道。语言不通是一个问题。大部分外国记者会事先联系当地人员来帮助他们。他们通常住在当地，可能是记者，在当地报社工作。他们都说当地的语言，因此他们还可以充当翻译。如果找不到类似的人，你可以找你的记者朋友帮助。大约一年前，我去非洲采访美国一家公司的总裁。我两个同事之前报道了他的故事后，他便逃离美国，因此我需要一个疏通的人。我和哈佛大学的朋友提到这件事，他说他有位朋友是利比亚人。于是我跟他联系，他助我找到当地人帮忙。我在星期二晚上到达，在37小时之内便完成了长达3000字的文章。我有点不好意思，因为我开始以为需要他一个星期，没想到他那么快把那么多的事情弄妥，不过我还是好好地补偿了他。我想记者在其他地区采访时找人协助是很普遍的。

问 你提到了丹尼是新闻道德之极端主义者，他的死是否和他的性格有关？我们在调查采访中应如何自我保护呢？

史特劳 说丹尼对道德极度偏执，只是说说笑而已。他绝不是偏激的人。我想丹尼所犯的错误是在采访巴基斯坦的黑市时单独行动。他以为那是一些零散的行动，却不知原来那是一个极具规模的运作。我在药厂进行采访，便一直与丹尼在一起。如果我觉得有危险，我会找个同伴同行，特别是身处陌生国家的时候。我有些记者朋友还会找另一家新闻机构的记者同行，以减低风险。

问 在报道印度药厂的新闻时，你用了一星期采访很多专业人士。那么，你认为采访多少专业人士才足够呢？另外，在一些军人执政的国家，许多时候我们所得到的信息不是第一手的，可能是当地的政府捏造出来的，又或是传言。你如何应付呢？

史特劳 我报道印度的药品问题时，沿着供应链采访了所有我们认为对事情有所了解的人。我们去过医院、药厂、药房、批发商所在地。我们日以继夜，至少采访了30人。我们和医生、病人、顾问等交谈，务求能掌握第一手资料。药厂的人大体上非常乐意接受访问。我们采访小型批发商时，说我们来自一家美国的报纸，很想了解更多有关他们的工作以及营运情况。他们听了，通常觉得受到一定程度的恭维。此外，我们要设法找出一些文件作证。三年前，我在北京进行有关煤矿造成水银污染的调查报道。我有个现任美国海军的朋友，他当时是新闻记者，普通话说得很好，我请他协助我进行采访。他成功访问了煤矿人员，取得一些有用的文件，使我赞叹不已。我们还访问了政府官员、煤矿组织，得到想要的信息。所以，我们的报道通常不会只从一个渠道获取信息，而是尽可能采访不同的人，让读者清楚整件事情的来龙去脉。

身处险地
——与资深战地记者对谈

彼得·阿奈特　闾丘露薇*

两位战地记者分享了他们在阿富汗和伊拉克战争的采访经验，
谈论了他们如何分别善用女性身份和名声等优势来进行采访。
他们指出，战地记者须要累积经验，作好充分准备。
他们要坚持不懈、灵活应变，并要把握机会，勇敢果断，
以及要有求真的精神。

讲座发言

阿奈特　有人问我，男人和女人在战地报道的角色有没有分别？事实上，我在战地报道新闻的时候，有些上司都是女性。在美国，新闻制作人通常要负责所有报道、摄录和声音处理等工作。这些制作人有的是女性，还扮演决策人的角色。美国的制度是，不论制作人是男是女，你都要服从他们的决定。对现今的美国媒体来说，性别是没有意义的。以往由于摄录机体积庞大，摄录工作通常由男性担任。现在虽然有体积较小的摄录机，但许多主要媒体仍使用大型摄录机，以提供较有质量的专业录像。然而，在20年前，CNN已经有女性担任摄录工作，因为同样的工作，女人拿的薪

*闾丘露薇是首位采访阿富汗战争的女记者，现任凤凰卫视采访总监。

酬较男人少。几年前，我们有一位女摄录师，她只有1.53米高，常常被埋在摄录师堆之中，但她依然能够拍摄出色的录像，并在做了12年摄录工作后成为制作人。在20世纪八九十年代，CNN有很多知名的摄录师都是女性。其中来自新西兰的女摄录师玛嘉烈·莫芙（Margaret Moth）在波斯尼亚工作的时候被击中，口部受伤，下巴被子弹削去。她用了18个月接受整容和复原手术。其后她继续担当摄录工作，而且表现出色，她是其中一位依然在CNN工作的摄录师。当然，其他如编辑和声音处理等工作，也有女性的份儿。女性无论在伊拉克、美国的媒体、全球的战争，都占有一席位。我很高兴这里有一个榜样。闾丘，可否谈谈你报道战事的情况？

闾丘 和美国不同的是，在香港，或者应该说在中国，女记者其实是不可或缺的。在凤凰卫视，就只有女记者而已。如果公司要选派记者到战地采访，他们别无选择。与美国的媒体相比，我们没有庞大的团队，也没有制作人。很多时候，我们的小组只有两个人，一男一女。男的是摄录师，我就是记者和制作人。我有时候很羡慕美国的媒体，不但有庞大的团队，有很多渠道获得信息，还有很多资金和支持；而我们只能报道在战地的所见所闻，这种差距可能造成了报道上的差异。

2001年，我第一次到阿富汗的前线，这是第一次有中国的记者在战场上报道新闻。我和其他同事都没有相关经验，我们只有两个摄录师和一个技术员，带了一个质量差强人意的小型摄录机。不足的是，我们跟当地政府没有联系，跟美军也没有联系，所以要找到新闻并不容易。能力范围所及，我们只有报道有关当地人的生活。有时候我们也会得到一些关于军队的消息，但这些机会并不常见。

2003年报道伊拉克战争的时候，也出现同样的情况。在萨达姆倒台之前，我们只能报道新闻发布会，去一些指定的地方，只可以采访一些当地居民，但他们的答案不一定正确；我们后来发现，翻译员也没有提供正确的翻译，这都是我们在采访时所遇到的困难。

阿奈特 在阿富汗，我们的团队有七个人，包括三个摄录师、保安人员，还有很多资金。但我们也遇上很多困难，我们没有宾馆入住，要睡在泥地上。一些记者还在路上被抢劫或遭恐怖分子杀害，这是个非常艰难和危险的情况。你在阿富汗开战时如何处理那些军队和骚乱呢？阿富汗是全世界最落后的国家之一，而且很少跟外界接触，你和你的团队在阿富汗是怎么活下来的？

闾丘 当时我和三个男人睡在一个房间，每人都有自己的睡袋。可能因为我是女性的关系，因此很幸运能够找到当地的居民替我翻译，又给我衣服和电暖炉。路透社、美联社在当地有很好的通信服务，解决了我们的技术问题，让我们可以对香港进行直播。由于我当时没有任何经验，一无所知，所以我毫不畏惧，愿意做任何事。但在2003年，当我有了一点经验，反而有点害怕。这就是两次采访不同之处。此外，香港没有保险公司愿意替我们承保，因此我们并没有任何保障。凤凰卫视也没有给我们很多资金，我们只带了一些现金。为防被抢劫，我把钱分散放在身上不同的部位。跟西方的记者比较起来，我觉得中国人和日本人会安全一点，因为我们不是目标。

阿富汗人可能从来没有见到过中国女人，因此每一次我出外的时候，总被当地人围住，好奇地望着我，但态度友善。唯一比较危险的一次是，我们到了塔利班控制的区域采访，当地居民即使在回答问题时看也不看我一眼，他们只看着我身后的摄录师，也不愿意和我握手。我感觉到他们的敌意，他们瞪着我，不喜欢我，因为我是女人，也没有把自己包裹起来，也许这样冒犯了他们。不过我可以和当地的女人讲话，我想这是我作为女人的优势吧。

阿奈特 阿富汗的居民就像活在中世纪一样，所有女性都把自己从头到脚包裹起来。男人可能有十个妻子，他们只把女人当作一项财产而已。但如果你对别人的妻子多看两眼，可能会被割喉杀害。阿富汗山脉连绕，村落与河流相距很远，因此不论男女，可能六个月也没有洗过澡。2001年我在阿富汗的时候，十天也没有洗澡；1983年我在那里逗留了三个月，也不曾洗澡。

中国人和日本人是否要比美国人安全呢？其实不然，每一个人都是目标，都有危险，即使日本人在伊拉克都会遇害。在阿富汗，只要你跟当地人有所不同，都有机会被杀。但另一方面，闾丘说得好，因为她是女人，所以当地男人准许他们的女人跟外国女人谈话。当你进入她们的房间，你会发现她们在家里掌管财政和孩子的教育。那真是一个原始的社会。我想请问闾丘，你第一次在阿富汗的时候，要发多少篇报道到香港呢？

闾丘 我们第一次在阿富汗的时候，每天都要作十分钟直播，把最少两节报道送回香港，这让我们觉得非常困难。刚开始的时候，你会觉得任何事情都很刺激和特别。但是在两三个星期后，事情仍不断地重复，那时你必须寻找新的角度。这虽然比较困难，但也是挑战，能够推动你去寻找一些新的事物。因此我们四出联系其他人，往一些新的地方找新闻。那么，当时你的电视台的要求又如何？

阿奈特 2001年在阿富汗的时候，我每周都为一家高清卫星电视公司制作一个30分钟的纪实报道。我们要兼顾录像、写手稿、核对录像。手稿和录像会速递到伊斯坦堡，再经卫星传到纽约，然后根据我的指示进行编辑。

阿富汗战争的爆发是因为“9·11”事件是在阿富汗策动的，恐怖分子袭击五角大楼和世贸中心，令全球震惊，头目拉登则活在塔利班政权的庇护下。因此，在2001年10月至11月期间，美国政府得到国际支持，出兵阿富汗，炸毁一些军事地方。当局却没有为国内和其他国际媒体提供任何支持，因此他们只得尽可能自行赶往当地，有些记者却被杀害。最困难的是，大家几乎找不到可以报道的新闻，因为美国和盟军在对付塔利班时，不太允许记者采访。但美国有一些记者仍然定期报道战况，并从中建立起名声。战争最有趣的地方是：你可以在一个月内建立声誉，但在其他的地方你可能得花上一辈子。闾丘，你每天都要作十分钟直播，确实是很大的挑战。就是因为你能够在极艰难的环境下完成任务，所以你很知名。长久以来，各地的记者都认为阿富汗的情况是全世界最差的。如果你能够在阿富汗完成报道，那么其他地方便不能难倒你。闾丘，你的生活是否因为战地报道而改变？

闾丘 我作战地报道是很久以前的事情了，一次是在2001年，另一次是在2003年。我不太喜欢别人经常提到这些事情，因为在我的职业生涯中，只是花了几个月作战地报道，我还花了很多时间报道其他新闻，但公众好像只记得我那两三个月的工作，所以有一点失望。就算最近一次到北京，我的公关为我安排了当地媒体的采访，他们也只是对我的战地采访经验感兴趣。战地报道确实改变了我的生活，使别人记得自己，还使我很有声望。但我认为，作为记者，我应该忘记那个时候所做的事，因为我还要面对不同的工作、不同的事情。如果老是回头看，便不能把面前的工作做好。

阿富汗战争让我学习到如何处理战争前线的问题。我有两个领悟。第一，我们要善待当地居民，要尊敬他们，然后他们才会帮助你，把你当作朋友。这点对于身处国外的记者来说非常重要。第二，你须要勤奋工作，抓紧机会。在2001年，我访问了阿富汗总统卡扎伊（Hamid Karzai）和外交大臣阿卜杜拉（Abdullah）。由于我跟当地政府没有任何联系，因此必须每天在政府大楼等候机会。我很幸运，有时候会见到一些重要的事情发生。在我抵阿富汗一个星期左右，便遇见阿卜杜拉。我跟他说我来自中国，想跟他作个访问。我想他们应该想和中国交谈，只是没有机会，因为当地没有中国官员和使节。如果他们有话要说，便得寻找渠道。这与伊拉克的情况有别，因为伊拉克的官员只是想跟西方的媒体沟通，向美国政府表达意见。他们不欲与中国媒体有联系，因为那些高官觉得跟中国的媒体沟通是没有作用的。所以对于中国记者来说，采访到伊拉克政府高官并不容易。

有一天，我们听说阿富汗总统官邸前可能会有事发生，所以我们就赶往那里等候。我们看到很多汽车，但不清楚他们往哪里去，只好等候他们出来，跟随着他们的车队。三个小时后，他们最后到了马苏德（Ahmed Shah Massoud）的墓地。这次行车过程非常危险，因为我的司机两个星期前才学会开车，而且道路很危险，有很多小路，加上我们希望能够跟上车队，所以速度很快。到达后，我们在外面等候，因为我没什么经验，所以很勇敢，并不在意什么保安人员。最后我把话筒举到卡扎伊面前，获得了提问的机会。我问他有关中国与阿富汗的双边关系的问题，我想这不是一个很好的问题，但由于我当时缺乏经验和认识，这也是我唯一能够想到的问题。然而，这也是中国观众唯一能看到卡扎伊的片段。

阿奈特 | 我曾说过，你可以当战地记者，但我从未见过有人是以做战地记者开始他的职业生涯的。正如闾丘一样，她入职时并非战地记者。但只要你不断提高自己的技巧和能力，在不同的媒体，例如报纸、杂志、电视越做越好，并学习如何处理不同的数据、采访，给予编辑信心，那么当危机来临的时候，不一定是在伊拉克，可能是在菲律宾，或者是在缅甸等地，编辑和管理层都会选择最有经验和能力的记者到战地采访。

刚才闾丘提到他们跟着车队和总统卡扎伊的座驾到马苏德墓地去。马苏德是北方联盟的军事领袖，一直以来反对塔利班政府。他在“9·11”之前遇刺身亡，这是个有计划的刺杀行动，他后来成为反塔利班政府的阿富汗人的英雄。前往马苏德墓地的路途十分危险，加上他们的司机只有两星期的驾驶经验，闾丘还催促他越驶越快，希望赶上前面的车队，可见报道新闻对她来说是最重要的。好奇心和热诚对于记者来说是重要的。

闾丘刚才说，在接受访问的时候，别人总问及有关战地报道的经历。其实情况就如运动员第一次为中国夺得世界杯奖项一样，从此大家便会不断问及他过往的成就。除非你又报道了一个新的战争，否则你都会被问到阿富汗战争、伊拉克战争，这是不会改变的。让我惊讶的是，中国的媒体只有你一个人去了战地，而且还没有保险。其实，因为你做了对人类有益的事情，你应该获得很多国际资助。如果你再一次重返战地，一定要申请保险。口袋里的钱很重要，有时的确能够解决一些麻烦，这都是你应该享有的基本保障。

为什么我要做50年战地记者，报道23个战争？因为这个工作很快让我获得别人的赏识。我30岁时已获得普利策新闻奖，而有些人终其一生为普利策奖而奋斗。这个奖项奠定了事业成功的基础，我的知名度也让我更顺利地完成其他工作。在海湾战争时，我是唯一可以随意到不同地方、采访不同人物的记者，我还采访过拉登，所以获奖对我的战地采访是有帮助的。新闻业跟其他职业一样，都存在着竞争。你一旦成为一个知名的记者、主播或编辑，仍要不断竞争，做到最好。竞争是好的，竞争是真实存在的。中国现在被国际社会认为是一个很强大的经济实体。美国人认为中国人很勤力，有雄心壮志，有很高的道德标准，很有竞争力。这是美国人应该学习的，美国人应该勤奋些。所以我认为闾丘应该自豪，应该经常感到自豪。我知道他们在阿富汗的小队确实遇到很大的困难。即使规模较小的美国媒体都会带一支庞大的团队，因为这样才容易令人信服。英法媒体也是一样，他们都曾出现在国际新闻的舞台上，当地人对他们并不陌生。但是中国媒体很少出现，因此当闾丘在那里出现时，她要向路透社和其他媒体寻求协助。如果有钱的话，路透社会给你把录像和声音传送回公司。对于闾丘来说，这是一个陌生而具有挑战性的任务。那么，你在伊拉克战争的经历又如何？

闾丘　在伊拉克战争中，我是凤凰卫视派出的最后一位记者。在战事爆发前，我们已经派了两位记者到那里去。但是因为签证的问题，他们只能在伊拉克逗留十天。后来我两位同事的签证已经到期，战争还没有真正发生，我是最后才申请签证的。我觉得，如果你想做一个优秀的记者，你必须抓住所有的机会，并为机会作好准备。当我在北京报道中国共产党全国代表大会时，我去了伊拉克大使馆。我和伊拉克大使聊天，谈国际事务，他感到很高兴。他问我准备去伊拉克做什么，于是我便诚实地告诉他，我不能只说伊拉克的好处，我会如实报道我的所见所闻。两天后，我便拿到了签证。拿到伊拉克的签证是很困难的事，我的同事花了一个月才拿到签证，但我只是用了两天时间。在党代表大会进行中，我请求公司派我到约旦。我到达杜拜后收到外交部的电话，他们要我暂停采访，不能进入伊拉克。我的公司和上司也要我留在约旦，等候命令。我又答应了驻巴格达的中国大使的要求，不会让他们在巴格达见到我。但是我想：如果他不在巴格达，但我在的话，那么我并没有说谎，也没有做错。当我到达约旦后，他们要撤走所有中国人。在等待的同时，我每天都到边境，看看有什么可以做，有什么事情发生。等待是很痛苦的，因为你知道那里会有战争，但你不能去。之后，战争爆发了。那时候我在边境，我想我是最早到达的一个记者。整整一夜，我等候从伊拉克逃难过来的难民。当我完成采访之后，其他记者才陆续赶来，我很高兴能够成为第一位跟那些难民作访问的记者。于是我对老板说，是时候到战争现场采访了，横竖我有签证，然后我关了手机，因为老板没有说不能这样做。不幸地，摄录师和我在约旦边境前往首都安曼的路上发生了车祸。摄录师伤了脖子，所以我必须再找一个工作人员。我为新的摄录师申请签证，他当天便从香港飞过来，然后我把他带到巴格达。这已经是战争爆发后两天的事情了。

阿奈特 在战争的国家，拿取签证是非常困难的。伊拉克十分不愿意让其他人进入他们的境地，很多记者不由分说涌入了伊拉克。由于他们没有取得签证，所以很多都被拘捕入狱。闾丘在北京的时候成功游说了伊拉克大使，获得了签证。一般来说，签证都是从巴格达发出的，而且当时的通信已经受到限制。可是伊拉克大使依然向闾丘发出签证，让她到战地采访。那时中国政府已经下禁令，并下令所有中国人要立刻离开。这个情况跟两次海湾战争差不多，所有美国人都要离开当地，但我两次都有在当地采访。我第一次采访海湾战争时让美国政府非常愤怒；第二次采访海湾战争时，他们却不太在意。一般来说，如果你违抗政府或者自己国家的命令，可说是自毁的。

伊拉克战事共有100多名记者到场采访。在CNN和BBC到达之前，闾丘已在边境访问了第一批难民。她的摄录师后来遭遇车祸，脖子受了伤，但她又可以于第二天找到另一名摄影师，并替他申请签证。她的事业心真强。其实，前往巴格达的路途十分崎岖，随时会遭受美国空军的袭击。这600公里的路程须要横过沙漠，沿途又没有保安人员，可谓全世界最危险的公路。在巴格达的时候，还要随时冒着被炸弹袭击的危险，你不会知道到底伊拉克人和军方会做些什么。那么，你在前往巴格达时有些什么经历？

闾丘 我们花了一整夜，大概13个小时，终于到达了巴格达。原本我们打算在那个小镇逗留一晚，但觉得那里真的很危险。人们看你的方式让你觉得很不安全，但我们还是有进行采访。由于那时刚好有炸弹爆炸，我们在医院里报道了第一个新闻。我们带了卫星电话，但伊拉克的海关人员不让我们使用。司机也警告我们，因为如果让美国人监测到，我们是会被炸掉的。但我依然在腿上藏了一个便携式卫星电话。但到了巴格达之后，这个便携设备不知怎么坏了不能用。由于所有的酒店房间早就给西方的记者住满了，我们最后花了两个小时才找到一家规模非常小的酒店留宿。

第二天我们开始工作，须要前往位于市区的新闻中心，并在那里完成一切工作，他们也为我预备了一个翻译员。因为外面不时发生爆炸，很危险，我们不能四处乱走；翻译员也非常害怕，阻止我们外出采访。秘密警察也禁止我们采访，第二天还要求我们交出所有录像。我在那里只待了五天，便接到中国政府高级要员的命令，要我们离开。我的老板也坚决要我离开。当我到达伊拉克的巴格达后，中央电视台的记者赶到那里，他们的小组有五个人，并跟随了我们两天，因此我们不得不撤离。但三天后中央电视台的记者走了，我们又重新回到巴格达。我在那里又待了一个月。在萨达姆政权倒台后，情况变得更加困难，报道更危险，因为你不知道谁是敌人，谁可以相信，但是我每天依然继续采访。三星期后，非典型肺炎的暴发成了最重要的话题，再没有人关注伊拉克战争，于是我离开巴格达，去了北京报道有关非典的最新消息。

阿奈特 | 这就是一个真正的记者，哪里有最好的故事，她就跑到哪里去。

我常说战争必然是危险的，但同时全部战事都是可以报道的。这是因为战事不但重要，还具戏剧性。闾丘经常找寻人物元素，因为这可能是另一个故事。在世界的另一端，战争似乎是最可怕的东西。报道战事需要勇气，也需要智慧。我和闾丘的经验不同之处是：当她的政府要她离开，她就要离开。当我的政府要我离开，我却说不。即使她在巴格达只有五天，但背后的意义重大。她成功到达战地进行采访，尽一切能力寻找新闻；当她离开巴格达时，她成了英雄，这些荣誉都是她应得的。闾丘之后去了北京报道非典，但我还一直在巴格达留了五年。非典结束了，伊拉克战事却还没有结束。

答问环节

问 闾丘刚才说她因为报道阿富汗和伊拉克战事而闻名，但她也同样喜欢报道其他新闻。那么阿奈特作为具有50年战地报道经验的记者，是什么吸引你一直在报道战地新闻呢？

阿奈特 我讲求人道，甚至愿意为此冒生命危险。由于我在美联社和CNN这些国际新闻机构工作，我的报道可以传送到世界各地。对我来说，战事是最重要的新闻。只要我还继续工作，我仍会冒着生命危险，报道对人类有重大意义的事件。在我50年的职业生涯中，也报道了一些美国的政治选举、希拉里的竞选宣传活动，访问过一些总统等等。这些新闻都是蛮刺激有趣的，只是我的职业生涯的重点是战地报道。如果闾丘在10年或20年后作一回顾，阿富汗的采访经历将会是她重要的回忆，虽然非典等其他新闻也是同样重要的。我希望闾丘在将来还能报道一些地区性的危机。以中国为例，阿富汗对中国的影响力比其他西方国家还要大。希望闾丘能够得到保险公司承保和中国政府的许可，重回伊拉克报道一些意义重大的新闻。闾丘已有丰富的经验和相关技巧，我觉得她可以继续成为中国传媒的模范。我相信她不是因为希望变得知名而到阿富汗报道新闻，同样我也不是因为希望为人所认识而到战地进行采访。大家不应冒着生命危险来赚钱，因为到战地报道随时会赔上性命。没有人值得为钱而死亡，所以战地记者都不是为利而工作。发掘真相需要记者的承担，名利只是副产品而已。

问 你说阿富汗和伊拉克的生活，对于中国的记者来说是很艰难的。我想知道你在那么艰难的处境当中，是怎样获得信息的？你是否与一些特别的人士有联系？或是否去了一些特别的地方？

闾丘 我认为观察和知识都是非常重要的。知识要在前往战地之前就积累下来。去伊拉克之前，我已经当了五六年记者。我到过全世界80多个国家，报道了很多国际事件，所以我很有信心能够获选去阿富汗进行采访。起初凤凰卫视打算派一位男记者到伊拉克，但他只是实习生，所以我反对这个建议。由于我是采访主任，拥有最丰富的经验，所以我认为应该由我去进行报道。做战地记者需要自信和经验，你便可以做出你自己也意想不到的事情来。如果你只靠勇气，但不会思考，这将是一个灾难。你有了知识经验，又会思考，一定会发现值得报道的新闻。在2001年阿富汗战争之后，我回香港修读了有关国际关系的研究课程，我知道我须要认识更多有关国际关系的理论，以便我把工作做得更好。因此，在第二次和第三次回到阿富汗时，我发现自己更有自信。当有机会面对重要人物时，我能够提出比之前更专业更深入的问题。

问 阿奈特，你是怎样找到拉登的？美国政府找不到他，但你能做到。

阿奈特 我和CNN的团队在阿富汗山地找到拉登，几年后美国政府和中央情报局却找不到他。我想媒体的力量有时较军事力量更为优胜。虽然CNN是个美国的机构，报道了很多美国的新闻，但从前的CNN与现在的CNN不一样，从前的它独立于美国的利益之外，它的形象是世界之音，会报道其他新闻网络没有报道的故事。除了第一次海湾战争之外，我们还报道来自非洲和世界其他地方的新闻。那时公司的老板Ted Turner相信良好关系的重要性，在苏联、中国和古巴等地已建立了良好的关系。我作为CNN旗下的记者，当然会欣然遵守这个原则，因为我知道传播的力量。我觉得每一个记者都应该去采访拉登或者萨达姆。这些领袖生活在我们所谓的“泡沫”之中，他们被助手包围，那些助手永远不会把真相告诉他们，让他们觉得自己是神或具有特别异能，他们所做的事情都是有价值和必要的。他们甚至连外界的评论也不知道。以美国总统乔治·布什为例，他生活在“泡沫”之中，连报纸也不看。我问萨达姆，为什么你们要杀害人们？我认为这其实是十分愚蠢的行为，因为你的国家随时会灭亡，为什么你不摆脱这个情况？为什么你们国家的人权这么糟糕？现在你囚禁英国、美国和意大利的机师，并把他们困在随时会被轰炸的楼宇，你不觉得这样做不人道吗？他的助手从不会把这些话告诉他，我却这样做。我又问拉登，为什么你不仅对美国政府宣战，还要杀害当地的平民百姓？为什么你要推翻自己的沙特阿拉伯政府，并摧毁世界上其他国家？为什么你要把中世纪的伊斯兰社会带到现代，平民与女性不能受教育，只有宗教信仰？为什么你要封锁所有政府部门？我认为记者应该问这些问题，所以当我向美国乃至全世界的敌人进行访问时，我一点也不觉得抱歉。拉登回答了我所有的问题，他尝试把所有的事情合理化，他将以前的伊斯兰社会带到现在，认为只有这样才能返璞归真。他指出，西方国家使阿拉伯和伊斯兰人变得堕落，所以他要毁灭现代，将他们带回到古时的生活。

我访问了不少坏人。从他们的角度来看，他们所做的一切都是对的，为的是拯救人类。他们愿意接受访问的原因是，他们完全不觉得自己是坏人，反而认为自己是能干的，并在协助自己的民族走出腐败的社会。在第二次世界大战中，日本甚至有领袖认为他们正在缔造新世界，使亚洲人生活得更加美好。他们认为，全世界都应该知道他们的思想和主张，所以要接触那些人是不难的。拉登虽然是个危险人物，但很多国际传媒都希望能够跟他作访问。CNN要与BBC和一些法国的媒体竞争。但因为CNN在第一次海湾战争表现出色，让人觉得这个新闻机构愿意报道各方面的说法，我也在巴格达采访时成名，所以CNN有幸成为第一家采访拉登的媒体。

在抵达阿富汗三个月后，我们获得采访拉登的机会。制作人、摄录师和我乘坐出租汽车到了阿富汗的贾拉拉巴德（Jalalabad）。这儿是塔利班统治的地方，货车四处巡逻，拘捕露出足踝或没有把面部包裹起来的女人。拉登住在山顶上，在最后的六天，有人告诉我们可以到山上采访。我们在酒店门前被遮盖双眼，戴上眼镜，车窗也贴上胶布。我们不能够带任何照相器材、手表，连纸和笔也不可以，什么都要留下来。这是因为他们害怕中央情报局会把追踪器放在器材里面，侦察汽车在山上的位置，然后在采访期间进行突袭。我们到了山顶后被推出车外，在晚上又被武装人员推出车外，告诫我们如果做了某些事情便会死。我唯一的顾虑是我的胃，因为他们可能会以为我把追踪装置吞进肚子里。我们到达山上有积雪的地方，然后进入一间盖了地毯的小屋。20分钟后，拉登出现。他身材高大，准有1.8米高，头戴白色头巾，身穿白色及踝长袍和一件军用外套，手持AK47。他的枪管有七个槽口，是他在之前的战争中杀了七名俄国人的印记。拉登留着长胡子，说话温和，十分认真，他也有数码相机这种设备。我们坐在一起聊了1个小时15分钟，一个一个问题问他，但他不允许我们追问。拉登犹如上帝和摩西，在发表他的教条。他说他向美国发动战争是因为美国这个国家和政府都是腐败的，为阿拉伯国家带来邪恶的影响。美国的平民和军队都该消失，因为他们跟他们的政府一样腐败。我们谈了很多有关拉登的理念，他向我们清楚解释他的哲理，还有关于施加给美国及西方其他国家压力的计划。在采访开始时，拉登表现严肃，不苟言笑；但在一个多小时之后，拉登脸上有了笑容，和我们坐在一起闲话、一起喝茶。拉登说的是英文，在场其他人说的是当地语言。在采访开始的时候，我们随意问他怎样看萨达姆，他很生气地说这是一个很坏的阿拉伯人。因此当布什政府指出萨达姆和拉登是一伙的时候，我知道这并非事实。我们的采访在CNN上播出，当时并没有引起太大的注意。但在“9·11”事件后，这个采访受到极度关注。

问 我想知道当你们第一次在战地看到鲜血、痛苦和死亡时，你们当时的反应是怎样的。从你们的对话中，我感受到你们都是颇乐观的。你们乐观的性格对报道战地消息有帮助吗?

闾丘 和阿奈特在越战的时候不一样，在阿富汗和伊拉克战争时，我只看到在医院里的一些伤者，以及一些被炸毁的村落，而不是最前线最残酷的景象。我其实一点也不乐观，但我会从另一角度看事情，这令我改变很大。当我在报道战乱、海啸、水灾等灾难时，我会珍惜现在，珍惜我拥有的一切，同时也珍惜我的工作，因为我可以让更多人知道什么地方发生了什么事，使大家对那里有更多的关注。

阿奈特 越战已是40年前的事，现在的世界已经改变了。由于当时电话的信号很差，所以我没有打电话给父母，亦几乎联络不到纽约的总部。我们要靠电报通信，所以每隔几个月我便会从泰国来香港打电报。靠电报传送战地消息很花时间，每一个字都要亲手打出来。现在有了互联网，我们可以很快发出信息，可以直播新闻，可以有录像给观众收看。那时大部分有关越战的录像都是黑白的，录像要从越南西贡市运到美国纽约市处理，才可以给大众观看。我们又会用无线电把黑白照片发送给美联社，传送一张照片需时20分钟。因此政府在响应有关新闻报道时，往往有数天的延误。当美军在越战失利的消息出现时，白宫和美国国务院只能于事件发生后数天才作响应。传播技术的发展非常重要，现在传播的速度已大大提高。新闻是转瞬即逝的，一天后的情况有可能已经完全不同。科技的进步，传播速度的提高，多种媒体如互联网、博客等出现，会加速人们对战事的分析，甚或加快整个事情的发展。

问 在报道战地新闻的时候，你可能会违反法律、违反规则、违反老板的命令或中央政府的意愿。有时候寻找真相并不一定是正确的。报道秘密或军事目标，可能会损害另一方的利益。你们会如何平衡呢?

闾丘 你不但要思考敏捷，还必须清楚知道自己的底线和事情的后果。我很难告诉你该做什么，不该做什么。因为处境不断变化，所以要根据当时的情况来决定。在不同的时间、不同的地点，有不同的考虑。

阿奈特 由于你的上司有一定的权力，所以你要懂得把握时机进行访问。普遍来说，违背管理层的指令可能会被解雇或遭处分。因此，你的新闻故事一定要非常重要，能够为自己的公司带来荣誉。1975年4月30日，西贡政府垮台。美联社跟我和另外两位记者告诉上司，我们将留在西贡报道共产党接管当地的消息。但那时情况非常危险，上届政府正在撤出西贡，新一届的共产政府正进入城区，之前还有日本人因失血过多死于当地，全城陷入一片混乱。我们的上司说，他希望我们不会留下，但如果我真的希望留下，我可以这样做。当时《纽约时报》也命令身处柬埔寨的记者悉尼·尚拔（Sydney H. Schanberg）离开当地，但他拒绝离开。他后来凭有关报道获普利策奖。

我还记得在第一次海湾战争的时候，美国政府下令所有美国人离开巴格达。主流媒体决定离开当地，CNN也希望所有人离开，但是我不愿意。结果，当CNN创办人Ted Turner知道了这件事后，他让我留在巴格达。但CNN发声明说，如果我继续留下，将不能在CNN继续工作，这意味着我将会失去工作。但我愿意继续做下去，因为我发现有重要的新闻，没有理由要我必须离开。但是，当你要和你的老板作对时，99%的时候都不是好主意。

问 如果你有机会遇见拉登，你最想问他什么问题？你会把他的行踪告诉美国甚至全世界么？

阿奈特 拉登由一个威胁西方国家的恐怖分子变本加厉，于“9·11”事件中造成3000人死亡，并在马德里和伦敦地下铁路放置炸弹。他残忍，作恶多端。我不想冒着生命危险，翻山越岭去问他问题，问他为什么要这样做，我也不希望其他记者会这样做。其实我知道答案，他十年前已经告诉我了。他说他想把伊斯兰社会甚至人类带回7世纪，终止一切教育，把女人留在家里，远离公共场所，用一些危险以及丑恶的方法改变世界。如果他被捕了，如果我有机会去监狱采访他，我肯定会去。我们已经有一个真实的例子。丹尼·珀尔是位很有名的记者，但他在1971年访问拉登的一个助手期间被斩首身亡。

越战实录

彼得·阿奈特（Peter Arnett）

阿奈特认为战争塑造历史，当记者可以见证历史进程，
这驱使他当了50年战地记者。
通过越战的采访经验，阿奈特讲述了战地记者所面对的种种困难，
包括艰苦的生活、生命的威协、无助的感觉，
以及争分夺秒的竞争环境。
他指出，战地记者要持坚忍不拔的心，
公平、公正地报道事实的真相。

讲座发言

阿奈特 从1958年至2006年近50年来，我走遍了五大洲报道战事。你也许会问："为什么？这人是否疯了？"其中一个可能的原因是，社会对战地记者的需求从没间断，而我喜欢工作。我最初为美联社工作，其后是CNN，再之后为不同的媒体在阿富汗和伊拉克等地作过战争报道。另一个可能的原因是，我似乎很幸运。我报道了23场战争，在这个过程中很多记者同事牺牲了，而我只是擦伤了一点点。有人认为我其实是在求死，作战地采访其实只是我的寻死之策。如我真是这样想，那我可真算不才，因为我没有达到目的。在枪林弹雨中走过，我仍健在。其实，驱使我做了近50年战地记者的真正原因很简单，我认为战争是塑造人类历史的一个元素。身为战地记者，我有特权亲眼目睹历史的诞生。战场是属于军人的，他们通常不接纳外来者，但战地记者们只要能够证明自己的身份，便可亲历战争这一重要的历史进程。

我曾经为两个最好的新闻机构工作。我为美联社工作了20年，它现在仍是最佳的新闻机构之一，为美国、亚洲甚至世界各地的新闻机构提供基本新闻。其后我又为CNN工作了20年，见证着它的成长。CNN的本土频道虽然并不特别好，但它的国际频道仍然是优秀的，能与BBC国际新闻争一日之长短。由于这两家新闻机构的战地新闻从不间断，像我这种亲到险地，在艰难的环境中发挥专业精神的记者非常重要。社会对战地报道的需求一直十分强烈，因为政治政策引起的军事冲突和战争带来的影响是无法预计的，没有人知道这些冲突对人类的生活有何冲击。回顾过去一个世纪，我们可以看见在欧洲、亚洲、中东，如伊拉克、阿富汗等地发生的恐怖战争如何改变整个世界。

战地报道是一种现场报道。大多数记者入行后会参与各式各样的新闻报道，他们会获派到不同地方采访，从而学会搜集新闻的学问和获得采访的乐趣。也许有一天，他们会像很多普利策奖得奖者一样投身调查性报道，摄影记者也许会投身专题摄影。我选择继续作现场报道，是因为我享受充满竞争的环境，与其他新闻机构的记者不断作技术较量。像CNN、Fox News和MSNBC是竞争对手，美联社、合众社和路透社是竞争对手。我很享受与同行较量的刺激和兴奋，搜集数据、报道、撰写新闻，以及拍摄现场情景均充满竞争。

我为美联社工作了20年，主要报道越南战事，也报道过美国的政治活动。在1981年，我加入CNN，因为我相信电视新闻将会超越报纸。我是对的，当有事情发生的时候，美国观众便会看电视新闻，我相信香港甚至全球观众也是一样。CNN日夜不停地作现场报道，国内的报道包括一些名人故事，国际频道报道世界大事如海啸和卡特娜飓风，这显然是电视新闻相对于报纸的一大优势。我估计互联网将来会成为主流媒体，也许现场直播会有新的发展，就是作网上现场直播。互联网会成为我们获取新闻的一个途径。

1966年，我凭越战的报道获得普利策国际报道奖。我在1962年至1975年间为美联社报道越战，我曾经以为越战是我记者生涯中历时最长的事件，它持续了13年，但我用了15年去报道第一次波斯湾战争。但越战是我的记者生涯中至为重要的一页。

1966年，我在越南报道战事消息已达4年，我那时看起来就像士兵，的确我也觉得自己就像一个士兵，我和他们一起行走，一起吃，一起住，一起经历危险。我们一些记者也和士兵们一起牺牲了。1965年，美联社摄影师的离世让我们很难过。他生前乐观、积极、聪明，并刚刚成立家室。

我们和其他西方新闻机构都很需要本地人的协助以搜集数据和报道新闻，他们有我们学不来的本土知识。不仅是在越南，在其他各地亦如是，例如过去5年我在伊拉克采访时有好几位伊拉克人协助我们。《纽约时报》、美联社亦雇用了不少本地人。

1966年，越南的局势进一步恶化，美国民众的支持对是否继续战事很重要。美国政府通常会对战地新闻有所监管，例如在两次世界大战中便是。但在越战期间，约翰逊（Lyndon B. Johnson）政府决定不作新闻审查，因为政府没有宣称这是一场真正的战争，而仅称它为“有限度的抗争”。美国官方坚持，为了国家安全，这场战事是势在必行的。他们也乐观地宣称这场战争将会以胜利告终。美国总统经常与越南领导人在美国、韩国会面。美国希望越南建立民主社会，但大部分越南人均支持共产党。西贡政权制定政策的时候独断专行，民众并没有商讨的余地。

战地记者在越南享有相对自由的报道空间，但这并不表示我们经常对官方的做法、战争的道德予以批评，我们须要和军方保持良好的关系。我们和美军一起上战场，很同情美国士兵的遭遇，也很欣赏他们所付出的努力；但我们始终是记者，有记者应尽的责任。我们在报道战争黑暗面的时候招致批评，美联社在纽约的总部却全力支持我们。像其他新闻机构一样，美联社十分关注在越南的腐败现象以及这场战争可能失败的信息。美国政府派驻军队到这里，士兵们离乡背井，忠心地执行任务，加上早期人民对战事的支持，当这些忠诚的士兵在战争中丧生，我们须要证明这些牺牲是值得的，这场战争是值得的。因此美国政府希望我们报道正面、乐观的消息。可是记者不能只作片面的报道，我们须要将整个形势揭露出来。记者要保持清晰的头脑，即使自己有多愤怒，也不能在新闻中加入自己的情感，否则你的报道便会被认为不中肯。你可以访问愤怒的人，但不要表达自己的愤怒。不论是越战的报道，还是之后的伊拉克战争的报道，我从来没有牵涉任何个人的判断，我也从来不评论这场战争究竟是否正义。这不是我该做的工作，更不是我有权做的工作，每个人的立场都不同。我真实地报道我所看到的，相信观众会根据自己的立场作出判断。

1967年11月，美国军队在荒废的山谷执行任务。那是一场重要的战事，北越军队首次有备而来，两万越军与两万美国士兵正面交锋。美国军方不为我们提供行装，我们就从黑市上买到军装。我们都喜欢做战地记者，即使自己的家人也不理解我们为什么喜欢这个职业。1972年，我帮助救援一名南越伤兵。我想那些和我们一起在危险的丛林里行军的军人，比自己的家人更理解自己。但就连他们有时也忍不住问，我们为何选择当战地记者。行军的生活的确很艰苦，我们和军人们一起经历危险。他们渐渐明白，我们的目的是记录他们每天的生活经历。获得参战的人的理解非常重要，他们手执枪支，如果他们接受你，便会帮助你。

1967年11月，在875山上，我经历了人生中最为艰难的两天。320名美国士兵在这座山上失踪了，完全断了联系。我和另外一组救援士兵一起上山，试图寻找和营救他们。当时有二三十名记者希望一起上山，但他们只带3名记者。当我们上山的时候，天色已经暗下来了，我们开始发现美军的尸体，他们身上的军装不翼而飞。我们在搜索的时候受袭，我也为自己挖了一个坑，作为在夜间栖息和躲避袭击的地点。破晓时分，我四周探望，了解到局势的严峻。美军的尸体四处遍布，受伤的士兵躲在倒下的大树后面，有些人在痛苦呻吟。一个军官告诉我，所有医务人员都已经牺牲了。这个军官自己也受了伤。他说，除了他以外，其他大多数的军官也已经丧生。这时候，越共仍然在附近的丛林里向这边发动袭击。我在一个战壕里遇到一名虚脱的年轻美国士兵，他告诉我他来自纽约，他说他很累，他手里紧握着十字架，默念着“上帝保佑我”。坐在他旁边的士兵说，这可不一定，给你这个十字架的牧师昨天已被杀了。

我也差点在这次行动中丧生，当时有两颗炸弹在我附近着陆，幸好它们没有爆炸，否则我早就粉身碎骨了。在战争中，我有时会有一种强烈的无助感。我不知道自己为什么在这里，也不知道自己在这里有什么意义，我什么也做不了，阻止不了这些流血、冲突。我只是一名记者。当然，我有基本的药品，可以帮助受伤的士兵，我可以和他们分享食物和水，但仅此而已。我觉得自己很没用。我没有枪，不会打仗，我的相机和计算机有何用？有时我感觉自己只是他们的负担。但有一件事是我可以做的，那就是记录这些士兵的生活。不管人们如何看待这场越南战事，也不管人们如何看待伊拉克战争，战地记者都应该让人知道在战争中士兵们的经历，让人知道他们的勇敢、他们的牺牲以及他们的信念。任务结束之后，我写了一篇关于875山战役的新闻报道，并致电西贡的总部以及把报道和照片传送过去。这些报道在美国为多份报章采用。越战可能是报道得最全面的战争，单是我已为越战写下

3500篇报道，而我只是众多记者之一。

威斯穆尔·兰德将军（General William C.Westmoreland）不喜欢我有关875山战役的报道，他认为这个报道的内容太感性，让人感到这些士兵的家人都在为他们的安危担忧。军方希望我们使用统计数字，如果我们要写感性的报道，也应该在战后而非战争期间发表。但是在越战期间，我撰写了很多类似的报道。威斯穆尔·兰德将军认为，我的报道过于详尽地描述了战争中遇到的困难。那个时候，美国官方正面临美国大众是否支持这场战争的问题。要知道，越战对于美国，并不像中国的抗日战争，或是欧美联手对抗希特勒那样关乎国家存亡的战争。这场战争是美国的政客们主动选择的，因为他们认为这是正确的选择。

有关875山战役的报道发表时，威斯穆尔·兰德将军也在国会发表关于这场战争的演说，他形容当时的局势就像是我们已经到了隧道的尽头。意思是说，虽然我们仍然处在黑暗中，但是胜利就在眼前。如今，“隧道的尽头”代表了愚蠢的预测，因为在1967年，美国在越战中根本就没有胜利的希望。可是美国官方希望记者能够正面地报道战争，告诉世人我们会获胜。时任美国总统约翰逊甚至让FBI对我进行调查，希望能够从我的档案里找到类似我是共产党、法西斯、伊斯兰教徒或左翼分子之类的线索来毁掉我的事业。约翰逊总统也曾对我在美联社的上司施压，要求他们把我调离越南，但我的上司拒绝这样做。

我澄清我并不反战，虽然我年轻时曾反战且热爱和平，但我承认有时战事是无可避免的。我希望你们也不要过早轻易地对战争下结论，认为战争都是不好的。

1967年，美国在南越成立了海军基地，基地内有3000名美军以及1000名南越士兵，很快便受到越共攻击。海军基地受袭后，共产党堵截了所有道路，因此所有支持只得靠空中运输。飞往基地非常危险，越共军队在山头驻扎，攻击会移动的人或物。我进入过基地数次，炮声隆隆。海军在这里生活艰难，我们也过着同样艰难的生活。越军不但攻击基地，还挖掘地道。没有人知道越军何时会从何方袭来，他们的战略是派遣上百队军队冲入战场，令对方措手不及。可能在凌晨3时左右就会有500名士兵冲向我们。

基地的战争经常被人与1954年朝鲜的越法之战相提并论，当年法国想继续在越南的殖民管治，一万法兵却遭越南士兵围攻。美国人对这场战役印象深刻。约翰逊非常担心基地的安全以及战况，每日亲自检阅作战策略。他更要求将领签署誓言，保证基地不会落入共产党手中。然而基地只是越战的序幕。在875山战役结束几个月后，美国政府也不得不承认这场战争对美方越来越不利。

1968年越南春节期间，当美国正宣称会得到胜利的时候，越共在精密策划的春节攻势（Tet Offensive）战役中出其不意地攻占了40个城市和军事基地。这是越战中最大规模的一场战役。我住在越南市中心，早上4时半，我在睡房听到军队推进的声音。我把妻子、两个孩子和保姆安置在浴室，然后冲了出去。我的妻子十分理解和支持我的工作。我当时心里有一个信念，他们一定会活下来。当我来到美国大使馆的时候，那里正遭到攻击，我们记者开始报道大使馆内的状况，枪林弹雨，美军直升机尝试在天台降落增援。每过20分钟，我会冲到街角汽油站打电话给美联社汇报。我为什么这么紧张呢？因为那时大约是美国时间晚上6时，第二天报纸的头版在晚上9至10时就要完成，准备投入印刷。为了和合众社等其他新闻机构竞争，我必须把这里的情况快速、详尽地汇报给总部。

北越的将领行军很隐密，他们很不愿意让记者采访，只有共产党记者才可采访他们，但后来一本法国杂志的年轻记者被允许跟随他们一两天采访。他们对战事愈来愈有信心，并明白到宣传的效用。美国当时对传媒的批评主要来自保守派以及军方，他们认为记者夸大了越共的战绩，并指事实上共军的死亡数字较美军为多。我们和许多面对现实的美国人一样，认为越军能够出奇制胜，揭露了美国的越南政策的弱点。美国在越南的三年间，共军可以对40个城市、据点展开攻击。这让人疑惑，美军连保护这些城市都没有能力，还留在越南干什么？美军根本没可能获胜，因为他们有太多不足。

美联社的摄影师爱迪·阿当斯（Eddie Adams）在西贡街头拍下一帧照片，改变了世人对这场战争的认知。这帧越战最著名的照片拍摄了西贡警长在街道旁处决一个被怀疑是越共首领的人。这次处决是当着阿当斯和NBC镜头前进行的。你能否想象摄影师到底要多大勇气才能寸步不移地按下快门？当时我在美联社的办公室，阿当斯走进来说：“我想我拍到些什么。”他当时不知道他拍的照片有多震撼。这帧照片让他在1969年赢得普利策国际摄影奖，实在实至名归。

我也为历史的进程作了点贡献。春节攻势之后，我听说越共严重地破坏了郊区的城市，为了了解战争的情况，我来到槟椥省。那里很难到达，到处都是废墟。我来到市集，获知越共曾经占领这个地方，大多数的损毁都是美军空袭的结果。美国的目标是打败共产党和赢得民心。但为了赶走越共，美军不惜摧毁整个城市。我与相识的美国军官交谈，询问究竟发生了什么事。在谈话中，他说了这样一句话："为了拯救一个城市，我们不得不把它摧毁。"美国政府认为美国国民的生命和美国的尊严来得较越南人民的生命重要。这句话从此被广为引用，以反讽越战：我们为了拯救越南，不得不摧毁这个国家。现在也有人用它来形容伊拉克战争：我们为了拯救伊拉克，不得不摧毁这个国家。我说这句话时并不感骄傲，因为这句话是在乱世中以性命换回来的。

约翰逊一直支持越战，他筹划作战计划、锁定目标。但后来他在电视演讲中宣布放弃角逐总统，使很多人意料不及。这等同认错。一些认识约翰逊的人说他为无数牺牲了的生命感到十分伤心，他准备与南越政府磋商，寻求终止战争的方法。威莫斯将军在总统演讲之后退下火线，在他执勤的1964—1968年间，美军人数逾50万，当中超过6万人牺牲。他一直对战况乐观以及坚称美国会获胜。美国人民在大选中清晰地表明了他们的感受：1968年，他们摒弃了民主党，选了共和党的尼克松为总统。尼克松承诺他会计划结束战事，但并没有落实。直至美莱村屠杀事件发生，举国哗然。美莱村的400个平民被挫败的、疲累的、愤怒的美军屠杀，其中大部分是妇女和小孩。政府高级官员意图隐瞒此事，但著名调查报道记者西摩·赫希（Seymont Hersh）将事件写下来。美国没有一家大报愿意刊登，只有在旧金山一家只得12个客户的小型新闻社愿意接收。报道发表以后，国内反战情绪高涨。赫希于1970年因而获普利策奖。越战报道共获9项普利策奖，这是记者们愿意以生命换取真实报道的成果。研究新闻业的历史学家认为，越战是新闻业黄金时期之一。黄金时期是指从20世纪五六十年代民权运动开始，直至越战，让尼克松总统下台的水门事件发生的阶段。

我继续返回越南的原因之一，是因为我娶了一个越南女子为妻。此外，在越战中丧生的摄影师会希望我继续报道越南的战事，因为我们相信所做的事是有意义的。那些相片展示了战争的残酷，公众须要知道这些真相，明白战争的坏处。他们须要重新考虑以及评估是否有足够理由进行战争。群众的压力可以影响政治家的决定。

答问环节

问 我很欣赏你对抗权威的勇气，但是你只是一个记者，不能决定自己的报道是否能发表，记者甚至会因此遭解雇。你怎么看待这个问题?

阿奈特 你应该和布什总统、约翰逊总统，和尼克松总统谈一谈“只是一个记者”的问题。他们讨厌记者，政府讨厌记者，民主政府讨厌记者。其他政府不会讨厌记者，因为其他国家没有记者，只有受监管的喉舌。在民主社会，记者有报道自由，他们可以调查国内各种社会事件，可以引用一些反调，可以揭示政府的作为以及无能。在所有自由的国度，新闻媒体都在社会中发挥着至关重要的作用。在2008年美国大选中，每个星期双方候选人都会上电视进行辩论，他们需要新闻媒体让他们与大众进行交流。新闻媒体是各种政治人物、商业机构和明星借以与大众交流的途径。所以，绝对不要认为你“只是一个记者”，否则你就什么都做不了。记者不会有这样的想法。我刚提及的战事照片将加载历史，500年后它们将和其他新闻记录一起讲述这个世纪的历史。在南京大屠杀的时候，一名记者拍摄到一个婴儿坐在一条火车轨上大哭，四周是颓垣败瓦。政府想隐瞒此事，但记者当然不会让它发生。无论多艰难，记者都会尽力报道。作为一个记者，你该为自己的职业而感到自豪，虽然有时你会受到掣肘。记者是神圣的职业，由古希腊开始就记录历史，记者的报道就是历史的初稿。

问 据我所知，你不被允许进入北越。如果你不能接触到冲突的另一方，怎么能够保证报道是公正和公平的呢?

阿奈特 我们的确没法报道北越的情况。1972年，我以记者身份与一些反战的人到过朝鲜。很少西方记者能真正看到北越的军队和他们的作为。但这并不是最重要的，最重要的是美国军队该不该派驻越南。

1956年，联合国已承认越南独立，它有自己的民选政府，南北越本可统一，但这非美国所愿。他们蔑视日内瓦会议的协议。他们在那里是否能够作出贡献？派军队到那里到底为了什么？动用美国人民以亿美元计的税金是否值得？那么多年轻的美国士兵被迫来到这里为了什么？这一切是否值得？如果现行的政策不奏效，为什么不改变策略？那些阵亡的越军是否就是美国的成绩？那时流行一句话："生在北越，死在南越。"越军死伤数字再多又是否能挽回形势？我们的工作是评估这场战争的代价，有多少牺牲的士兵，多少无辜遇害的平民。我们真正要问的不是谁才是真正的敌人，真正须要关心的是美军在这里执行任务到底值不值得。在伊拉克我们的任务也是一样，我们要报道这场战争的代价。

问 美国人也许会觉得你是一个叛徒，因为你报道了关于战争很多负面的信息，而越南人也许同样会把你看成敌人，双方都不接纳你。你会否感到痛苦？

阿奈特 并不是很多美国人恨我，认为我是叛徒。保守派、右翼分子、支持布什的伊拉克政策的人、支持在北越投放核弹的人，还有那些认为美国有无坚不摧、无所不能的力量的人，认为美国要统治世界的人，他们当然恨我。我作为记者，在他们面前道出了世界并不需要你来掌管的事实。有些战争是恰当的、是需要的，例如老布什当年在第一次波斯湾战争出兵苏丹以及科威特，但绝非越战，也绝非伊拉克战争。我不追求知名度，不需要鲜花、掌声和追随者，我是坚持报道事实的顽强的记者，即或事实并不受大众欢迎。西方有一句话："真相是战争最大的受害人。"我只是尽力维护真相。我不受欢迎，而且的确，大多数的战地记者都不受欢迎，但是我为此自豪。

问 你说过，军方有时对记者怀有敌意，你怎样克服这点？为不同机构工作会不会得到军方不同的对待？自由记者的待遇又会怎样？另外，为机构采访与自由采访有什么不同？

阿奈特　你说得对，有时军方会对记者抱有敌意。不同机构的记者待遇也不一样，如现在在伊拉克的CNN记者能采访统领的将领、执行任务的部队等。因为CNN是重要的信息机构，连总统、国务卿也经常亮相于CNN。在CNN工作虽也有弊处，但好处多不胜数。为此等重要的新闻机构工作可以接触到许多重要人士，即使伊拉克平民也愿意接受访问，因为CNN国际知名。假如你是自由记者，事情就复杂得多。越战时情况还好，因为没有监管，只要能指出谁把你带进战场便可。但今天在伊拉克，军方不轻易信任记者。假如你不是为特定一本杂志采访，事情就会很难办。至于怎样和军方的人相处得看记者自己的性格。你要真的了解自己在这里干什么。年轻记者特别容易获同情以及体谅，军人是专业人员，他们见你年轻又投身此行会帮你一把。

报道2008奥运：
中国如是观

方凤美（Mei Fong）

方凤美结合自己的采写经验，
以2008北京奥运为引子，探讨高速发展的中国须要面对的问题。
北京奥运标志着商业的发达、基建项目的蓬勃、
国际游客的增长、刺激的体育竞赛，
但环保问题、城乡差距、政治改革和新闻自由等均是严峻的挑战。

我并不是一个体育记者，其实我对体育认识不深，也从来没有对体育产生兴趣。《华尔街日报》并没有体育版，只在周末报道一些有关高尔夫球赛和赛车的消息。我们处理奥运会的方式，是把它视为报道中国的一个平台。我们讨论的议题包括城市建设、人权、商业等等，这些都与奥运有关，也是探讨目前中国状况的一些非常好的角度。为什么2008年奥运会是个有趣的话题呢？

商业赞助

和历届相比，2008年奥运会将是奥运史上商业运作最成功的一次。到目前为止，北京已经吸引了大约15亿元的赞助额，是雅典奥运的2—3倍。它也可能是自亚特兰大奥运会以来，另一个同时吸引两类赞助商的奥运会。第一类是国际赞助商，他们向来把奥运会看作典型的国际赞助项目，例如可口可乐；第二类是关注当地消费潜力的赞助商。他们开始关注内地市场的消费力和中国正在崛起的中产消费阶层。许多新的赞助商看准了12亿人口的庞大消

费市场而纷纷出现，例如琼森便是。

此外，不少中国企业也想借此机会向世界介绍自己的品牌。在1988年的汉城奥运会，外国人第一次听到“三星”这个名字，现在三星这个品牌已是家喻户晓了。奥运会可能会促使中国的海尔和联想等本土出品成为世界知名的品牌。这是北京奥运对商界的重要性。

奥运赞助商一般分为两种，一种称为一级赞助商，例如可口可乐。它们通常要赞助三四届奥运会，比如赞助伦敦奥运和北京奥运。这些赞助商有权使用五环标志。二级赞助商只须赞助某一届奥运会，但他们只可使用该届奥运的标志，例如北京奥运的红色图章标志。二级赞助商的赞助额较一级赞助商低，但北京奥运的特别之处是，二级赞助商的赞助额与过往一级赞助商的同样多。这样赞助费的标准被提高了，本来100万元可以用来赞助多届奥运，但现在这个金额只可赞助一届奥运。在奥运未开始之前，北京奥组委在赞助费方面已赢得了一枚金牌。

环境保护

环境问题也是北京奥运受世人注目的原因之一。2007年6月是北京连续7年以来空气质量最差的时候，空气颗粒物含量是纽约市的三倍；雾的浓度太高，以至连高楼也看不清楚。2008年更会有几千位世界级的运动员齐聚北京，到时候街头每天就会多出几千辆汽车，这对北京是极大的挑战。

对于奥运会，大家当然关心运动员能不能打破世界纪录，能不能吸引观众。但2008年最重要的问题不仅仅是奥运，甚至不仅仅是北京，而是中国。中国能否在飞速发展的同时，对生态环境不造成威胁，这在目前是一个很大的问题，而且这个问题在很多方面还关系到人权，因为人们将无法享用清洁的空气和食水。

我们还不知道在2008年会发生什么事，例如会不会关闭所有工厂？如果会的话，范围有多大？时间有多久？只是关闭北京的工厂，还是包括河北或别的省市？是不是要关闭一个月？我们能否让经济停止运作这么久？还有，是不是要让所有汽车在街道上消失？如果是的话，准备让它们消失多久？交通问题又如何解决？这里实在有很多疑问。因此，环境问题是一个非常值得关注的议题。

基础建设

目前，北京、上海、广州等地基建不断进行，中国据说是世界上水泥和钢铁消耗量最多的国家。根据最近一次统计，北京已经耗费了380亿元兴建了十多个新的体育场馆和临时建筑。这还不包括道路扩建和机场建设。如果全部加起来，实际开支可能已经达670亿元。这些设施正在重新塑造北京的城市形象。提起北京，人们想到的将不再是紫禁城，而是新央视大楼、称为“鸟巢”的国家体育场，以及叫做“鸭蛋”的国家大剧院。这一改头换面的工夫耗费了大量资金，开发了一万个建筑工地，也给省外人士提供了不少就业机会。2005年，我计算过北京所有建筑工地的总面积，它大致相当于3个纽约曼哈顿的总和。但当时还仅仅是建筑大潮初始之时。我着手研究那些参与工程的建筑工人。他们究竟是什么人？在干什么？怎样生活？他们在工程结束后会到哪里去？于是我搬往北京，住在一个类似工地附近的地方，每天中午看到几千个工人出来坐在一起吃饭的壮观场面。奥运不单是体育盛事，也是关于人的故事。这是观察奥运有趣的地方。

国际游客

北京奥运预计将迎来200多万名游客，那么这些游客会是谁？届时会否出现抗议场面？中国将如何处理？可以肯定的是，一定会有人借机提出敏感议题。

北京将以什么形象向这些国际游客展现自己？当地现已进行“禁止吐痰运动”和“排队运动”之类的人民素质教育，这都是很有趣的话题。我和一个北京的出租车司机聊天，发现他们为了迎接奥运而被迫学习英语，可见奥运会是一件大事，所有人都参与其中。其中有一位司机说他只会说“Hello”（你好）、“Goodbye”（再见）及“I love you”（我爱你）。凑巧的是，在汉城奥运会期间，韩国人亦曾进行过停止吃狗肉运动。我曾经写了关于北京公厕的报道。在天安门广场的一个公厕，每天高峰期人流达5万人。有趣的是，竟然有15个人专门住在里面以保证厕所的清洁卫生。我们除了知道有200万名游客外，还要从更细致的角度想想这些游客会做什么，他们会花钱在什么地方？他们会住在哪里？他们会在哪里上厕所？这些都是一些有趣的问题。

越大越好？

北京奥运绿地的面积非常大，是纽约市中央公园的3倍、雅典奥运绿地的6倍。每一个场馆，比如“天圆地方”国家水上运动中心都是非常庞大的。届时游客须要走很多路才能由一个场馆往另一个场馆观看赛事。正在扩建中的机场到2015年更达每年6000万人次的吞吐量，这个数字大约是法国的总人口。这些都是惊人的数字，我们要思索的是，“大”究竟意味着什么？这次盛事结束后，北京将如何处理这些大型设施？这永远是奥运留下的难题。我们要问，你是否有能力举办足够的活动而不让场地空置？你是否能够妥善管理这么大的场地？这将花费多少钱？要知道，当事情变“大”的时候，它总会变得更难。

北京以外

当然，奥运故事不仅仅关于北京这个城市，而是关于整个中国。数据显示，预计到2010年，整个中国将至少花费4000亿元在机场、道路、水利系统和其他公共设施的建设项目上。这意味着无数商业在运作、大量资金在流动。另外，上海也将花费410亿元来准备2010年世界博览会，广州用270亿元来筹备2010年亚运会。这些都只是目前的数据，过两年肯定还会上升。今后几年中国将会有巨大的资金流动。那么，这些钱将从哪里来，会流向哪里，是否会遭人挥霍或者挪用？这些都是令人关注的问题。此外，在中国城市化进程当中，农村人口将会受到什么样的影响？那些没有户口的农村人士在河北通常10至50人挤在一间房，洗澡如厕都是问题。由于奥运会的临近，北京现正面临巨大压力，他们要将这些住在城市中的农民遣送出去。事实上在2005年这项改造“城中村”的运动就已经展开了，目标是在2007年年底之前彻底清除总共171个这样的农村小区。到2006年年底为止，已经完成了114个农村小区改造。这些农村人究竟去向何方？

体育竞赛

当然，奥运会归根结底是一项体育赛事。我们会非常关注奖牌榜的变动。中国是否会成为世界体育运动的主导性力量？中国的成绩上升非常快，目前纪录是全球排行第二，上一届比赛仅较第一名的美国少两枚奖牌。这次奥运是在自己的土地上进行，而且准备了那么久，更让人有所期待。中国有

13亿人口，有最为严格的体育制度，所有人都期待看到新的世界级明星的诞生，不单是姚明和刘翔，还有新一代的姚明和刘翔。当然，这些明星都身价不菲。例如姚明与锐步签订合约，一年就有700万至1000万元的酬金。体育明星的影响力是巨大的，他们的广告无处不在。我还听说中国政府为了激励运动员取得金牌，给出了非常高的奖金。体育比赛和金钱的关系是十分紧密的，我们关心的不仅仅是多少枚金牌，还有摘取金牌背后的故事。当然，除了金钱，奥运会更是一个展现体育精神的平台，常常会出现一些感人事迹。这些人将会成为我们的英雄。那么他们会是谁？这必是十分有趣的故事。

面对挑战

我们知道中国有过两次申奥投标，在第二次才成功。当时中国对国际奥组委的一个重要承诺是，奥运会可以改变一个国家。这次申请成功，是继东京和汉城之后，亚洲举办的第三次奥运会。20世纪60年代，百废待兴的东京通过奥运会向世界宣告，日本在战后已经是一个新的国家；而当时的韩国也还没有三星，政治上又属于军事独裁，是奥运会加快了它的开放，促进了它的民主。现在奥运会又会给北京带来什么样的改变呢？是否会促成一个政治上更为开放的社会，甚至带来政治改革？这还是一个问号。

污染问题也是北京一个比较大的挑战，但许多专家认为高温可能是更大的问题，尤其是8月份通常是北京一年之中最糟糕的一个季节。早前香港举办的马拉松比赛不是因为天气太热，致使不少运动员不适吗？你可以关闭工厂，但你无法控制高温，你也无法控制开幕式那天会否下雨。

在申奥的时候，中国政府承诺新闻媒体可以在中国自由报道，而这也是国际社会对于中国是否有资格举办奥运的重要考虑因素之一。奥运精神要求主办国维护报道自由；媒体也要求报道自由，因为国际媒体报道奥运是须要付钱的，例如NBC为报道奥运就花费了几百万美元。营运奥运的经费亦须依靠售卖播放权的收益。虽然中国政府同意从2007年年初到2008年10月期间放宽对于外国记者的某些限制，但是10月以后会怎么样，是否会回复原状，这还很难说。

奥运是否能使中国更加开放，始终是最令人关心的问题。以前国际社会对中国的舆论批评总是针对国内的政治问题，但现在牵涉到的问题更加复杂了。但我觉得中国政府在某些方面是值得肯定的。至少他们已经意识到自己面临的挑战，并且正在努力改善问题。奥运会是否能够将这么多政治的、社会的、生态的、经济上的演化变成现实？这实在是一个非常激动人心的时刻，我们且拭目以待。

答问环节

问 在《华尔街日报》，记者报道的篇幅以及角度是否按照编辑的要求来设计的？

方凤美 我们工作的方式是，我们自己可以选题，然后写一个报道计划，以说服编辑给你时间来写这篇报道。你要清楚这是长篇报道还是短篇，是头版的还是二版，并非由编辑来告诉你须要写多少字，而是看这篇文章的性质和类型。

问 你觉得外国媒体和本地媒体在报道奥运的重点上有什么不同？媒介在报道2008年北京奥运时会扮演怎样的角色？

方凤美 我觉得外国媒体和本地媒体最大的区别在于读者不同。作为媒体，你是以服务你的受众为目标的。在中国，你并不能在报摊上买到《华尔街日报》，它只在少数五星级酒店内摆放，故主流读者是美国投资者，故我们的报道得引起他们的兴趣。虽然他们是投资家，但他们也是人，他们并不因为多赚了钱就少了一个普通人会有的兴趣。当然这类报道也给他们提供了有用的信息，他们要在中国投资，就要知道它的社会和政治状况是否稳定。

关于你的第二个问题，2007年有个很好的例子，是有关北京奥运地铁坍塌的报道。北京本地的报纸揭露了工头关闭工地，隐瞒真相的事实。我开始时把它看作一个本地新闻，但后来我们做了一个较大的奥运新闻。我们的问题是，究竟奥运所有的建筑工地有多安全？如果要赶在年底之前完成所有工程，谁可能会遇到意外？前一两年有一份统计数据显示，全年建筑事故只有70宗，这比起上万个建筑工地的总数量应该是最安全的纪录了，但问题是这些数据是从哪儿来的？我的报道是说明这些数字是错误的，因为很多事故是没有上报的。很多人认为由于受到管制，本地媒体不能报道很多问题，但不一定是这样。

问　在采访建筑工人的时候，你是如何处理你和采访对象之间语言和教育的差距的？你又如何保证你的采访对象能够代表整个建筑工人的情况？

方凤美　我并没有要写一个典型人物，我只是在写具体的人、具体的故事，并非要概括所有的工人。我写的是一群人，我不会说这就是典型的建筑工人。关于语言问题，事实上我的普通话并不是那么差，我带上翻译的唯一原因是，我要保证我的报道很精确，尤其是容易出错的数字问题。我要确保我知道他每个词的确切意思。“差不多”是远远不够的。我很希望我能够把普通话和广东话都说得非常流利，但问题是你没办法同时做好所有的事情，你只能做你有能力做得最好的事情。要完善是永无止境的，但新闻并不是追求完美的职业，它被人们叫做“历史的第一稿”。作为记者，我们要做我们能力所及的事情。

问　我来自汕头大学，2006年我们报道了猪瘟，但是农业部认为报道是错误的。对于我们这些在大陆工作的记者，你有没有什么建议？

方凤美　在为美国机构服务以前，我其实是在新加坡开始我的新闻工作的，那里同样也是一个受到高度控制的媒介生态，编辑们也会自我审查。此外，当你想要采访别人，人们也不一定喜欢接受采访。新加坡人有一句口头禅：别引用我的话。我朋友第一天的采访任务是站在街头询问路人：先生，你觉得这个新路灯怎么样？每个人都会说：哦，不错，不过不要引用我的话。所以我很理解你们的处境，你们所面临的是整个体制的问题，在学校所学的并不一定能实践出来。但现在环境不断在变化，有许多报纸的报道都很不错，比如《南方周末》等等。舆论控制也是动态的过程，往往是你抢先写了一个东西之后，上面说不要写了，然后等到过一阵子比较宽松的时候你又可以拿出来。比如北京地铁的那个问题，《北京青年报》用了两三天作了详尽报道，之后接到指示说不能报道，只能用新华社通稿，但这个时候他们早就已经刊登了两三天的精彩报道。所以我觉得，现在的环境越来越开放了，有些东西你其实是可以去写的，而且现在的传媒越来越商业化，要吸引读者就必定要有精彩的报道。我的建议是，尽量为优秀的媒体做事。中国有那么多媒体，你要选择你认为好的媒体、好的编辑，去那里工作。即使其他的媒体可能给你更高的薪水，但他们所做的事并不一定是你喜欢的。这听起来有点沮丧，但新闻事业本来就不是一项赚钱的工作。

问 我想问一下外国媒体报道中国的立场问题。比如美国回收美泰玩具事件，我觉得《纽约时报》的报道没有正视中国商人的损失，立场有所偏颇，你怎么看？另外，《华尔街日报》是否如传闻所说的比较有反华的立场？

方凤美 首先我无法代替《纽约时报》回答这个问题，因为我不为他们工作。但是我非常了解在这个事件上许多中国人都感觉西方传媒的报道有偏见。我承认确实有一些偏颇的因素在里面。不过让我来谈谈我们《华尔街日报》是怎么做的吧。我们的报道写的不仅仅是中国制造商，因为他们其实是在为美国公司进行生产，他们遵循的是美国公司的细则。我有个同事在头版报道了香港的一家制造商“福田实业”的污染问题，这个报道指出中国生产商承受美国公司施予沉重的压力，要长期保持低成本，因此在污染问题上很难达标。这是事情的另一面，我们也确实报道了。我们会尽量保持客观。

至于《华尔街日报》是否是大家所说的反华的报纸，我想你先要知道报纸的社论版和新闻版有一个非常清晰的区别，前者通常是表达立场、发表言论的场地，但记者从不为社论版写作。人们总是把这两者混淆。我知道有些报纸的记者也兼任评论员，但在纽约我们有一个很大的办公室，评论员和记者各司其职。如果你是一个记者，像我一样，那么你只会希望平衡地报道事实。我认为这永远是黄金准则。

问 你觉得奥运会能否拉近贫富差距？这届奥运会对中国的经济会有什

么影响？这些工人在运动会后的生计会怎样？

方凤美 历史总是由胜者写的。比如埃及金字塔，上面写着这是某某国王，但那些真正建造金字塔的人呢？那些奴隶在哪里？那些人从未为历史所记录，你永远不知道他们的人生，你知道的只是那些有权力进入历史的人。但现在一切都已经不同了，我们已经进入了媒介时代。每次我到北京看见那么多建筑，不禁想知道它们背后的建造者是谁。关于中国经济，很多人会问会否存在一个“奥运后经济下滑期”。然而大部分经济学家认为这个情况不会发生。因为北京将发展成为2000万人口的大城市，整个城市还需要很多基础建设。不论有没有奥运会，许多建筑工程都会进行，奥运会的建设只是其中的一小部分。中国政府正在准备一些计划，政府保证工人在奥运会结束后亦会有工作，只是他们可能要到其他城市工作。这个问题的根源在于城乡的差异，解决方法是城市化建设，但城市化本身也有自身的问题。我认为若不解决这个有关社会结构的问题，贫富差距会持续。

问 有很多人同时报道奥运会，你如何使你的报道突围而出？美国读者对哪些新闻有兴趣？你会怎样选择新闻角度？

方凤美 要使自己的报道胜出确实很难，可能需要多一点深度，多一点研究，多一点自发性。但我总是会写一些自己觉得有趣的东西，而这往往也能够激起读者的兴趣。你首先要问自己对这个故事是否有兴趣，你想不想知道更多。《华尔街日报》的机制是，记者要自己发掘故事，并且说服编辑给予时间去作这个报道。如果你不能说服自己，就不能说服编辑，更不能说服读者，那就不如放弃这个主意。至于美国读者的兴趣，我觉得不管是谁，我们都是人，我们都对人的生命、死亡、爱情，以及他们如何让自己的生命变得有趣和有意义这些主题感兴趣。当然，美国读者对中国不太了解，你可以稍稍解释一下，但总的来说还是一样的。如果我写的建筑工人魏忠文是在美国生活的话，我想他们也会感兴趣的。我收到过美国读者的来信，说被中国工人的故事感动，因为他的祖父曾在加州的铁路上工作，虽然环境不同，但很多感受是相同的。

问 我听说你的本科是心理学，这对你的新闻工作有什么帮助呢？现在我们很多同学都在实习，你对我们有没有什么建议？

方凤美 心理学要看很多统计资料，我学习到不会对数字感到恐惧，以及不要不问因由就相信任何研究报告，数据是可以被人玩弄的。心理学没让我学懂人性，相反，我比较喜欢阅读，是英国文学让我了解人性。至于实习，我觉得，第一，要找到合适的师傅。你可以问一下自己想成为谁。不一定是你的老板，可以是在相关领域有一定经验的前辈、学长，是你想要以之为榜样的人，然后观察他，向他学习。第二，人际关系也很重要，不要认为这只是实习就不认真去做，因为你身旁的人可能将来会成为你的上司，或是业界人士。所以我鼓励你尽可能多实习，找有素质的媒体，非常认真地对待每一次实习，那么下一次如果有工作机会，他们就会第一个想到你。最后，建立你自己的作品库，当机会来临的时候，让人知道你的实力。

问 作为一个女人，你如何平衡工作、家庭和生活？

方凤美 我还没有孩子，所以可以有更多时间，当然我很佩服那些有孩子的职业女性。我和先生都有自己的事业，我们轮流陪对方到不同的地方工作。我的建议是，你除了要有精彩的事业，最终还要有精彩的人生。要取得平衡，你要觉得快乐，不然的话这个生活的方程式总有一天要崩塌。尤其作为一个记者，你须要了解人们的想法。我们的工作须要我们每天接触不同的人，如果你没有社交生活，没有朋友与你倾谈，那是不可能的。要有丰富的生活，才有更好的事业。

问 请问如何分辨信息来源的真伪？

方凤美 首先你要思考，每次采访都要自己作判断。另外，你必须在同一件事上，寻找不同的信息来源互相对证。例如，在报道一次车祸中，你应该尽可能采访三四个目击者。若盲目相信信息，不加思索，你很容易会沦为别人的发声工具。

后记

普利策新闻奖得主工作坊项目主任　黄盈盈

当我正在为博士论文作最后冲刺的时候，在一个学术会议上遇见香港浸会大学新闻系系主任黄煜教授，他邀请我协助统筹首届普利策新闻奖得主工作坊项目。新闻不是我的专长，但项目管理我倒有点经验。在犹豫间，黄老师向我解释什么是普利策奖，举办这个工作坊的目的等等。我想：这是一个饶有意义的项目。于是欣然答应。

开荒，总是让人兴奋的。从邀请普利策奖得主参与、寻找赞助商，到节目安排、拟定宣传推广计划，到落实各项细节，看见学生们孜孜不倦地学习、业界深入的讨论、公众人士的热烈参与，以及中国内地、香港、澳门三地学界业界的坦诚交流，个中的兴奋与满足感不在话下。然而，最重要的，是解了一个萦绕多年的心结。

我的一个友人患了情绪病，于多年前跳楼自杀。我阅报得知消息，激动不已。难过，不只是因为痛失好友，也由于当时一份报章在“记者手记”中穿凿附会的失实报道。这种哗众取宠的报道手法相信为死者的家人带来很大的伤害。虽然我当时的工作之一是传媒关系，但仍忍不住立即致电一位在该报工作的旧同学，把他痛骂了一顿。他并非该名记者，只能无奈地说：“你向我们的编辑投诉吧。”为此，我一直耿耿于怀。

经济的发达，信息的流通，让各界的竞争加剧。被称为“第四权”的传媒，原应秉持为公众服务的心，作出公正持平的报道，但大势所趋，许多信誉卓著的媒体，也得向市场俯首称臣。新闻娱乐化、大报小报化等新闻景象，触目惊心。卓越新闻，是否已死？

在筹备工作坊期间，有幸阅读和观赏多位普利策奖得主的作品，深受感动。米高·维特士（Michael Vitez）用平实的手法，将重病患者及其家属所面对的生死抉择娓娓道来，让读者重新思索政策与人权、生命的价值等问题。史蒂夫·史特劳（Steve Stecklow）和艾美·高斯坦（Amy Goldstein）锲而不舍地追踪调查，分别揭露科网“泡沫”爆破后股权回溯的现象，以及“9·11”后政府反恐运动背后的动机。彼得·阿奈特（Peter Arnett）忆述战地采访的经验，为撰写历史的初稿而出生入死。方凤美（Mei Fong）在奥运的报道中，探讨崛起的中国所面对的经济、民生、社会等问题。约翰·卡普兰（John Kaplan）用心去谱写美国年轻人多元的生活面貌。原来新闻报道是可以这样真实而深入的。这种种社会景象，是何其真切地呈现在我们面前，加深了我们对社会的理解，促进我们反思惯常的做法，探讨改善社会的良方。

卡普兰与工作坊国际顾问詹·福民（Gene Foreman）等均表示，传媒应重视社会责任。1994年5月，卡芬·卡特（Kevin Carter） 凭着《饥饿的苏丹》这帧照片勇夺该年度普利策特写照片奖。1993年，卡特到苏丹拍摄当地内战情景，偶尔看见一个瘦骨嶙峋的小女孩，奄奄一息地向着食品发放中心方向爬行；在她身后，是一头虎视眈眈的秃鹰。卡特获奖后，却遭到严厉批评，认为这个持着镜头，没有对这小女孩施加援手，却在捕捉她的痛苦的人，其实是另一头秃鹰，另一个掠夺者。卡普兰刚巧是该届摄影奖的评判，其后接受一家电视台访问时说，他们注意到该女孩的手环，那表示她是受到人道照顾的。但电视台删掉他这番话，只围绕着新闻伦理的议题对卡特和普利策奖进行抨击。1994年7月，卡特在痛苦的煎熬中结束了短暂的一生，享年33岁。卡普兰质疑，那家电视台，其实又是否那头秃鹰？

透过普利策新闻奖得主工作坊，我们除了希望提升新闻学学生和业界人士的采写技巧之外，更重要的是，重新探讨新闻服务于公众的意义。早前日籍摄影记者长井健司（Nagai Kenji）在采访缅甸反政府示威的时候，被缅甸军警近距离开枪射杀。他在倒地一刻，仍高举摄影机继续拍摄现场实况，直至不能动弹为止。长井的座右铭是：“没有人去的地方，总要有人去。”我们不希望再有类似的事情发生，但期望这种维护市民知情权，勇于发掘真相的情操，正如香港浸会大学传理学院的格言“唯真为善”一样，永远是业界的黄金守则。

最后，感谢王悦和陈芳怡两位工作伙伴倾力相助，让首届工作坊的筹备过程充满乐趣。本书结集成功，有赖香港浸会大学新闻系研究生杨洸、范梦、顾文君、李露霞、梁婷婷、卢欢、卢隽婷、王宁，以及翻译系译坊同学作初步整理，谨此致谢。